U0793455

粉丝与知音

余光中 著

2005 散文精选集 2015

译林出版社

图书在版编目（CIP）数据

粉丝与知音 / 余光中著. —南京：译林出版社，2019.7

ISBN 978-7-5447-7029-3

I.①粉… II.①余… III.①诗集－中国－当代 ②散文集－中国－当代 IV.①I217.2

中国版本图书馆 CIP 数据核字（2017）第 185670 号

本书由台北九歌出版社有限公司授权出版，限在中国大陆地区发行。

著作权合同登记号　图字：10-2015-386 号

粉丝与知音　余光中 / 著

责任编辑　周　璇　曾　静
装帧设计　韦　枫
校　　对　孙玉兰
责任印制　颜　亮

原文出版　九歌出版社，2015
地　　址　南京市湖南路 1 号 A 楼
邮　　箱　yilin@yilin.com
网　　址　www.yilin.com
市场热线　025-86633278
排　　版　南京展望文化发展有限公司
印　　刷　苏州市越洋印刷有限公司
开　　本　850 毫米 ×1168 毫米　1/32
印　　张　10.125
插　　页　4
版　　次　2019 年 7 月第 1 版　2019 年 7 月第 1 次印刷
书　　号　ISBN 978-7-5447-7029-3
定　　价　58.00 元

版权所有 · 侵权必究

译林版图书若有印装错误可向出版社调换。质量热线：025-83658316

目录

第一辑　忆旧

第二辑　乡愁

第三辑　杂话

第一辑　忆旧

西湾落日圆

1

自从二十二年前应李焕校长之召，从香港回台，来“中山大学”[1]任教迄今，高雄已经是我住得最长的城市，而“中山大学”也是我教得最久的学府了。半世纪前，我定居台北，曾经南下高雄拜访痖弦和洛夫。当时若有巫者算出日后我会来长住此城，且长达一辈子的四分之一，而我的高雄主人反而会去台北定居，甚至“终老”于枫旗之国，我一定不肯相信。

而现在，我在此城早已由落脚变成了落户，而且在草根成性的南

---

1 指台湾“中山大学”，于1980年在台复校。后文所提师范大学、政治大学、“清华大学”等均为中国台湾高校。（编者注，后同。）

部落了草。名义上虽在一九九九年初已经退休，但是校方仍留我教课，不但让我保留了研究室，而且特设了标出名牌的停车位，令我感动。住了十多年的教授宿舍，退休时也同时退房，搬来城区的河堤新区，但是除了周日我仍然几乎每天开车去学校，去吞吐那一片海阔天空，一无所有而无所不有，一无所余而富可傲世。

西子湾背对着高雄而面对着海峡，似乎有点寂寞，其实是相当热闹的。寿山横陈着豪翠的屏风，隔高雄于尘外，但是西子湾的海天颇不寂寞。体魄魁伟的货柜巨舶，桅挺高柱，舷耸危崖，一艘接一艘入港又出港。高雄曾经是世界上吞吐货柜的第三大港，衬托在长堤与旗津的高崖背景上，几万吨的货轮踏波入港，颀长俊美的船身优雅又稳健，在“中山大学”的大门外驶过，巍然高出岸边，像一排整齐的街屋在水面滑行，壮观之极。另一方面，总有十几艘甚至二十几艘大船落锚在港外的海域，最远的一些几乎像泊在渺茫的水平线上，与云天相磨。泊得多时，简直有舳舻相接之盛。海风大时，船头都顶着风势，那是风与锚角力所致。出海的船从横到侧，从斜角的侧影到背影，再追寻时，已经被烟水所掩了。神秘的水平线是昊天与沧海之间的一条缝，说不出是合是分，简直像在戏弄眺海的眼神。若是碰巧天气晴得透澈，南望就赫然可见十里外的小琉球屿，一脉青紫浮在波上，像海市蜃楼一样不可置信。

西子湾的天空也不寂寞。晴天的黄昏，落日的告别式是一场绚烂的盛典，自有晚霞的锦旗簇拥着，依依送行。若有亮丽的金星殿后，场面就更壮观，好像整个宇宙在降旗，送一位英雄落葬。那崇高的悲剧感，就像我诗中说过的，只有意大利歌剧终场时的男高音才能咏叹，不然就要用瓦格纳的高调，来吹奏一整排壮烈的铜号。

但是曾经使西子湾的云天生动的，还有飞机。越西而来的多半是香港的班机；而一架接一架，往往只隔几分钟，从北天翩翩来降的，则来自台北，每天恐怕有近一百班。一过了西子湾，机翼向左倾斜，就掠过旗津、内港、加工区，向小港缓缓下降，直到远眺的目光放弃为止。如果你是机上客而且坐在左舱的窗位，凌虚俯眺，就会见柴山的葱茏之后，峰回路转，“中山大学”的校园，醒目的红砖楼层依山傍海，一路蟠上坡去。如果是夜航，就只能从点点暖黄的灯光去想象红楼高下的地势了。

自从高铁风行西岸，高雄与台北之间的空运就日渐缩减，班次降到个位数目，除了出国的远客之外，北飞台北的乘客已成“稀客”，机场的大厅人影寥寥。西子湾的上空只留下了鸟声寂寂。至于海上，近年由于上海复位，深圳崛起，高雄鲸吞货柜的排名已从第三降到第六，恐怕还会下滑。踏波进出的那些“康泰纳”(container)巨舶，也不如我从香港初来时那么旗号缤纷，汽笛相闻了。

人事虽然寂寥一些，造化仍然多情如昔。每年到十一月，西子湾的艳紫荆从不爽约，依然在斜坡的车道旁繁花竞发，秾葩衬着密叶，花是紫带着嫣红，叶则荷绿更深一层，色调配得十分典雅，总令我记忆深处回荡李商隐的情韵，觉得它想提醒我一些什么，也许就是“紫荆情结”吧。此花正是香港的市花，总难免联想到十年的香港岁月。到了它的季节，不但高雄盛开，就连对海的香港和深圳，像约好了一般，也都是锦绣满树，令行人看热了眼。“中山大学”的校园里，有一条紫荆大道，令人艳羡。六龟附近的荖浓溪旁有一条填高了的堤道，夹道两排紫荆树，车行其间，似乎在检阅瑰丽的仪队。一开始以为这种惊喜的奇迹，当如昙花一现，转瞬即止，没想到受宠若惊的凡眼转了好几瞬，那幻景仍未消失，竟然维持了将近半公里才终于收镜，让车中人回过神来。

可惜“中山大学”的校园里，木棉太少，不成气候。要享受木棉花烘颊的艳遇，得去高雄市立美术馆，或者开车上高速公路，去楠梓的一段左顾右盼，急色一番。倒是长廊夹峙的中庭，一排四株参天的菩提，绿荫蔽天，老根盘地，心形的翠叶郁郁交映，心尖迎风飘摇，令树下人感到造化庇佑的幸福。毕竟佛祖是在其下彻悟了的。周梦蝶也曾来树下与我论诗，后来他的诗也就装框安在树身。每年到了五月，满树的丛叶落尽，大约一星期就换上了新衣，绿油油的春意焕发。电视台来为我录像，此景必不错过。

相思树并不很多，不如东海大学与中文大学[1]那么茂密。榕树倒是不少，武陵宿舍后面的坡道上，老榕树互蔽丛生成林，仰面则不见天日，俯视则满地蟠根，气根之密，像是长髯垂胸，整片坡道阴暗得像隧道，静得可闻巨木的呼吸。

另有一种榄仁树，坡上或平地都有，在文学院西侧的步道旁有一整排，而教授宿舍后面的坡上也有好几株，所以无论我在步道或宿舍散步，都会得其嘉荫遮庇，并讶其生长之快，生意之强。我来西子湾这些年，这些树显然长高了许多，有些已齐四楼。到了冬天，繁叶转成深赤，阳光下有点透明，阔大的落叶像是焦干而蜷曲，便有爬山的行人纷来捡拾，据说可以入药疗肝。宿舍后面的榄仁树高大而又繁密，浓荫散布之广，几乎不漏天光云影。我认识的树不多，但此树早记其名，因为听来像是“懒人”，而当年在台大上课，文学院外也有一

1 指香港中文大学，后同。

株榄仁，树影就落在我的窗座。

“中山”的校园，生态不恶。翠亨宿舍右转上坡，蜿向大学后山出口之处，有一株魁梧的茄苳树，俯临在全校上空，出类拔萃，翠叶迎风，也可称“拔翠”。树干之粗，两个大汉不能合抱，因此树上挂牌，说明此树体魄之伟，为全省茄苳之魁。我每天开车去学校，必定绕树而转，无论怎么仰瞻，都难窥其项背，只恨此身非鸟，不能飞到顶上去看个清楚。在茄苳旁边还有一株也颇高大的雨豆树，叶细而密，状如雨点，颇有诗意。我就把树下的夜间阅览室题名为“雨豆屋”。

2

西子湾除了涛声和风声之外，还有其他天籁可听。蝉声聒噪，《水浒传》说，连鲁智深都受不了。我倒觉得其声虽然单调，却少起伏，久之可以充耳不闻，偶尔发觉，也可以当作夏午的背景音乐，可以催眠，不必追究，也无法禁止。高雄在南回归线以南，暑炎最长，蝉噪有时会拖到十一月才歇业。

约在十年以后，一群白鹦鹉侵入西子湾的领空，占据了最高的树顶，威胁到所有的羽族。其呼喝刺耳之中透出剽悍，一树磔磔，众禽默默。一时白鹦鹉在树顶起伏不定，像一群“白帮”在护地盘，令人心慌意乱。有一度它们还霸住了幼珊窗外的树梢，扰攘不已。

最可爱的应该是绿绣眼了。此鸟俗名叫作“日本白眼”(Japanese White-eye)，其实它并非白眼蔑人，而是眼睛周围有一道白色的眼圈，衬得眼睛分外明显。绒毛绿中带黄，身材十分娇小，只有十厘米长。生性活泼而合群，话多却清脆，常在我宿舍饭厅窗外的枝头起落跳纵，像幼儿园上学那样，又像是一群音符起伏，不愿受五线谱的约束。后来我终于有机会跟它亲近，因为有朋友送了我家一只刚生的幼雏，像一个失母的小女婴。我们喂它，它就依偎在人掌中，慢慢啄食。久之它就把我存当成了妈妈，常爱蜷在她虚握的拳中憩息。所谓“小鸟依人”，并非常见。以前我家养过的小鹦鹉，要它高兴才肯来就你，最多是停在你指上，却不容你从容抚弄它羽毛，更不会投身你掌中。最后，这只绿绣眼无意中被我家的门缝夹死，令全家难过了很久。

西子湾的白头翁和燕子也不少。燕子在新文学院的屋角筑窝，所以附近常见燕影掠空，多的时候会见到六七只穿梭飞巡，觉得很有诗意。英文成语说：“一燕不成夏”(One swallow does not make a summer)，中国的燕子却是春之使者，又是故园的象征。在我新文学院五楼的研究室外面，常有好几只燕子来憩在窗台。我不敢惊动它们，只能在百叶窗后窥探。一只燕子的体长为十七八厘米，比绿绣眼大一倍，仍然娇小。翅膀又尖又长，尾部中分如叉；背羽深蓝近黑，额头和咽喉呈棕色，腹部色浅近白。停下来时实在不算好看，好似古代形容武将，常云“燕颔虎颈”，是威武之相；但是一飞起来，却轻灵迅捷，潇洒极了，转弯尤其浑无痕迹，翩舞过处，即兴变换的不规则椭圆，令几何学家也只能惊叹，不能追踪。里尔克说诗人正如天鹅，在岸上步态可笑，可是一下水却是多么优雅——燕子不也一样嘛，一升空就无虚不入，无巧不能，自由得可羡。《水浒传》有个好汉叫“浪子燕青”，名字不是乱取的。

有一次大台风过后，我踏着满地的乱叶断枝去研究室，忽见门楣上面栖着一只小猫头鹰。我哑然失笑，说现在的咕咕钟怎么越做越好，竟像真的一样，说着还向它挥一挥手。不料它毫无表情，却忽然振翅，向长廊尽头飞去。我回过神来，开门入室，发现面海的百叶窗页上颓然垂下一物。近前再看，其物黝黝，并不是利落地挂在窗下，而是不规则的多角体，半悬半缠在百叶的吊索上，赫然竟是一具干瘪僵硬的蝙蝠尸体。我大为震撼，发现风灾的受难者并不止人类。这种事，无论是爱伦·坡或彭斯，大概都会入诗的；当时却被我错过了。

西子湾并非全为人而设，除了草木虫禽，还有较多的动物爱来此地。松鼠身手的矫健，不下于燕子，但是可遇而不可寻，偶尔现身一瞥，背影立刻没入树荫深处。最常见的是狗与猴。闽南话的“猴”与广东话的“狗”同音，不知古代是否如此。校园的野狗至少上百只，大半都还好看，有些可能原有主人，却因故流亡在野，常常三五成群懒散地卧憩在屋后或坡底，不知它们究竟如何维生。

猴子却没有这么本分，常常从寿山下来觅食，胆子越来越大，就公然掠食了。女生常遭它们奇袭，被夺去手提的食物。就算男生向它们吼叫驱逐，有时还逡巡不走。走廊上的垃圾箱常被翻倒，狼藉满地。有时候电梯门开处，一只悍猴就赫然在门外，老神在在，直着眼睛跟你对视，女生常给吓得尖叫。有一次我在新文学院三楼上课，一只猴子忽然冲进门来，一跃而上连椅的桌面板，再跃、三跃，就像太平洋战争逐岛奇袭的登陆部队。只是那猴子体格较大，可能是寿山的猕猴王吧，完全不畏人群，一番恣纵之后，竟然在后排的连椅桌面坐定，炯炯地熟视着全班。一时女生歇斯底里，男生犹豫不决。我却火大了。好大胆的臭猢狲！敢来搅我的局，踢我的馆！说时迟，那时快！顿悟我手中的麦克风可当武器，便大步向恶客走去，一边凑近麦克风大吼：“滚出去！”凭猴子的智慧，恐怕还识不破我的洪音并非全靠丹田的元气，还以为此人肺活量如此惊人，不如避之则吉。它果然退了出去，猴头，猴脑，加猴尾。全班松一口气，迸出大笑。

3

我的教书生涯几乎长达半个世纪，如果不计在美国的四年，则包括师范大学十年，政治大学两年，中文大学十一年，“中山大学”二十二年，在西子湾的悠长岁月约占其半。但前后我与校园的关系却可分为两段：在台北时我的住家在校外，跟同事、学生的接触较少；但是到了香港、高雄，我就整个投入了校园，家人也是第一次住进教授宿舍，先是感到新奇，继而感到亲切。这经验对于吾妻我存，更是深刻。她的性格开朗外向，很快就成了人缘不错的“余师母”，添了不少新朋友。以前我和同事、学生的关系，她不过略知一二，而且都是听我口述，虽觉有趣，却不够真切。余家进驻校园之后，她的友谊反而比我广阔，见闻也比我的更“生活化”，因此她生动的“野史”颇能补充我冠冕的“正传”，两者并在一起，不少同事就变得立体而且具体了。

来“中山”的前六年，除教两门课外，我还有双重的行政工作，所以中午就不回宿舍吃饭。同时因为兼管外文研究所，为了接近硕士班的研究生，就常会到所里的大阅览室，跟学生一同午餐，吃的是最简单的便当。久之便成了所里的传统：要见余老师，只需自备便当，十二点以后去阅览室的小圆桌旁等待便可。

最早我是在院长室里午餐，由文姐购买便当，有时幼珊也会买来陪我同吃。后来发现独食无聊，而父女相对吃一样的便当，也不太有趣，渐渐就发展到师生同桌的场面。

师生同桌之趣要形成传统，不能靠生硬的制度，得靠缘分。做老师的，尤其是身为所长，不能无缘无故地忽然找几个“爱徒”来陪自己吃饭，那太不自然了。反过来，学生来找老师，却是天经地义。午餐桌永远在那里，老师准时会出现，想要就教或听“讲古”的学生，只要带一盒便当去，就可以从容亲炙了。另一方面，做老师的也有自己的经验与感想，或者趣事与近闻，或者无伤大雅的笑话，或者刚刚远游归来，想与宝贝学生同乐，而在课堂上不便发挥，免得乱盖误了正课，但在同桌进食之际，却大可天马行空，水银泻地。

在导师制度之外，这种不落痕迹，自然形成的师生共餐，意不在饕餮，言不必及义，话题进展如滚雪球，笑声猝发如打喷嚏，乃正课以外师生之缘的至高境界。虽然“食不言”乃夫子养生之戒，而一张嘴一边要进食一边又要吐话，忙得像进出口的码头，似乎有碍健康，但是说者语妙天下，听者笑得开心，独乐乐何如众乐乐，不但可以促进师生情谊，也有助于校园文化。

初来“中山”的十年，我常出国参加国际笔会，带回各国的纪念品，也常在午餐桌上与研究生共赏或共尝。她们舔着盐，浅浅尝一口墨西哥带回来的龙舌兰酒，又苦着脸勉强咀嚼又咸又腥的芬兰鹿肉干；马来的芒果干颇受欢迎，榴莲干则只有胆大的人敢试；捷克的提线傀儡、俄国的套层木偶，都能引发她们的童心。那时候台湾旅客在世界的足迹还不像现在这么普遍，所以我夸张的天方夜谭令她们听得十分出神，好像真随我去看了西班牙的斗牛，开普敦的桌山，伊瓜苏的瀑布。

围着白色的小圆桌与我共餐的，多为女生——倒不是我排拒男生，而是外文系所甚至整个文学院的学生，都是女多于男，比例约为三比一。希腊神话里，掌管诗歌，亦即广义文学的，虽为阿波罗，但古典诗人寻求灵感时祈祷的神明，却是女神九缪斯（the Nine Muses）。时至今日，不但保佑文艺的是女神，就连读者甚至粉丝也大半是女性了。所以一位老教授兼老作家的磁场能吸来众多女弟子，也不足为奇了。当年袁枚的四周不也如此吗？我家虽有四个女儿，但晚年守在老爸身边的只有幼珊，佩珊任教东海，也不常见面，所以有几个女弟子缤纷于侧，容我大发议论，小发牢骚，偶泄隐衷，甚至言不及义，沦为意识乱流，以博村姑们咯咯傻笑，而补女儿们天各一方的空虚，也不失为晚年一慰吧。

是的，后来师徒更熟，拘束渐解，我就泛称她们为“村姑”，而男生来参加时，也就叫“村童”。这称呼自然是来自英文古典诗中的 shepherd 与 shepherdess。她们觉得有趣，也就接受了。与我共餐的村姑前后至少上百人，她们有时也会带校外的朋友或家人一齐来，那就更难胜数。其中出席率最高的村姑，该是陈亚贝。我和村姑们接触渐频，至于嘻哈程度，就是从她那一班开始，也是在她那一届臻于高潮。其中的“造化”（chemistry）很难分析，大概跟她尊师的热忱和人脉的广阔有关。午间我的便当本来都由所里的文姐负责，但亚贝出现后，就往往自告奋勇，把采购之劳揽了过去，另外还加上合我味蕾的甜点，而对我的盼望不过是多讲些旅游经，或是文坛学府的掌故逸闻，就算是我提供的甜点吧。

有一次在那小圆桌边，一位村姑提起，听说我上星期曾去“清华大学”的毕业典礼上致词。我问她们知道我跟沈君山校长的故事吗，她们摇头。我便告诉她们：四十多年前沈君山是年轻的归国学人，在“清华大学”客座，邀我去他学校演讲。那时他不过二十七八岁，我也才三十出头。我的演讲不外是鼓吹现代文学，并朗诵自己的新作为例。前两排的听众有不少理工科的教授，其中一位听我念出什么“也想乘一支超光速的火箭／去探大宇宙的边陲”，忍不住指出，没有飞行器能够超越光速。等到我念完《敲打乐》，另有一位王教授又指责我此诗侮辱了中国。我沉不住气，便应以：“不懂诗就不要乱说！”场面顿时僵住，他的太太还上台来向我致歉。当晚沈君山夫妇陪我坐火车回台北，我对他们戏言：“你们‘清华大学’真是文化的沙漠，疯子的乐园！”事隔那么多年，沈君山在校长任满即将退休时，又再次请我去他的学校演讲。他在介绍我时忍不住提到当年的一幕，笑问我对“清大”的印象是否不变。我答以今日的“清大”校誉日隆，当然早非“文化的沙漠”。沈君山立刻接口：“不过还是疯子的乐园！”一招逆转的自嘲，激起满堂大笑。

4

不久也就轮到亚贝这一届毕业了，也就是说，她们得挥别西子湾了，而这一段师生缘也就要告一段落。村姑与村童一走出连接西子湾与盐埕区的那条隧道，海缘也要告终，去投入茫茫的人海了。以后当然还可以回来，不过不是天长地久，而是做匆匆的过客了。与亚贝同班的陈淑莉、唐慧容，经常同进同出，俨然三位一体。她们往往结伙来敲我的房门，并带来“小王子”（Le petit prince）的巧克力蛋糕，共享一顿下午茶点。但是走出西子湾后，村姑们也都自奔前程。十多年后，亚贝早已做了两个女儿的母亲，教过两家高中。淑莉远去西雅图的华大，曾回西子湾来；我去华大讲学，也曾由她开车，载我和季珊登山看雪。慧容在高雄教过书，后来去了英国，近两年来，像淑莉一样，已失去联络。

二十二年来，在西子湾上过我课的本科生与研究生，将近千人，至于来旁听的流动人口，则更难计算。其中也有缘分特长而仍多联系的，例如胡志祥和汤惠媛，两人都在外文系毕业后续读外文所，而终于结成夫妻。母校给了他们双重学位与美好姻缘，收他们做了西子湾儿女。

另一组三位一体的硕士生，是黄宝仪、赖锦仪、陈宛玲。宝仪毕业后去英国攻文化评论，很快取得博士学位，已经在台大外文系任教。希望她们三位没有那么快散掉，至少去年她们还回西子湾来参加年终的“校友团圆”。其他的金童玉女，啊不，村童村姑，如果不依数据，仅凭印象，这些年来向那张不朽的小圆桌时常报到，频率较高的，至少还包括林为正、曾建纲、陈耿雄、高统位、余慧珠、吕昀珊、何瑞莲、张礼文、吕淑女、林嘉莹…… 再写下去就太长了，又不是点名单。还有一位外院常来的村童，叫陈敬勋，是化学系的博士生，报到之频，投入之深，久之村姑们已不“见外”了。虽是理科的高班生，敬勋外表斯文清秀，常识丰富而略带羞涩。我见他笑得脸红，便假装问他：“你的脸色有必要这么红润吗？”村姑们大笑。迄今我都分辨不出，他来得这么殷勤，究竟是为了老教授，还是为了村姑。

休要小看那张着魔的白漆小圆桌，二十年来围它而坐的食客，人去人来，也不尽是我最后的爱徒，有些还是我早年的及门弟子，今日都各自学有所成，早成了我的同事。钟玲、苏其康、王仪君、黄心雅、罗庭瑶、张锦忠，有的在台大，有的在政大，有的在师大，甚至就在“中山”，先后都修过我的课；前三位依次还担任过“中山”的文学院长。他们还不是我最早的高足，却是非常资深的村姑村童了。这么说来，小圆桌阅人多矣：今日它仍然守在外文系的教师休息室里，为我悠久而温馨的师生缘默默见证。

有一次我对村姑们说：“想念西子湾就回来看看。不要以为老师就没有用了，售后服务还多着呢！”村姑们笑问什么叫“售后服务”，我说："项目繁多，譬如写推荐信啊、证婚啦、为小孩子取名字啦！"村姑们一阵傻笑，可是没等几年，果然就寄来了绯红的喜柬。每次我去证婚，都会带一本自己翻译的王尔德喜剧《理想丈夫》（*An Ideal Husband*），上台致词之后就转身面向一对幸福的新人，亮出这本绝妙好书，献给婚纱如雾红颜若花的新娘，引来满堂笑声、掌声。

5

每隔两年我都会在外文所讲授上下两学期的"浪漫诗歌"，选修的研究生颇多。浪漫诗当然蛮有趣，却未必好读，你要是以为都像徐志摩、戴望舒的诗那么浅易、入口便化，就错了。认真读起原文来，文法这一关就很难过：主语出现了，动词在何处？代名词一大堆，所代的名词能还原吗？倒装的句法，理得顺吗？穿插的割裂句，断处如何承接？平凡的字汇，在古语中作何解？微妙的典故，复杂的比喻，非英语国家专有名词的发音，这一切，都不容浮光掠影地蒙混过关。如果不能过关斩将，而要奢求该诗的妙悟真情，那就永远休想登堂入室。所以三小时的长课，会把师生都累倒。但如果真能解惑脱困，尝到甜头，也会像胡桃挑仁、螃蟹剥壳，苦尽甘来，还是值得的。学期结束时，我就写了一首谐诗，发给学生共娱，并出一口怨气，诗曰：

William Blake is a bore,
Wordsworth is little more.
Coleridge is a freak.
Shelley is humourlessly Greek.
Keats is hopelessly sick.
What's in a Romantic
Except panic and frantic
And, what's worse, Byronic?

去年外文系新编折页简介，要我题几行诗。西子湾朝西，外文系所学不外向西方取经。我就用这联想诌了几句，如下：

You ask me why we're so carefree.
Because our neighbor is the sea:
Our windows open to the west,

And our minds open to the quest

Of what's in Western Muse is best.

去年的硕士班毕业前夕，王文德、许世展请我题言赠别。我想起唐人五绝的名句："夕阳无限好，只是近黄昏"，又想外文系既向西方取经，则所习之历程也可称《西游记》，便写了下面这首小品，让他们拿去烧在纪念的马克杯上，和村姑村童的合影并列：

日日西子湾

堂堂西游记

西湾无限好

西游长堪忆

吐露港上中文人

我是一九七四年八月底由台北举家迁去香港的,迄今已近四十年了。去港是就新职:中文大学中文系教授;至于旧职,则是政治大学西语系主任。这也是我生平第一次任教中文系,且是专任。老友刘绍铭预言我必无“善终”。转行改系,重新备课;国语社会转为粤语社会。绍铭历数其害,兴犹未尽,又加上一条:没有博士学位。眼看我贸然西进,是大错特错了。

追忆起来,我在中大的办公室曾经三迁。第一间在联合书院的曾肇添楼四楼,俯临着大片草坪,斜对着水塔的灰影。上课就在楼下的教室,起雾的日子会有云气来旁听。后来中文系迁去中层的碧秋楼,置我于二楼,可以俯视百万大道的人潮和道旁艳发的一排宫粉羊蹄甲,但我室外楼里的走道,斜对着洗手间和朱嫂的柜台,不但是兵家必争之地，也是同事寒暄之所，真吵。后来中文系又搬到太古楼，让我独踞六楼走廊的尽头。这六楼已是绝顶，我又在绝顶的绝处，世界之大没有人会在我门外路过。我的听觉终获大赦。临窗俯眺，远处的坡道上小轿车和长货车争驶来去，我却在尘埃之上高瞻如尼采。一学期后，我就回台湾了。

我在中大任教，前后长达十一年，但第七年赢得休假一年，曾回台湾在师范大学英语系客座，并任系主任兼所长。休假届满，又回中文大学续教四年。这时，绍铭预警的三点逆境我已逐一化解，生活过得愉快，作品也告丰收，真正叹起世界来了。后来媒体简介我时，常误报我曾任中大中文系系主任——其实我只担任过联合书院的中文系系主任三年，其他的新亚书院与崇基学院也各有其分属的中文系的。

“翻译”和“现代文学”是我在沙田常开的课程。所谓现代文学是始于五四，与所谓的“现当代”相当。我不但要泛述文学史，更得导读代表作，课程其实很忙。例如小说，我指定学生一学期要读十本：《药》《肥皂》《商人妇》《萧萧》《边城》《骆驼祥子》《子夜》《围城》《倾城之恋》和张系国的科幻小说《超人列传》。至于散文，我选了周作人、朱自清、徐志摩、王力、梁实秋、钱锺书、何其芳、陆蠡等人，但不选当时流行的秦牧与杨朔。就算入我所选的作家，我也并非一律奉为经典,往往是把他们的缺点当作反面教材来分析。学生的学期报告我批阅得十分认真,大至论点,小至别字,都不放过。王瑶、刘绶松的《新文学史》,司马长风的《矛盾论断》,也是我不能肯定的参考书。我再三告诫学生,无才无心的学者,莫不病于“泛述草评”,千万不可盲从。

初入中大的两年,由于欠缺开明而又深入的新文学史,学生的观念大半相信文以载道,中文系某些同事又轻视“白话文学”,认为已经是白话了,还有什么值得讲解的。所以我改学生的学期报告,特别用心,不但要矫正其观念,还得改正其语病。幸好第三年梁佳萝和黄维梁从海外来中大任教,三人合力才把新文学的课程导归正途。

香港的学生与台湾的学生孰优,这问题我常被问起。其实我难以回答,因为在台湾我教的是外文系,而在香港我教的是中文系。我的印象是,一般说来,台湾学生略优于香港学生,但香港学生之特优者似乎又胜过台湾之高材生。香港学生的白话文,在语法上略受方言之累,同时也较受西化之扭曲。但我班上的高材生如古德明、陈锦昌、王良和、樊善标、黄秀莲、黄绮莹、陈达生、陈少元、翁均志等,却能超越上述二障,写出好中文来。

一去中大,中文所博士生麦炳坤就要求我指导他写博士论文,以钱锺书的白话作品为题。我相当惊喜,因为我也佩服锺书先生,至于钱锺书如何了得,只有少数学者和精英读者了然而已。后来我教翻译,又有一位学生简婉君把 Twayne Series 出版的英文《杜甫传》译成中文,请我指导。这两个请求我都欣然接受。研究杜甫和钱锺书,是值得的,而且是一大享受。当时我在政大的学生温健骝,在美国写博士论文的题目是浩然的《金光大道》。

初去中大,两位年轻的同事帮了我不少忙:张双庆带领我熟悉马料水的新环境,我们发现彼此都是闽南的同乡,更感亲切。杨钟基也曾与我合作,为我所授的课程担任导修。

中文系其他的同事还很多,他们或正或反,都对我不无助益:有的,教会我如何忍受逆境;有的,教会我如何享受顺境。系主任常宗豪颇有古风,把资深的几位年长同事一律封公,例如饶公、刘公、苏公,好像还有蒙公。我忝在诸公之列,也做了好几年余公。

最后我要一提的,是苏文擢先生和卢玮銮女士。苏公是一位典型的传统文人,望之俨然,即之也温。他握的那支健笔,能写古文、诗、赋、书法。听说他是东坡先生的后人。我离港前夕,他为壮行色,特书一联以赠。上联是"收视反听,耽思傍讯",语出陆机《文赋》。下联是"砥节砺行,直道正辞",摘自蔡邕《郭有道碑》。逸夫书院横书的校名，笔酣墨饱，便是他所遗墨宝。他元气充沛，用粤语朗吟诗句，有金石铿然之声。有一次听他训诲学生，不得“轻浮”，粤音 hiŋ-fau 震耳，令我印象深刻。逢年过节，他会赠我鲜鱼一大尾，生猛可观。我回赠他一册游记，他更回信致谢，对我“模山范水”之作颇多溢美。

卢女士无论做人做事都踏实而低调。她深爱香港，尤爱中大校园，对人文的行踪遗迹守护尤力。香港虽然是一个国际大都市，仍有它自己的历史传统、市井风味、田园风光，也就是说，香港文学仍有其乡土的一面。这乡土的地图全在卢女士的心中。她简直就是香港文化的良心，香港文学史的记忆。

二〇一四年五月十七日

傅钟悠悠长在耳

1

我的中学时代,正值抗战,又在蜀道难的四川,所以出门一步,无车可乘,只能劳动“胫驹”。所谓胫驹,是我从英文 on Shank’s pony 译来。本是一句笑话,其实无驹,只有脚胫,自嘲以胫代驹,不过是步行的美名而已。战后进入大学时代,终于有车可乘了,但是两脚还得起起落落,不是踏地,而是踏在脚镫上,虽有双轮之便,一半仍靠自力更生。

那时男孩子若无自行车,就酷不起来。有自行车且是外国货,那就是酷上加帅,不但缩地有术,而且胯下生风,有中世纪骑士的气派。一九五〇年我进台大,是插班外文系三年级的通学生。从城南的同安街沿罗斯福路去学校上课,骑的是一辆英国进口簇新而亮丽的大

力神 (Hercules)。车牌虽然来自希腊的神话,但我骑到顺风之时,却幻觉是哪吒在驱策风火双轮。就这么,我似乎把校园里的自行车,包括东洋老士的铁牛,通通比了下去。可恨我的虚荣才得意了一个星期,那辆大力神忽然失窃。这一打击真是不小。每天改挤公车上学,我发誓要存足稿费,再买一辆。

那时我向“《中央副刊》”投稿,每首诗可得稿费五元,约咪咪 (未来妻子我存的小名) 去西门町看电影吃馆子,还可以剩下一块半钱。不过一辆大力神的新车,价高达五百元,正是父亲月薪之数。可怜我的呕心力作,要呕一百次才能变成“倍加速驶” (Pegasus) 的坐骑。早年我成为多产的诗人,跟我的购车大计也有关系。为了增产,不免也写一些散文、杂论。失去神驹的落荒骑士从此数着累积的稿费,像一个小守财奴,好不容易积到了两百块。父母溺爱痴儿,不忍继续旁观,终于再捐助三百块,让我把第二辆新车,仍是大力神,牵回家来。

2

当年我插班读台大,曾有波折,幸好有惊无险。原来我在南京的金陵大学只读了一年半,便因战云转恶,南奔厦门,在厦大外文系寄读了一学期,又因战火燃眉随家迁去香港,成为失学的难民。幸好滞港期间还向厦门大学申请到转学证书,否则无凭无据,来台后就不能考插班了。不料去台大报考的时候,看到各院院长据桌坐了一排,法学院长萨孟武接过我呈上的厦大转学证书,匆匆一瞥,竟对我嚷道:"这证书上的日期是一九四九年,不是民国三十八年!这件伪证书,非但不能接受,还劝你不要再拿出来!"我大吃一惊,幸好文学院长沈刚伯接过去细看,不慌不忙地笑说:"没有关系吧?厦门已经易手,日期自然改了公元。"校方终于准我报考。事后回忆,真是幸运。若非沈院长金口救命,我的台大缘就被法家断送了!

经此一吓,我颇不服气。难道我是伪学生吗?台大又有什么了不起呢?印象之中似乎没有什么名教授,难解我对硕学通儒的渴望。秋季班上课之前,接到校方通知,叫我们这些外来的插班生某日去"宣誓效忠",令人不知所措。我没有去。后来才发现一大批插班生也都没去。没去的人于是都上了布告:"……余光中等若干同学各记小过一次。"

3

尽管开始不很愉快，我的台大经历在上课后却渐入佳境。毕竟傅斯年是校长，精神似可遥接五四，校风当也不致太悖北京大学吧。后来也发现教授的阵容还包括李济、毛子水、台静农、许寿裳、钱歌川等，而梁实秋甚至还从师范学院过来兼课。外文系本身的教授虽然不算名震遐迩，但是给我颇多启发，对待学生也颇热诚。系主任英千里的父亲是辅仁大学创校的英敛之；后来又发现他的公子是著名演员英若诚。英主任在天主教会拥有爵位，兼通英、法双语，对于中世纪的骑士精神与浪漫时期的文学都很有研究，他的英诗课对我也很有启迪。同时，他兼通英文与法文，说起英文如何受法文甚至拉丁文的影响来，更加头头是道。不同于后来的留美新科博士，英主任的修养真能深入欧陆的人文传统，能花一整堂课来分析什么才是 chivalry。唯一不足的，是他的英语太带法国口音，不够不列颠腔，因此同学们爱学他的高卢腔英语来诵诗，以之取乐。

赵丽莲老师年轻时想必是一位混血美人，但老来嗓音仍然清脆，堂上常念英文《圣经》给我们听。她主编的《学生英语文摘》影响深远，教英语的对象也遍及广播的听众。有人说赵元任的名曲《教我如何不想她》的“她”就是她，引起同学们几许遐想。

黄琼玖老师身材娇小，对同学十分宽容，很容易亲近。她教我们戏剧，曾指导演出。后来我在师大当了讲师，每次见面她竟叫我“余先生”，实在太客气了。

曾约农老师是前清重臣曾国藩后人，年纪大于其他老师。他是湘人，带有湘音。他蓄有胡髭，湘音就从胡子中来。有一次他说古代的哲人大抵貌丑，例如苏格拉底；又说他自己也丑，所以该有智慧，把全班逗笑了。不知为何，那时大四也要交毕业论文。我后来径以自己中译的《老人与海》提充论文。去年台大毕业典礼上，教务处送我一件礼物，拆开一看，赫然是当年我呈交曾老师的那本论文，上面并无评语，只写了小小一个八十分。后来曾老师去台中筹办东海大学，每次我去该校，都会想起有哲人余风的美髯曾公。

另外一位年纪较长的老师，是闻名已久的黎烈文教授。他是法国文学中译的前辈，又是鲁迅丧礼上十二执绋人之一。上他的法文课，发现他的湖南乡音更重于曾老师。他上课相当低调，很少说到课外的话题。他的鼻音很重，念法文非常传神。我把自己的第一本诗集《舟子的悲歌》呈请他指教，很快就收到他一页短信，给我很大鼓励。

系里的夏济安教授，我在校时他还是年轻的讲师，教不到我。他对现代文学，尤其是当代美国小说的先知先觉，要等我毕业后才启发了白先勇、王文兴那一班。他对我所译《老人与海》颇多鼓励，但对我那时的诗作并不欣赏。可惜他去世太早，看不到我后来的作品。夏教授中英文修养均高，但口才稍欠，传到傅斯年耳中，校长亲自去他班上旁听，证实这位老师虽欠绣口，却不乏锦心，倒令夏教授虚惊一场。

4

在我西子湾研究室临海的案头，迄今一直供着一本中型的英文辞典，深蓝的硬封面早已磨损，沧桑的容颜像一面古墙。它已经陪伴了我半个多世纪。我三度旅美，十年迁港，都带在身边，经常翻阅，因为这本 *Thorndike-Barnhart Comprehensive Desk Dictionary* 不但简明扼要，排印清晰，而且是师生情谊不朽的纪念——这是五十六年前吴炳钟老师赠我的礼品。

吴老师教我们翻译课，只有一学期，身份应该是兼任讲师，年纪只长我们六七岁。可是在军界与译界，他的名气不小。其实他只上过北京辅仁大学的化学系，并未毕业。学历如此，竟能来堂堂的台大教课，当然是因为他英文造诣极高，口译表现不凡，连蒋夫人都无由挑剔；另一背景则是他与英千里同信天主，而且两代世交，加以系主任比今日有权，可以自由擢才。

吴老师第一次来我们班上，给我们的印象耳目一新。他身材魁梧挺拔，着军便服，行动利落，反应敏捷，十分帅气。他蓄平头，五官清刚，黑框的眼镜后面目光有神而富自信，开口说话不急不缓，吐字清楚而节奏有度。他显然是军人，却有斯文气质。等到他说英语时，我们听觉为之一明，啊，标准的美国北佬腔，流畅而且透彻。这么年轻的老师，这么精明，这一课不会有冷堂的。

果然他迫不及待，挑起名人的毛病来了。那名人比他更有名，从五四起便大名鼎鼎了，后来更任过“清华”的校长，现职是“考试院”院长。吴炳钟说罗家伦对英文的了解有问题，改正了通讯社翻译的蒋介石与麦帅的《联合公报》的某一处误译，却自己添了三处误解。

后来我们才知道，吴老师的本职在“陆军总部”，是孙立人司令的秘书，官拜军文上校。又听说，台湾地区、美国军方重要的国际场合，高级将领发言常由他即席口译，总是译得流利而又精确，连长长一串数字都毫不失误，译者却神态从容而且气宇轩昂，真有面子。有一次抗美援朝战争期间的美军统帅泰勒将军在台演讲，由吴炳钟翻译。将军讲毕向他握手道谢，竟问他西点第几期。吴炳钟哈哈一笑，答以他尚未去过美国。

吴老师的英文自修成功，他的专业军事知识也是苦研加上敏悟，无师自通的。怪不得我们毕业后考入翻译官训练班，联勤总部仍得请他来授我们军事英语，这才发现他对英文军事术语有多内行。据说有一次“陆总”开会，参谋长报告兵棋部署，吴炳钟竟然站起来指陈安排不当。孙立人气得拍桌子命他坐下，并因此降他为临时雇员。隔两天孙立人已经气消，要叫他进司令室来有所交代，不料连呼两声“吴秘书”，都没有人应。孙立人走到外间，责问他为何不应。吴炳钟竟起立答道：“报告总司令，我只是临时雇员，不是吴秘书。”

那年代电视开播不久，吴老师在电视台主持一个访问节目，相当成功。一度他还连续访问中国台北的各国使者，勤练之余居然能用各别国家的母语向那些外交官发问，几个回合下来，竟不露出破绽，令人不得不服。

吴老师对英诗与西方古典音乐都有兴趣，于英国诗人最喜拜伦，尤其是那首《辛那赫里布》（*Sennacherib*）。他说初次读此诗前两行：The Assyrian came down like a wolf on the fold/And his cohorts were gleaming with purple and gold，以为 cohorts 大概是披风之类，真有气派，不料竟是指亚述的军队而已，令他大为扫兴。他见我写诗，甚至出了诗集，常加鼓励，并且觉得自己班上竟有诗人，值得高兴。他为《学生英语文摘》写一专栏，也曾主持出题举办翻译比赛，并将我评为冠军，奖金是五十台币。

对西方古典音乐吴老师十分着迷，也相当博闻兼听。他常带我去朝风咖啡馆与白熊冰室，靠在扶手的藤椅上，悠然闭目，让协奏曲或交响曲的如歌行板或华彩炫技将心神引向极乐之境。其中他最欣赏的是里姆斯基·科萨科夫的组曲《天方夜谭》（*Scheherazade*），神往之情也感染了我。日后我去美国读书，得以畅买原版唱片，第一张便是奥曼迪（Eugene Ormandy）指挥的《天方夜谭》，封套面上的阿拉伯美人，面纱半遮，似笑似晒，看不尽神秘的诱惑。每次聆听，总不禁想到吴老师。

台大毕业的前后两三年，吴老师待我亦师亦友，兴起便骑自行车来我家，带我并驾齐驱，不是陪他去理发，便是一同去泡咖啡馆或是上中华路去吃北方面食。吴老师有些恃才自负，待人接物，舌锋过处令我想起《世说新语》的《任诞篇》。可是他见到我父亲，却执礼甚恭，俨然世家子弟，给足我面子。吴老师英语说得漂亮，能用地道的“洋鸡”腔跟美国军官说笑话，斗嘴，请客吃饭出手又大方，所以在美军的校尉之间很得人缘。他好吃西瓜，“瓜量”又大，所以在美军口里，以Watermelon Wu的绰号闻名。

可是吴上校与自家人却往往格格不入，甚至会忤上司。台大毕业后我分配到“国防部联络局”任少尉翻译官，在“总统府”三楼上班。有一天在楼梯上遇见戎装而过的吴上校，他意气昂昂，告诉我“这几天正发起活埋李某某中校运动”！我来不及问他怎么能“活埋”李某，但其人官小架子大，我们都可恶他，听说会遭活埋，无论如何埋法，都令人暗暗叫爽。吴老师也自知树敌太多，前途日窄，有一天苦笑对我说：“我得罪人太多，光中，死后你一定要在我骨灰坛上刻上Excuse my dust几个字，然后抱坛一一遍访吾敌，作为迟来的道歉。”这下轮到我苦笑了——这主意匪夷所思，该入《世说新语》，可是我实在难以达成。至于那些“宿敌”，读了那一句英文，究竟会一笑泯恩仇呢，还是会一怒逐妄客，倒是不妨一试。

世事多变，师生后来就天各一方了。直到十年前，吴老师从美国回台，我们才在高雄一家餐馆重逢，主人是苏其康——我的学生——说得上真是三代同席。年近八旬的吴老师看来并不太显老，他沉思的时候喜欢微抬前臂，两手以十指针锋相对地抵住，那姿势我仍记得。但当年的豪气、傲气却不见了。他只是默然坐在我对面，由美丽的新师母伴着，但对于师生久别重逢的一幕，一点不显得兴奋。眼前的老人，与半世纪前那位元气淋漓的吴老师、吴上校，似已貌合神离。当然，骨灰坛刻字的嘱咐，想必他也早忘了吧？

5

可是我没有忘记。虽然他的笑貌已经从年青的一代又一代淡出，中年一代还有些人记得他编的英汉辞典。我可没有忘记，吴老师送我的辞典一直在我的桌上，意义深长地陪伴着我。台大的黄金岁月，那许多老师和同学，永远温馨着我深刻的记忆。如同翻阅尘封的老照相本，可是字限将满，许多同学不容我一一记述。可惜当年我思路狭窄，目光太浅，只一心想做诗人，而未能也去旁系，例如中文系、历史系、哲学系等，多多旁听。但另一方面，却又庆幸外文系功课的压力不大，而老师之中尚少新锐的留美学者回来鼓吹各种主义与派别，宣扬最新最酷的流行显学，乃得让我从容而懒散地追求不着边际的什么缪斯，幻想有一天自己会写出惊世之作。

文学老院，千里老师

台大老迈的文学院底楼，进了大门左转，一连经过四间教室，而止于一间横向的大教室，其大可容八九十人：我通常坐在第三四排，或上文学史，或上英诗。导向这五间教室的走廊，并不很长，但是对于六十年前在那里上课的我，却是记忆深邃的回音长廊。大教室朝外的一侧，常笼于榄仁树密集的绿荫。英诗课由外文系英千里主任亲授，所以我每次都会看见他远从主任办公室经长廊一路走来，上下一色深蓝西装，白衬衫窄领带，步态虽然从容，神色却不很轻松。一开始他会闲聊几句，有时及于系务，说到烦处，也会稍发牢骚，甚至引用北京成语，说什么“当家三年，鸡狗都嫌”，把我们全逗笑了。

如果他走得更近，就会发现他气色有点暗淡，或许是生平的沧桑所致，更由于胃疾经年的关系吧。抗战期间，英主任留在北京，负责抗日的地下工作，惊险可想。内战期间，他匆促逃出北京，眷属未及随行，所以单身在台，乏人照料。在我珍藏的照片之中，留得英老师一半音容的只有一张。那是一九六四年四月，耕莘文教院为纪念莎翁诞生四百周年而举办的演讲会，请梁实秋老师主讲，讲前所摄。当时英老师陪梁老师坐前排，梁老师笑得蛮开心，面容白皙，英老师则抿着嘴，面容有些暗淡。为了写这篇追思文章，我把旧照片找出细看，竟发现英老师的翻领上有几痕弯曲的白纹，觉得奇怪——他不致如此不修边幅啊。再细看时，才又发现英老师右手正拈着一截烟——那就解释得通了。那一年离他谢世只余五年，长期的胃病患者早该戒烟。

英主任出身于书香世家，父亲敛之先生乃北京辅仁大学之创办人，与天主教之渊源亦深。所以他十三岁就去欧洲留学，二十四岁即卒业于伦敦大学，兼通英、法、西班牙文与拉丁文。梵蒂冈曾将他封爵。不用说，有这种种背景，他对拉丁语系的南欧和悠长的中世纪加上文艺复兴，必然所知极深。他的教名，若我未记错，正是 Ignatius。有一次他在班上纵论拉丁语系，说他某日翻阅一本书，文字他并未学过，却畅读无阻，原来就是拉丁语系的罗马尼亚文。

来台之前我曾在金陵大学与厦门大学的外文系攻读，英诗一课不是未开就是忽视，而在英主任亲授的“英诗”班上，我们学得虽然似乎不太有系统，但是授课者不仅是行家，还是有全欧宏观的文化人，所以我们得益很多。他是一位深谙传统的学者，对现代文学的前卫精神并不热衷，所以他有时甚至选些次要诗人的作品给我们读，例如有一首诗以吊古战场为主题，颇有唐诗怀古之情，至今我还记得第一行是 On Linden, when the sun was low，最近查了《英诗金库》（*Palgrave's Golden Treasury*），原来是坎贝尔的诗句（Thomas Campbell: "Hohenlinden"）。又记得另一次他教我们念爱尔兰诗人穆尔的《竖琴曾经在塔拉的堂上》（Thomas Moore: "The Harp That Once Through Tara's Halls"），特别指出卖座电影《乱世佳人》（*Gone with the Wind*）的故事就发生在美国南部，其庄主多为爱尔兰移民，对故土的民族传统犹念念不忘。

英主任教课十分动人，因为他见多识广，左右逢源，宏观能掌握大体，微观却又能娓娓道来，擅说故事。经他渲染之后，例如《高文与绿骑士》《崔斯坦与依修妲》都深印我们心中。他又是侦探小说迷，为外文系图书馆添了许多推理小说。有一次畅谈西方的侠义精神（chivalry），更引证福尔摩斯与法国的亚森罗平如何斗法，亚森罗平因为要接女友电话而终于放弃服输。

当年我二十出头，英主任已经五十过了，我们竟认为中年男子都无足观矣。其实英主任若非饱经沧桑，兼又胃疾多年，应该算是帅的，至少挺身而立，不失玉树临风之姿。

不过他真是太忙了，据说忙到来不及阅考卷，就命助教侯健代劳。又据说侯健对女生比较客气，打分轻松。怪不得我的成绩只有七十多分！我想这只是夸张吧。不过无论真假，六十年后我对英千里老师仍然感恩，对侯健学兄一点也不抱怨，何况那并非他分内之事。

显极忽隐，令人惆怅

报载去年底颜元叔先生因肝癌逝世，消息忽到眼前，令人难以回应，但并不令人惊骇。首先，他“离开”我们已经太久了，令我们失望而不能谅解。哥儿们正一起忙着呢，他怎么说放手就放手，一个人就退隐江湖去了，也不给个说法。可是又未能真正没于江湖，而是仍然大隐于市，甘愿低调于市井之间。二十多年前——当时还没有“人肉搜索”的做法——可是在我遍问之余，仍不时听人转告，说他去了大陆，正卜宅安居，又说他已回来台湾，现正养病。那么悠长的岁月，这世界早已变得难认，偏他，不回学府也就罢了，却连文坛也一起弃了，犯得着吗？不，这太不像元叔了。显然，他是一怒之下，把我们大伙儿都像洗脚水一般一起给倒掉了。

此刻，他怎然一走了之，不给我们任何机会，除了发表没来由的什么感想，带着苦笑。

我跟元叔不是很熟。我们的友谊说不上什么腻在一块，泡在一起，却也没有浅得、淡得只谈正事。他是湘人，带点乡音，说到兴起更呵呵大笑，很得我的好感。当然我们两人都出身台大外文系，背景亲切，我正好长他四届，可谓顶头学兄，他也绝非客气之辈，不会文绉绉地呼我学兄。至于王文兴、白先勇那一班平均小我十岁，倒一律称我先生，就觉得是晚辈了。

元叔和我在"非常时期"虽是"战友"，在平常时期也是同行、同道，而且互相尊敬；但是彼此对文学本质的看法，未尽相同。一九七四年我出版文集《听听那冷雨》，在后记中解释该文集内诗论不多，是因为年青一代已经出现了此道健笔："像陈芳明手里的那一支，清新而勇健，已经有一点史笔的意味，同时从学院的围墙里，也伸出了颜元叔那样的淋漓'刚笔'，有担有当，敢言敢怒，非常'湖南'，我虽然不能篇篇赞同，却十分乐意做一位读者。"

在一九七〇年五月号的《纯文学》上，远在丹佛的我读到了元叔所撰长达万言的《余光中的现代中国意识》，既感高兴，又感困惑。该文盛称我的旅美小品《我之固体化》，却对那时为止我的其他诗作表示"厌恶"。接着元叔就《敲打乐》与《在冷战的年代》两本诗集选出

《敲打乐》《当我死时》《带一把泥土去》《双人床》《如果远方有战争》《忘川》《有一个孕妇》等作品加以分析，结论说我是一位写实主义者，颇能表现知识分子的现代中国意识。同时又指出，许多人都认为我的诗比较“干瘦”，近于奥登而远于托马斯（Dylan Thomas）。

另一方面，元叔对我的散文则评价只有负面。当时有三两文友告诉过我，说元叔认为我的散文太浓太花，简直糟糕。我一生阅批评家多矣，贬我者固然不少，誉我者似乎更多更坚持。元叔快人直语，并无恶意，我也不会斤斤计较，所以两人的友谊始终愉快。一九八五年“《中国时报》”办的“时报文学奖”把诗的推荐奖颁赠给我。元叔代表决审委员会写了一篇千多字的奖词，以《诗坛祭酒余光中》为题，语多溢美。香港回归那一年，九月间我带了家人正大举回台——不是回去台北，而是迁来高雄。印象里此后和元叔也就渐行渐远了。其实元叔自己的“遁世”，似乎也就从此时开始。有一件事我印象很深。离港前我最后一首诗《别香港》，虽为小品，却颇揪心。元叔读后对我说：“看了真令我妒忌香港。”

颜元叔突隐江湖，其原因二十年后似仍不很明确，不过对于台湾七〇年代的学府文坛，他刚健的背景，重大的贡献，却十分可观。首先，他以新科博士的锐气，将当时美国的显学——新批评与比较文学——引介回来，不但大声宣扬，而且大力演练。更难得的是，这些新学他敢于活用，并用以探索台湾当代的诗与小说。这么一来，外来的理论就不再自囿于学府的课本，而变成了一把燎原野火，和本土的创作烧成一景。不但外文系，连中文系也觉得用武有地了。以前，是外文系多出作家而中文系多出学者；此后，轮到中文系多出作家了，外文系呢，却多出比较文学的学者。

元叔当年创导比较文学，有时操之过急，虽有利器，却用非所当。例如唐人李益的五绝："嫁得瞿塘贾，朝朝误妾期。早知潮有信，嫁与弄潮儿。"元叔在解释时把"信"附会为是影射"性"。这种"泛性"联想，不免厚诬古人。其实古人习用的说法，是"色"，不是"性"，倒跟sex读音相近。另一方面，元叔引入"新批评"，并在论析台湾现代诗时用来操练，正如他在《余光中的现代中国意识》一文中所运用的，倒是比较中肯，不无收获。但是他用这手法来分析我的长诗《敲打乐》，指摘我的长诗结构失控，则未免太拘泥于新批评了。新批评之精读、详读，用在短诗小品，较有功效，但不足以对付惠特曼《草叶集》式的浩荡狂吟。我写《敲打乐》时，受了金斯堡《嚎叫》(*Howl*)的影响，大开大阖的美国江湖行，滔滔长句实在不吐不快。

此外，元叔在朱立民院长的支持下，大大刷新了外文系的课程，并将《诺顿英国文学选》指定为主力教材，也提高了专业的视域，调整了一向亲美疏英的浅碟学风。所以一九七二年我转任政大西语系主任，也响应台大的壮举，把政大沿用了多年的大一英文簿册，从寥寥的七十页，加重为多元而较深的三百页。

这么一位虎虎生风的启蒙者、改革者、推行者、论战者，出现在七〇年代台湾的学府与文坛，确是应运而生的主流人物。后来他更奋自淬砺，写出一种刚健明快的杂文风格，令人期待他层楼更上，领域更开。谁料就在高潮的浪脊上，这主角竟然突地失踪，有不得见者达二十多年——这反高潮的一招，究竟是元叔戏弄我们的幽默，还是幕后另有我们未明的隐情，该由文学史家来揭示了。

二〇一三年一月二十三日

诗史再掀一页

绿蒂传来钟鼎文先生辞世的消息，并未引起我多大的震骇，因为钟先生毕竟已近百岁，绝无夭逝之憾，何况去年笔会岁末聚餐，他已露出不复敏捷的老态，在我心头留下沧桑的阴影。

少壮甚至中年的一代，当然都没见过钟先生昔日的神采。那是一九五四年初春一个晴朗的下午，他和覃子豪先生联袂访我于厦门街一一三巷的故居。当时纪弦先生的现代派组社不久，作风十分前卫，主张十分西化，从者甚众，令诗坛三老的其余两位相当不安，有意另组诗社，作为谏友以资平衡。听罢他们的来意，我有点受宠若惊。当时我才二十六岁，钟先生已经四十一岁，覃先生更长他一岁，另组诗社竟要枉驾就商于我，实在出我意外。当下我表示，他们所言我也有同感。不久我们三人和邓禹平在郑州路夏菁的寓所餐聚，蓝星诗社就在那餐桌上诞生。

事隔半个多世纪，厦门街下午那一幕历历犹在吾心。覃先生比较瘦削，衣着也朴素而低调。钟先生则面色白皙，举止从容，谈吐清畅，虽带安徽口音，却气运丹田，有金石之声，还加上鼻音的共鸣。那天他穿着一套白西服，系着一个黑领结，更显得倜傥，像民初上海的文人。后来得知他的生平，果然他毕业于上海中国公学的政经系，不但任教过复旦大学，还做过上海《天下日报》的编辑。

以诗人而言，钟先生出道很早，但产量不能算多。向明所引他的少作《塔下》(按：八月二十三日《联副》所刊《含泪读诗怀钟老》)，是他十七岁时所写，淡而有味，简直可追戴望舒。一九四九年来台以后，他的作品间歇刊出，未能多产，或许与他一身而跨政界与报界有关。他曾多年担任《自立晚报》总主笔，先后也做过《联合报》和“《中国时报》”的主笔。当时口碑极佳的“黑白集”专栏，不少短小精悍之作都出自他笔下，可是他对此非常低调，总不肯自诩哪一篇是他所写。蓝星同人共席，常听他提起王惕吾、叶明勋等报人，显然他和报界的渊源很深。

钟先生晚年的诗，可惜未能发奋淬砺，层楼更攀，而任光阴耗费在次要的“以文会友，以诗结缘”上。其实，他来台初期的代表作《人体素描》,语言恬静,隐喻生动,比起五〇年代一般台湾诗来,相当突出,就算置于当前台湾一般的得奖诗作,也绝不落后。他把头发喻为青春的旗语、白色的降幡,又把肚脐喻为殖民时代留下的枯井,一声啼哭,发表了独立宣言。值得注意的是,这首组诗杰作,娓娓道来,反而摆脱了他惯用的铿锵脚韵。

钟先生是诗坛前辈,又是蓝星诗社的发起人,却并不热衷于发表理论或担当编务,相当洒脱,所以和覃先生相处和谐,必要时也会诤言婉劝。倒是六〇年代初期,现代诗风起云涌,争论渐多,我年壮气盛,一时介入了不少论战。某次蓝星的聚会上,他劝我不必如此深陷阵战。我不纳忠告,反而发火顶了回去,以致不欢而散。事后蓝星几乎散伙。也不记得究竟隔了多久,两人再见,怒烬早熄,我也没有道歉,他也若无其事。蓝星年久自散,两人的交往竟转为笔会的同道。笔会每逢岁末聚餐,钟先生辄与孙如陵、黄天才共来,成为笔会三老。不幸晚霞近黄昏,三老已去其二,孙如陵的冷笑话也成了绝响。

画坛每将张大千、溥心畬、黄君璧称为“渡海三家”。纪弦、钟鼎文、覃子豪亦有“诗坛三老”之誉,但比起“渡海三家”来,分量当然尚有不足,不过对于五〇年代的台湾诗来说,仍足以鼓动风气,产生相当的影响。一九六一年我在爱荷华大学的毕业论文 *New Chinese*

Poetry 在香港出版成书，钟鼎文的《人体素描》和《鱼市场》也在入选之列。在中国台北的美国大使馆举行庆祝酒会，除入选的诗人外，胡适与罗家伦还因新诗前辈的身份应邀参加。胡适当场讲了十分钟话，钟鼎文趁机也上前去认他中国公学的老校长——真是富于文学史意义的一次盛会。一九五七年，我中译的《梵高传》由陈纪滢先生主持的重光文艺出版社分上下两册印行。我把先出的上册寄赠了钟先生，他很快就给了我谢函，语多鼓励，还说歌剧才看了上半场，还不是鼓掌的时候，且让他等待下半场吧。现在钟先生一生的歌剧已经落幕，轮到我，和诗坛众多的后辈，来怅然回顾，且鼓掌相送吧。

二〇一二年九月十四日

失帽记

二〇〇八年的世界有不少重大的变化，其间有得有失。这一年我自己年届八十，其间也得失互见：得者不少，难以细表；失者不多，却有一件难过至今。我失去了一顶帽子。

一顶帽子值得那么难过吗？当然不值得，如果只是一顶普通的帽子，哪怕是高价的名牌也不值得。但是去年我失去的那顶，不幸失去的那一顶，绝不普通。

帅气、神气的帽子我戴过许多顶，头发白了稀了之后尤其喜欢戴帽。一顶帅帽遮羞之功，远超过假发。丘吉尔和戴高乐同为第二次世界大战之英雄，但是戴高乐戴了高帽尤其英雄，所以戴高乐戴高帽而乐之，所以我也从未见过戴高乐不戴高帽。

戴高乐那顶高卢军帽丢过没有，我不得而知。我自己好不容易选得合头的几顶帅帽，却无一久留，全都不告而别：其中包括两顶苏格兰呢帽，一顶大概是掉在英国北境某餐厅，另一顶则应遗失在莫斯科某旅馆；还有第三顶是在加拿大维多利亚港的布恰花园所购，白底红字，状若戴高乐的圆筒鸭舌军帽而其筒较低，当日戴之招摇过市，风光了一时，后竟不明所终。

一个人一生最容易丢失也丢得最多的，该是帽与伞。其实伞也是一种帽子，虽然不戴在头上，毕竟也是为遮头所设，而两者所以易失，也都是为了主人要出门，所以终于和主人永诀，更都是因为同属身外之物，一旦离手离头，几次转身就被主人给忘了。

帽子有关风流形象。独孤信出猎暮归，驰马入城，其帽微侧，吏人慕之，翌晨戴帽尽侧。千年之后，纳兰性德的词集亦称《侧帽》。孟嘉重九登高，风吹帽落，浑然不觉。桓温命孙盛作文嘲之，孟嘉也作文以答，传为佳话，更成登高典故。杜甫七律《九日蓝田崔氏庄》并有“羞将短发还吹帽，笑倩旁人为正冠”之句。他的《饮中八仙歌》更写饮者的狂态：“张旭三杯草圣传，脱帽露顶王公前。”尽管如此，失帽却与风流无关，只和落拓有份。

去年十二月中旬，香港中文大学图书馆为我八秩庆生，举办了书刊手稿展览，并邀我重回沙田去签书、演讲。现场相当热闹，用媒体流行的说法，就是所谓人气颇旺。联合书院更编印了一册精美的场刊，图文并茂地呈现我香港时期十一年在学府与文坛的各种活动，题名《香港相思——余光中的文学生命》，在现场送给观众。典礼由黄国彬教授代表文学院致词，除了联合书院冯国培院长、图书馆潘明珠副馆长、中文系陈雄根主任等主办人之外，与会者更包括了昔日的同事卢玮銮、张双庆、杨钟基等，令我深感温馨。放眼台下，昔日的高足如黄坤尧、黄秀莲、樊善标、何杏枫等，如今也已做了老师，各有成就，令人欣慰。

演讲的听众多为学生，由中学老师带领而来。讲毕照例要签书，为了促使长龙蠕动得较快，签名也必须加速。不过今日的粉丝不比往年，索签的要求高得多了：不但要你签书、签笔记本、签便条、签书包、签学生证，还要题上他的名字、他女友的名字，或者一句赠言，当然，日期也不能少。那些名字往往由索签人即兴口述，偏偏中文同音字最多。“什么 whay？恩惠的惠吗？”“不是的，是智慧的慧。”“也不是，是恩惠的惠加草字头。”乱军之中，常常被这么乱喊口令。不仅如此，一粉丝在桌前索签，另一粉丝却在你椅后催你抬头、停笔、对准众多相机里的某一镜头，与他合影。笑容尚未收起，而夹缝之中又有第三只手伸来，要你放下一切，跟他“交手”。

这时你必须全神贯注，以免出错。你的手上，忽而是握着自己的笔,忽而是他人递过来的,所以常会掉笔。你想喝茶,却鞭长莫及。你想脱衣,却匀不出手。你内急已久,早应泄洪,却不容你抽身疾退。这时,你真难身外分身,来护笔、护表、护稿、扶杯。主办人焦待于漩涡之外,不知该纵容还是喝止炒热了的粉丝。

去年底在中文大学演讲的那一次,听众之盛况不能算多么拥挤,但也足以令我穷于应付,心神难专。等到曲终人散,又急于赶赴晚宴,不遑检视手提包及背袋,代提的主人又川流不息,始终无法定神查看。餐后走到户外,准备上车,天寒风起,需要戴帽,连忙逐袋寻找,这才发现,我的帽子不见了。

事后几位主人回去现场,又向接送的车中寻找,都不见帽子踪影。我存和我,夫妻俩像侦探,合力苦思:最后确见那帽子是在何时,何地,所以应该排除在某地、某时失去的可能 …… 诸如此类过程。机场话别时,我仍不放心,还谆谆嘱咐潘明珠、樊善标,如果寻获,务必寄回高雄给我。半个月后,他们把我因“积重难返”而留下的奖牌、赠书、礼品等寄到台湾。包裹层层解开,真相揭晓,那顶可怜的帽子,终于是丢定了。

仅仅为了一顶帽子,无论有多贵或是多罕见,本来也不会令我如此大惊小怪。但是那顶帽子不是我买来的,也不是他人送的,而是我身为人子继承得来的——那是我父亲生前戴过的，后来成了他身后的遗物，我存整理所发现，不忍径弃，就说动我且戴起来。果然正合我头，而且款式潇洒，毛色可亲，就一直戴下去了。

那顶帽子呈扁楔形，前低后高，戴在头上，由后脑斜压向前额，有优雅的缓缓坡度，大致上可称“贝雷软帽”(beret)，常覆在法国人头顶。至于毛色，则圆顶部分呈浅陶土色，看来温暖体贴；四周部分前窄后宽，织成细密的十字花纹，为淡米黄色。戴在我的头上，倜傥风流，有欧洲名士的超逸，不止一次赢得研究所女弟子的青睐。但帽内的乾坤，只有我自知冷暖，天气愈寒，尤其风大时，帽内就愈加温暖，仿佛父亲的手掌正护在我头上，掌心对着脑门。毕竟，同样的这一顶温暖曾经覆盖过父亲，如今移爱到我的头上，恩佑两代，不愧是父子相传的忠厚家臣。

回顾自己的前半生，有幸集双亲之爱，才有今日之我。当年父亲爱我，应该不逊于母亲。但小时我不常在他身边，始终呵护着我庇佑着我的，甚至在抗战沦陷区逃难，生死同命的，是母亲。呵护之亲，操作之劳，用心之苦，凡她力之所及，哪一件没有为我做过？反之，记忆中父亲从来没打过我，甚至也从未对我疾言厉色，所以绝非什么严父。不过父子之间始终也不亲热。小时候他倒是常对我讲论圣贤之道，勉励我要立志立功。长夏的蝉声里，倒是有好几次父子俩坐在一起看书：他靠在躺椅上看《纲鉴易知录》，我坐在小竹凳上看《三国演义》。冬夜的桐油灯下，他更多次为我启蒙，苦口婆心引领我进入古文的世界，点醒了我的汉魄唐魂。张良啦，魏征啦，太史公啦，韩愈啦，都是他介绍我初识的。

后来做父亲的渐渐老了，做儿子的越长越大了，各忙各的。他宦游在外，或是长期出差数下南洋，或担任同乡会理事长，投入乡情侨务；我则学府文坛，烛烧两头，不但三度旅美，而且十年居港，父子交集不多。自中年起他就因关节病苦于脚痛，时发时歇，晚年更因青光眼近于失明。二十三年前，我接“中山大学”之聘，由香港来高雄定居。我存即毅然卖掉台北的故居，把我的父亲、她的母亲一起接来高雄安顿。

许多年来，父亲的病情与日常起居，幸有我存悉心照顾，并得我岳母操劳陪伴。身为他的独子，我却未能经常省视侍疾，想到五十年前在台大医院的加护病房，母亲临终时的泪眼，谆谆叮嘱：“爸爸你要好好照顾。”实在愧疚无已。父亲和母亲鹣鲽情深，是我前半生的幸福所赖。只记得他们大吵过一次，却几乎不曾小吵。母亲逝于五十三岁，长她十岁的父亲，尽管亲友屡来劝婚，却终不再娶，鳏夫的寂寞守了三十四年，享年，还是忍年，九十七岁。

可怜的老人，以风烛之年独承失明与痛风之苦，又不能看报看电视以遣忧，只有一架古董收音机喋喋为伴。暗淡的孤寂中，他能想些什么呢？除了亡妻和历历的或是渺渺的往事；除了独子为什么不常在身边；而即使在身边时，也从未陪他久聊一会，更从未握他的手或紧紧拥抱住他的病躯；更别提四个可爱的孙女，都长大了吧——但除了幼珊之外，又能听得见谁的声音？

长寿的代价，是沧桑。

所以在遗物之中竟还保有他常戴的帽子，无异是继承了最重要的遗产。父亲在世，我对他爱得不够，而孺慕耿耿也始终未能充分表达。想必他内心一定感到遗憾，而自他去后，我遗憾更多。幸而还留下这么一顶帽子，未随碑石俱冷，尚有余温，让我戴上，幻觉未尽的父子之情，并未告终，幻觉依靠这灵媒之介，犹可贯通阴阳，串联两代，一时还不致径将上一个戴帽人完全淡忘。这一份与父共帽的心情，说得高些，是感恩；说得重些，是赎罪。不幸，连最后的这一点凭借竟也都失去，令人悔恨。

寒流来时，风势助威，我站在岁末的风中，倍加畏冷。对不起，父亲。对不起，母亲。

二〇〇九年四月

追思许世旭

近日商禽去世，该是台湾现代诗坛自覃子豪以来最大的折损。其间当然还有羊令野、大荒、梅新、林耀德等多位，损失不轻。不过史无前例，自周梦蝶以下，八十岁左右的老诗人，迄未放下诗笔而仍在发表的，还有好几位。

商禽走后又传来许世旭的噩耗，牵动我多年的回忆。我和他见面不过六七次，私交不能算厚，但是每次交接，都感到他的诚恳笃厚，北国汉子的身上可掬儒家君子的文雅。只知道他虽然在师大国文系修博士，必须投入儒家的经典，另一方面却与现代诗人，尤其是军中的几位，交往最密，甚至用中文写起现代诗来。我在师大英语系任教多年，与国文系却少来往，后来又去了美国与香港，所以难得和许先生见面。不料在二〇〇一年底忽然接到他来信，说正在翻译我的——不是诗，而是散文。二〇〇二年底，果然就收到他从汉城（当时尚未改称首尔）寄来的，由他编译的中国现代散文选《黄河一掬》。

三天前因为韩国的李相冕教授从台北来访，我才在书灾已久的书斋把这本书找出来请教来宾。李教授在韩国是法科大学法学部的教授，本学年在政大国际事务学院客座，八月底即将任满回国。他也喜欢现代诗，并出示所写两首新作：其中一首《山》颇有意象派之趣。我便说："交给我吧，由我推荐在台湾发表。"陪他一同南下的东森电视制作人梁欣如小姐告诉我，李教授是马英九的老友。我说："怎么会？"她说："他们是哈佛大学博士班的同学。"李教授听我说，我和家人刚从佛罗伦萨游罢归来，欣然相告，他也曾去过两次。当时我和我存、佩珊、季珊正请台北客人在左岸附近的一家意大利餐厅午餐。那餐馆名叫 La Prosa, Osteria，菜牌也用意大利文。李相冕念得流畅无误。和他谈起文艺复兴时期的画家，得知他也是同好。他翻阅许世旭编译的《黄河一掬》，直说译文颇佳。

这本中国现代散文选于二〇〇二年十月由韩国名家出版社推出，厚二百八十六页，共收五四以来的散文家二十三位，作者是鲁迅、周作人、胡适、郭沫若、许地山、林语堂、徐志摩、郁达夫、朱自清、丰子恺、老舍、冰心、废名、梁实秋、巴金、李广田、谢冰莹、萧红、何其芳、余光中、林非、余秋雨、贾平凹。我入选的两篇是《蒲公英的岁月》和《黄河一掬》,后者就用来做书名,也许是要突出中国的地理,译者的苦心可见,但于我却倍感荣幸。此书如果由我来选,作者的阵容至少会换掉四分之一:详古略今之偏应加调整,台湾的作者应该增加。不过,比起编选来,翻译这许多风格不同的散文家,更是艰巨。许世旭的编译不但选入诗歌,还兼顾了散文。他在中韩文学交流的贡献,实在值得我们永志不忘。

二〇一〇年九月八日

永怀锡公

我来“中山大学”任教，迄今竟已二十五年——一个世纪四分之一的悠长岁月，已接近我生命的三分之一——因此我定居高雄的时间，也超过世界任何城市。在此期间，我一直在“中山”专任，从未外出兼课，更不接受外校的聘职，百分之百成了“中山人”。留住我的这一股向心力，论自然则为西子湾的山海，论人事则为“中山大学”的师生，尤其是创校的首任校长李焕先生。

温馨的回忆得追溯到一九八四年：当时我还在香港中文大学任教，精英人才多有外迁美加澳新之计。“中山”外文系的李永平教授建议黄碧端主任，试邀原本就是由台迁港的我回来。黄主任又将此意向李校长提出。因此那年年初我回台为新闻局颁赠金鼎奖，住在来来饭店，锡公便亲自驾临来和我共进早餐，并邀我来“中山”任教。

“来来”果然是吉兆。锡公的语气诚恳而又亲切,湖北口音入我惯听川语之耳,更是如此。论年纪他当然是前辈,论见识当然阅历更丰。当时我内人也在座,他更向她再三致意,力陈离港回台的好处,这就更有西方绅士之风了。难怪“中山”建校之初,海外那许多青年才俊都应他之召纷纷来归,来西子湾报到。结果是,早餐尚未吃完,我就答应他了。

却未料到,第二年我们迁来西子湾,湾主锡公却接下“教育部长”的新职,去了台北。“中山”校长由赵金祁教授继任,同时也继承锡公美意,对我相当礼遇。就这么,在寿山的朝瞰和海峡的晚霞之间,我留了下来,再回顾已然白尽了头。锡公政躬太忙,除了一九九〇年他在岛内文艺奖的颁赠典礼上,亲手把奖座颁给我之外,见面机会可惜不多。

二十五年来,我之所以长守西子湾头,连退休之后仍留校兼课不辍,并题遍以“中山”为名的纪念品,例如运动衫、茶杯、铅笔、雨伞,主要的原因就是对锡公当年郑重相邀的感念。他功成身退,长寿以终,而首创的“中山大学”,在后继的历任校长接力之下,也日益成长,且已庆三十周岁,留下如此的去思,应无遗憾;但我失知音,仍令人临风北望,不胜神伤。

二〇一一年一月三日

袁可嘉，诚可嘉

中国新诗的发展史，从一九一九到一九四九年的三十年间，如以十年为一代，则徐志摩、闻一多、郭沫若当为第一代；冯至、艾青、卞之琳为第二代；而四十年代的“九叶派”为第三代。这只是大概的断代而已，其实抽刀何能断水，不过方便论述罢了。“九叶派”的九位诗人，在动荡的过渡时期，未能尽展才情，所以在读者的心目中，既无机会像徐志摩、艾青那样成名于一九四九年之前，也没有可能像北岛、舒婷那样发轫于“开放”之初。

《九叶集》九人之中，辛笛承先启后，声名较著，年龄也较长，晚年干脆写起旧诗来。大致说来，这九位诗人（辛笛、陈敬容、穆旦、郑敏、唐湜、唐祈、杜运燮、袁可嘉、杭约赫）的师承，不再是第一代之于浪漫主义或第二代之于写实主义，而是追摹英国邓约翰[1]以降的玄学诗风，强调形式上的传统格律与风格上的虚实相生，艺术科学相融，感性知性兼通。因为在二十世纪初艾略特鼓吹的正是邓约翰的这种诗风，牛津少壮派以奥登为首莫不景从。其间有一位诗人兼评论家燕卜荪（William Empson, 1906—1984）更在北京大学任过教授，其诗学名著《歧义七型》[2]（*Seven Types of Ambiguity*）对当年的论诗诠释影响至巨。四十年代中国新诗本有机会摆脱西方浪漫诗派滥情纵感之风，而引进玄学诗派情理兼通的综合诗观，可惜九叶诗人未能尽其全功即面临政治变局，改弦之余来不及更张。例如袁可嘉，他在创作、理论、翻译三方面都很用心，但面临新的意识形态，只能放下布莱克、哈代、叶芝与奥登，转而去译介彭斯。彭斯是苏格兰的农民诗人。

祖国的媒体一律称我为台湾诗人，当然没错。可是我的诗心早在南京，甚至重庆就起跳了。《九叶集》的诗人跟我并不算完全隔代。早在一九八一年"改革开放"之初，辛笛去香港中文大学参加"四十年代中国文学研讨会"，我不但与他初识，还提出一篇论文，叫《试为辛笛看手相》。至于《九叶集》另一诗人袁可嘉，则是我的学长。

1　邓约翰，即约翰·邓恩（John Donne），十七世纪英国玄学派诗人。

2　《歧义七型》，通译《朦胧的七种类型》。

我与可嘉成为同学，是在四川江北县悦来场的南京青年会中学。当时正值抗战，该校由南京迁往重庆。一九四〇年，我进该校初一班，他却是高二的高才生，更是军训大队的大队长。全体寄宿生在膳堂吃完饭，得由他喝令大家“起立”，并代表大家向训导主任一鞠躬，再喝令大家“解散”。我初次住校，吃饭又慢，袁大队长往往等我停筷之后，才发“起立”之令。事后他会走过来，婉劝小学弟“要练习吃快一点”。

除此之外，大队长和小队员并无任何接触。一九四一年春天他转学去名校南开中学。同年秋天他终于进了中国现代教育史上最好的大学，由北大、清华、南开合并的“西南联大”。

但是两位同学重聚，要等到一九九二年九月，我应北京社科院之邀北上去讲学。那次在可嘉陪同下，我更拜见了卞之琳、冯至两位前辈，非常感慨。后来他在《光明日报》上刊登了短文《五十年后喜重逢》。同年十月，“海峡两岸外国文学翻译研讨会”在珠海召开，可嘉与王佐良、许俊、罗新璋等南下与会，我则会同金圣华等香港学者去参加。但是会短人多，两位老同学并未畅叙。我送他的书显然他也无暇细看。

又过了六年，我正值七十岁，香港《诗双月刊》的主编王伟明预备为我出一专辑，特邀可嘉撰稿。可嘉长我七岁，他所属《九叶集》诗社也早于《蓝星》十年，按理根本无须应邀。结果他还是动了笔，交了一篇写得很认真的五千字长文：《奇异的光中——余光中诗歌选集读后感》。为了鼓励当年吃饭太慢的小学弟，他对我一生的诗作语多溢美，开头的一段是："这是一座现代诗坛的富金矿啊！全书三册，包括作者半个世纪（1950—1997）以来十六部诗集。其产量之丰，平均质素之高，题材范围之广，开掘之深，想象之丰沛，构思之灵巧，风格之多变，在在使我惊喜，叹为现代诗坛所罕见。这得力于他从事创作的执著勤奋，他的中外文学修养深厚，善于融欧化古，结合现代和传统，并向绘画音乐学习，中年还注意吸收歌谣的长处。"

接着可嘉列举拙作多篇，一一析赏肯定，所选包括《敲打乐》《当我死时》《忘川》《有一个孕妇》《呼唤》《乡愁》《中国结》《湘逝》《夜读东坡》《刺秦王》《寻李白》《念李白》《还乡》《白玉苦瓜》《火浴》《自塑》《五十岁以后》《珍珠项链》《水晶牢》《浪子回头》《在渐暗的窗口》《五行无阻》。凡所赏析，点到为止，并不拘泥于西方当令的显学理论。

可嘉已经作古。他对中国新诗的贡献，在创作、翻译、评论各方面都令人不能忽视，可惜他的时代变得太快，禁忌也太多，时不我与，未尽其才,否则他的贡献当更巨大。然而当年能进西南联大,还是一大幸运。至于和我同窗的南京青年会中学,虽非名校,却也为他厚建了修炼西学的基础。他在二〇〇一年一月二十九日给我的信中,也不禁对我们共同的母校深怀感恩,强调该校“办学认真,师资优良,校风端正。孙良骥老师教我英文十分得法,常予我鼓励”。

想必孙良骥老师更早已作古了,但他响亮清晰的英语和南京腔调的普通话仍在我听觉记忆的深处回荡。要是他知道他班上先后出了两个诗人,辛苦的他,该感到有多安慰啊。

二〇一四年二月十六日

赵丽莲老师墓志铭（1899—1989）

安息在此的是一个美丽的灵魂。生前她具有智者的头脑，仁者的心肠，健美的体格，清澈的语音。她是赵士北与白慧熙的女儿，唐荣祚的妻子，唐鸿光、唐鸿滨、唐楣的母亲，但是对于无数的学生、读者、听众，她永远是众所敬爱的赵丽莲老师。无论在教室的内外，无论在退休的前后，无论气候是晴是阴，无论身体有病无病，这位有教无类的老师永远娓娓而教，谆谆而诲。她口头教的虽是国际的英语，身上流的虽有一半是西方的血液，但她的遗言、她的榜样却恒在提醒我们：莫忘爱国，莫忘做自尊自豪的中国人。在乐山乐水的福岛福地，我们为她建造这安息的墓园，以表最高的崇仰，最深的怀念。

第二辑　乡愁

西湖重游

接受了浙江大学的邀请，在清明节前五天由高雄直飞杭州，开始六天的访问。联络人是浙大传媒与国际文化学院的陈强教授，笔名江弱水。早在八〇年代末期，弱水就以卞之琳先生私淑弟子的身份和我通信，后来又因我和卞先生是现代诗同道，而成为有我参加论文审查的博士生。他的慎思明辨贯通了中西古今的诗艺，有《古典诗的现代性》与《中西同步与位移——现代诗人丛论》两书可以印证。非但如此，他的小品文也写得风趣生动。去年五月他来台学术访问两月，事后出版了《陆客台湾》文集，对此行所见的世情与人物，正叙侧写，均有可观。

浙江大学的邀请，我很快就接受了，原因是多重的。首先，联络人是弱水，此行一定会妥善安排，他的品位我当然放心。其次，我上回去杭州，是在二〇〇四年五月，先在同济和复旦两校演讲，然后由喻大翔教授陪我们夫妻去游杭州，那头也由弱水接待。不过比这一切更早的，是小时候住在南京，就曾随父母来过这风雅的钱塘古都。那时我究竟几岁，已不记得，倒是后来常听父母提起；总之这件事久成我孺慕的一幕。

但是我去杭州，另有一个动机，就是成全吾妻我存的寻根之旅。我存的父亲范赉先生，也就是我从未见面的岳父，在抗日战争爆发的第三年春天，因肺疾殁于四川的乐山。时为一九三九年三月二十八日，他才三十九岁，留下哀伤而无助的三个女人，我存的外婆、母亲与八岁的我存，去面对不知该如何应变的国破家亡。后来的情形，只有在我存和她母亲的零星回忆和当年仅存的一本相簿里去拼凑梗概：她的父亲籍贯江苏武进，南京工学院[1]毕业，留学法国，回国后在浙大任教，抗战初期带家人一路逃难去大后方，终因肺病恶化而滞于乐山。

一九九六年十一月，我去四川大学访问，事后与我存专程南下乐山，凭着当年葬后留下的两张地图，想去按图索墓。毕竟事隔半个多

1 南京工学院，现更名为东南大学。

世纪了,“再回头已百年身”,物是人非——不但人非,抑且物非了,瞻峨门外,大渡河边,整座胡家山上早已变得沧桑难认,哪里找得到那个孤坟?

但是回过头来,浙江大学幸而犹在,不但犹在,而且校誉更隆,全国排名,长在前列。乘我前去访问,一定会发现可贵的资料,可助拼图。此意向弱水提出,他说那是当然。

三月三十日的黄昏,弱水在萧山机场接机,把我们安置在西湖北岸的新新饭店别馆,提醒我说:“七年前你和喻大翔来,也是住在这里。”又说:“民初的报人沙孟海遇刺,也在这间。”夜色苍茫,宽大的阳台上只见隔水的长堤上柳影不绝,灯光如练。我们果然置身杭州了。

次晨弱水和他的太太杨岭来带我们去游湖。这才发现,昨夜所见的柳堤原来是白堤,而所隔的烟水只是北里湖,还不是西湖的主湖。四人沿着北山路东行,弱水背湖仰面,为我们指点山上矗立的保俶塔。终于走到白堤东端的断桥残雪,弱水说,相传《白蛇传》中许仙就是在这里邂逅了白娘子。桥上有一木亭,匾书“云水光中”,十多年前简锦松游湖,见题词含有我名,曾摄影相赠。那天游客不少,更多晨练的市民,就在亭前相拥起舞,一片太平盛世气象——不知当年父母带我来游,是否也这般旖旎风光。杭州人得天独厚,传统特长,一道堤上有多少故事,一声橹里有多少兴亡,真令我不胜艳羡。去夏我和家人游佛罗伦萨,也不胜低回,但是杭州的风流儒雅,似乎更令我神往。苏堤与白堤,岳墓与秋瑾墓,灵隐寺与香积寺,雷峰塔与六和塔,这一切牵人心肠的地标,甚至是引人梦游的坐标,又何逊于佛罗伦萨与威尼斯?

正是春分已过,清明待来,柳曳翠烟,桃绽绛霞,令人不由想起袁宏道赞叹的"断桥至苏公堤一带,绿烟红雾,弥漫二十余里;歌吹为风,粉汗如雨,罗纨之盛,多于堤畔之草,艳冶极矣"。那天春晴料峭,日色淡薄,白堤上游人虽多,却无什么歌吹,近午时倒是令人有些出汗。天上不时可见老鹰盘旋,游人却不怎么在意,后来越飞越低,才发现是有人在堤上收线,原来竟是风筝。于是彩蝶翩翩,也会降落到女孩子手上来,我也接到一只,只有巴掌大小,竟能曼舞湖上的风云。弱水说这季节西湖的风势正好放风筝,否则不可能这样收放自如。弱水又说:"走累了吧,不如上船。"四人便上了一条白帆布篷遮顶的游船,相对而坐,游起湖来。船夫兴致很好,带有本地乡音的普通话也斯文亲切。记得他只是撑篙,并不摇桨,过了张岱的湖心亭,过了诗人禅意的三潭印月,把我们放在小瀛洲浒。小船再来接渡,就把我们撑回堤上去了。

这就是我三月底的杭州之行：西湖之缘虽得以续，也只能浅尝即止，步堤倚舷，不满一天。湖上风平浪静，岸上岁月悠悠，我的深心却不得安宁。那么长远的记忆啊，民族的、家族的、童年的、悲壮的、倜傥的、缠绵的、方寸的此心怎么容得下理得清呢？湖边一宿，别说杭州通判的“水光潋滟晴方好”了，就鉴湖女侠的一句“秋风秋雨愁煞人”，都令我客枕难安。

当天晚上，我在浙大紫金港校区的蒙民伟国际会议中心演讲，题目是“美感经验之互通——灵感从何而来”。我用不少投影来印证，讲了一个多小时。开场白就以我与杭州和浙大的因缘切入，说明小时候就随父母来过此城，又说不但杭州是我存的出生地，而且浙大是我岳父任教的学府。六百多师生报以热烈掌声。由于听众太挤，向隅的百多位只能另辟一室以屏幕听取，所以我事先还特别去另室致意一番。

我的讲座是以“东方论坛”的名义举行，并由罗卫东副校长主持，胡志毅院长介绍。讲前有一简短仪式，把客座教授的聘书颁赠给我。这么一来，我不是有幸成为岳父范赉教授的同仁了吗？

更高兴的，是浙大事先已搜到有关我岳父的资料，也在那场合一并相赠。我存的寻根之旅遂不虚此行了。根据那些信史，我岳父短暂的一生乃有了这样的轮廓：

范赉，字肖岩，江苏武进人，一九〇〇年出生。南京工学院毕业，留学法国，卒业于巴黎大学理科植物系。一九二八年起任教于浙江大学，为农学院园艺副教授，每月薪资由一百六十大洋调整为两百四十大洋。一九二九至一九三一年曾代园艺系主任。长女我存生于一九三一年杭州市刀茅巷。当时浙大的农艺场、园艺场、林场、植物园等占地多达七千多亩。范教授带学生临场生物实习，曾远至舟山群岛东北端的小岛嵊山。

二〇一一年八月

皖南问俗

皖南三日行，越来越深入江弱水的故乡。他是青阳人，对皖南一带的地理、人文十分熟悉，一路为我们指点名胜古迹，并佐以历史的背景，涉及朱元璋与太平天国的种种尤其生动。他对古典诗词的记性不下于李元洛，历数皖南沧桑之际，更常引诗为证，真是难得的导游。

四月四日，我们驶入了青阳县朱备乡的龙口小村，到了一条清溪的桥边。弱水请晨虎停下车来，并径自按下车窗，向临街店铺叫了一声“表嫂”。我只道皖南民风淳厚，招呼亲切。那妇人教我们把车开到西边的院子里，不久就来我们围坐的白石圆桌，摆满花生瓜子之类，泡上今春第一杯明前茶，态度之亲切自然，俨若家人。原来她真是弱水的表嫂！我们松了一口气，就在树下悠悠享受茶点，一边聆听小溪的急湍清流潺潺漱石而去。

我们再度上路，转晴的阳光在九华山下的平原上迎接我们。昨天下午，参加池州杏花村诗会的各地诗人，在九华山中困于阴湿的雨雾，更苦于脚下的滑泥，对于黄山之行实在难寄厚望。此时的九华山——不，我们已转到了九华后山——在转晴的远景之中，巨幅的石壁半露筋骨，半掩在苍郁的林木之下，笔墨丰沛，令人想到黄宾虹蓬勃的画面。九华后山青黛连绵的阵势，倚老兼而倚天，庄重得令人起敬，但是山麓的平畴上，一望无边，黄艳艳令人目眩，一排排密密麻麻的队伍，黄旌黄旗擎得那么整齐的，却是生气鲜活的油菜花田。对比之下，很像肃容端坐的老辈膝下，嬉戏着、嚣闹着那么一大群孩童。

弱水领着我们越陌度阡，步入菜花深处，近前嗅时，一片花香袭人如潮，饱饫肺腑。我存和我不禁怀念四川田畴的土埂，纵横交错、蜂忙蝶乱的情景。九华山迤逦青阳县境，弱水引我们深入这一片魔幻的花香，等于不落言筌地带我们探入他童年的梦境。细圆柱形的绿茎，像精灵世界的廊柱，把盛开四瓣的黄花托到高齐人胸，满田的活力与生机，把春天闹得不可收拾。谁说皖南就不是江南呢？至少施闰章、黄宾虹、胡适之，一定不会甘心吧。

花已如此，人岂不然。皖南的三日车程，这样的油菜花田不断拍人脸颊，令我们左顾右盼，简直应接不暇，更想起当年自己做村童的时候，也曾经坐拥一亩亩的黄金，富可敌城。那天正是清明节前一日，缤纷的春色倒也不让菜花独占。嫣然羞赧的桃花，白得患洁癖的玉兰，璎珞成串的樱枝，加上山茶、迎春和海棠，而只要近水，更袅娜着翠雾一般的倩柳。童年的记忆在都市的尘灰中久已失色，那几天竟又苏醒了过来。

车过九子岩景区大门，我们停下来稍息。弱水正为大家指点风物，忽见檐影燕尾之下，衬着九华山披麻皴法的远景，有一块米色整石，长近三丈，像剖成一半的不规则椭圆，覆盖在青草场上。石上坐着几个女孩，约莫十三四岁，正在谈笑。后来又有一个女孩，似乎更小，却领着一个四五岁的小童爬上石顶。我们觉得有趣，便向巨石走去。这才看清原先的几个女孩一律短发垂颈，额前全留着刘海，半蔽的脸蛋都浑圆饱满，两颊红润，眼神灵活。显然都是住在附近的中学生，在星期天的下午，泡在一起，懒懒地享受着彼此的活力和稚气。弱水和她们搭讪起来，又问她们读几年级，原来都是“朱备中学”的初中学生。

这些逍遥的村姑，问答之间毫不矜持，也毫无羞怯。弱水终于问她们，课本上有未读过《乡愁》？回答是有。弱水指着我说：“作者就在这里。"她们笑得有点不信。弱水说:"不信,你们就下来合照张相,去问老师好了。"她们果然动摇了,一起溜下石坡,来跟我们合影。

重新上路,我却十分感动。真羡慕这些无忧的孩子,后有九华巍巍的靠山,前有春色无际的油菜花田,功课压力显然还轻,青春的活力一时还挥霍不尽,梦的翅膀还没有长齐,乡愁更无从说起。弱水告诉我,这一带曾经是朱元璋大将常遇春备兵之地,后来又跑过长毛,躲过日寇。但目前皖南这一带,包括宣州、池州、徽州等地,显然都安宁而且小康:九子岩那几个女孩的一幕,给我的保证胜过整本宣传的小册子。

沧桑感当然还是有的。抵达杭州的次晨,弱水和他的太太杨岭带我们游西湖,只说他们是长干同里。之后在皖南的三日车程,他倒是讲了不少故乡的事。在龙口见过了他的表亲,终于在一泓清冽的湖边停车,他介绍该地叫牛桥,令人不禁联想到牛津、剑桥。接着他若有所思,说当年他就是在这水底和未来的妻子相会。怕我们不解,他又说这一带原是山坳间的村墟田畴,后来筑湖,便落到波下去了。这真是写诗的好题目,也可见所谓乡愁不全来自地理,也是岁月的沧桑造成。

皖南三日,活动很多,难以细说。池州的诗会上见到不少祖国大陆的诗人，见到舒婷和陈仲义尤其高兴。媒体访问，总爱问我以前去过安徽没有。我差点要说没有，却记起了一件事情，证明和安徽还是有缘的。那是一九四六年仲夏，抗战胜利次年，我才十八岁，和母亲搭了一艘小火轮，从重庆顺流东下，出三峡，泊武汉，回南京的途中，也曾在安庆上岸。后来在《塔》一文中，我如此追叙："舣泊安庆，母子同登佛寺的高塔，俯视江面的密樯和城中的万户灰甍。塔高风烈。迷蒙的空间晕眩的空间在脚下，令他感觉塔尖晃动如巨桅，而他只是一只鹰，一展翅一切云都让路。"我告诉记者，那佛寺正是迎江寺；而塔，正是振风塔。

二〇一一年八月

黄山诧异

徐霞客，华山夏水的第一知音，造化大观的头号密探，早就叹道："薄海内外无如徽之黄山，登黄山天下无山，观止矣！"他是最有资格讲这句绝话的，因为千岩万壑，寒暑不阻，他是一步步亲身丈量过来的，有时困于天时或地势，甚至是一踵踵、一趾趾，踉踉跄跄，颠颠踬踬，跼躅探险而跋涉过来的。

黄山不但魁伟雄奇，而且繁复多变，前海深藏，后海瘦削，三十六峰之盛，不要说遍登了，就算大致周览而不错认，恐怕也不可能。既然如此，浅游者或为省时间，或限于体力而选择索道的捷径，也就情有可原了。何况索道有如天梯，再陡的斜坡也可以凌空而起，全无阻碍，再高傲的峰头也会为我们转过头来，再孤绝的绝顶也可以亲近，不但让我们左顾右盼，惊喜不断，而且凭虚御风，有羽化登仙的快意。骑鹤上扬州,有这么平稳流畅吗?古人游仙诗的幻境也不过如此了吧?

一切旅程,愈便捷的所见愈少。亲身拾级而上迂回而下的步行,体会当然最多也最深,正是巡礼膜拜最“踏实”的方式。所以清明节前一天,我们终于进入黄山风景区的后门,亦即所谓“西海”景区丹霞峰下。此地的海是指云海,正是黄山动态的一大特色。我们夫妻二人,浙大江弱水教授,弱水的朋友杨晨虎先生(此行全靠他亲驾自用的轿车),都是黄山管委会的客人,由程亚星女士陪同登山。

车停山下,我们在太平索道站上了缆车,坐满人后,车升景移,远近的峰峦依次向我们扭转过来,连天外的远峰,本来不屑理会我们的,竟也竞相来迎,从俯视到平视,终于落到脚底去了。万山的秩序,尊卑的地位,竟绕着渺小的我们重新调整。靠着缆索的牵引,我们变成了鸟或仙,用天眼下觑人寰。李白靠灵感招致的,我们靠力学办到了。

三点七公里的天梯,十分钟后就到丹霞站了。再下车时,气候变了,空气清畅而冷冽,骤降了十度。这才发现山上来了许多游客。午餐后我们住进了排云楼宾馆,准备多休息一会,在太阳西下时才去行山,也许能一赏晚霞。

山深峰峻,松影蟠蟠,天当然暗得较快。迎光的一面,山色犹历历映颊。背光的一面,山和树都失色了。真像杜甫所言:“阴阳割昏晓。”折腾了一天,又山行了一两里路,是有些累了。回到排云楼,刚才喧嚷的旅客,不在山上过夜的,终于纷纷散去,把偌大一整列空山留给了我们。我们继承了茫茫九州最庄严的遗产,哪怕只是一夜。“空山松子落”,静态中至小的动态,反而更添静趣、禅趣。

真像歌德所言:“在一切的绝顶。”万籁俱寂,只有我的脉搏,不甘吾生之须臾,还兀自在跳着。那么,河汉永恒的脉搏,不也在跳着么?不逝者如斯乎,不舍昼夜。我悄悄起床,轻轻推门,避开路灯,举头一看,原来九霄无际的星斗,众目睽睽,眼神灼灼,也正在向我聚焦俯视。猝不及防,骤然与造化打一个照面,能算是天人合一么?我怎么承受得起,除了深深吸一大口气。太清、太虚仍然是透明的,碍眼的只是尘世的浊气。此福不甘独享,回房把我存叫起来读夜。

第二天四人起个大早,在程亚星的引导之下,准备把黄山——至少是后海的一隅半角——瞻仰个够。程亚星在黄山风景区管委会已经任职十七年,她的丈夫更是屡为黄山造像的摄影家,有她在一旁指点说明,我们(不包括弱水)对黄山的见识才能够免于过分肤浅。她把自己在一九九九年出版的一本文集《黄山情韵》送了给我,事后我不断翻阅，得益颇多。

导游黄山的任何小册子，都必会告诉游客，此中有四绝：奇松、怪石、云海、温泉。此行在山中未睹云海，也未访温泉，所见者只有黄山之静。尽管如此，所见也十分有限；但另一方面印象又十分深刻，不忍不记。

语云：看山忌平。不过如果山太不平，太不平凡了，却又难尽其妙。世上许多名山胜景，往往都在看台上设置铜牌，用箭头来标示景点的方向与距离，有时更附设可以调整的望远镜；在黄山上却未见这些——也许是不便，但更是优点。因为名峰已多达七十二座了，备图识山，将不胜其烦；设置太多，更会妨碍自然景色。黄山广达一百五十四平方公里，山径长七十公里，石阶有六万多级，管理处的原则是尽量维持原貌，不让人工干扰神功。我去过英国西北部的湖区，也是如此。

黄山之富，仅其静态已难尽述，至于风起云涌，雪落冰封，就更变化万殊。就算只看静态，也要叹为观止。黄山的千岩万壑，虽然博大，却是立体的雕刻，用的是亿年的风霜冰雪，而非平面的壁画，一览可全。陡径攀登，不敢分心看山，就算站稳了看，也不能只是左顾右盼，还得瞻前顾后，甚至上下求索，到了荡胸决眦的地步。那么鬼斧神工的一件件超巨雕刻,怎能只求一面之缘呢？可是要绕行以观,却全无可能：真是人不如鸟,甚至不如猿猴。所以啊,尔等凡人,最多不过是矮子看戏,而且是站在后排,当然难窥项背,更不容见识真面目了。所以连嶂叠岭,岩上加岩,有的久仰大名,更多的是不识、初识,就算都交给相机去备忘,也还是理不出什么头绪。山已如此,更别提松了。

我存拍了许多照片,但是很难对出山名来。这许多石中贵胄,地质世家,又像兄弟,又像表亲,将信将疑,实在难分。可以确定的,是从排云楼沿着丹霞峰腰向西去到排云亭,面对所谓“梦幻景区”,就可纵览“仙人晒靴”与“飞来石”。前者像一只倒立的方头短靴,放在一方方淡赭相叠的积木上,任午日久晒。后者状似瘦削的碑石,比萨斜塔般危倾在悬崖之上,但是从光明顶西眺,却变形为一只仙桃。此石高十二米,重三百六十五吨,传说女娲炼石补天,这是剩下的两块之一。它和基座的接触,仅似以趾点地,疑是天外飞来,但是主客的质地却又一致,所以存疑迄今。

从排云楼沿陡坡南下,再拾级攀向东北,始信峰嵯峨的青苍就赫然天际了,但可望而不可即,要跟土地公的引力抗拒好一阵,才走近一座像方尖塔而不规则的独立危岩。可惊的是就在塔尖上,无凭无据地竟长出一株古松来。黄山上蟠蜿的无数劲松,一般都是干短顶齐，虬枝横出，但这株塔顶奇松却枝柯耸举，独据一峰。于是就名为“梦笔生花”。弱水免不了要我遥遥和它合影，我也就拔出胸口的笔做出和它相应的姿势，令弱水、晨虎、亚星都笑了。

到了始信峰，“石笋矼”和“十八罗汉朝南海”的簇簇锋芒，就都在望中了。所谓“十八罗汉”，也只是约数，不必落实指认，其中有的危岩瘦削得如针如刺，尤其衬着晴空，轮廓之奇诡简直无理可喻。上了黄山，我的心里十分矛盾：一方面是神仙吐纳的空气，芬多精的负离子是城市十多倍，松谷景区负离子之浓，可达每立方厘米五万到七万个，简直要令凡人脱胎换骨。加上山静如太古，更令人完全放松、放心。但另一方面，超凡入圣，得来何等不易，四周正有那么多奇松、怪石等你去恣赏，怎么能够老僧入定，不及时去巡礼膜拜呢？

奇松与怪石相依，构成黄山的静态。石而无松，就失之单调无趣；松而无石，就失去依靠。黄山之松，学名就称“黄山松”，为状枝干粗韧，叶色浓绿，树冠扁平，松针短硬。黄山多松，因为松根意志坚强，得寸进尺，能与顽石争地。原来黄山的花岗石中含钾，雷雨过后空中的氮气变成了氮盐，能被岩层和泥土吸收，进而渗入松根，松根不断分泌出有机酸，能融解岩石，更能分解岩中的矿物与盐分，为己所用。因此黄山松之根，当地人叫作“水风钻”，为了它像穿山甲一样，能寻隙攻坚，相克相生，把顽石化敌为友。所以八百米以上的绝壁陡坡，到处都迸出了松树，有的昂然挺立，有的回旋生姿，有的枝柯横出，有的匍匐而进，有的贴壁求存，更有的自崖缝中水平抽长，与削壁互成垂直，像一面绿旗。

这一切怪石磊磊，奇松盘盘，古来的文人高士，参拜之余，不知写了多少惊诧的诗篇，据说是超过了两万首，那就已将近全唐诗的半数了。我也是一位石奴松痴，每次遇见了超凡的石状松姿，都不免要恣意瞻仰，所以一入黄山就逸兴高举，徘徊难去。尤其是古松槎丫纠虬，就像风霜造就的书法，更令人观之不足。下面且就此行有缘一认的，略加记述。

凤凰松主干径三十厘米，高龄两百载，有四股平整枝丫，状如凤凰展翅，十分祥瑞，其位置正当黄山的圆心，近于天海的海心亭。黑虎松正对着梦笔生花，雄踞在去始信峰的半途，望之黛绿成荫，虎威慑人，据说寿高已四百五十岁。连理松一根双干，几乎是平行共上，相对发枝，翠盖绸缪，宛如交臂共伞的情侣，弱水为我们摄了好几张。竖琴松的主干弯腰下探，枝柯斜曳俯伸，似乎等仙人或高士去拨弄，奏出满山低调的松涛。

送客松和迎客松在玉屏峰下，遥相对望，成了游客争摄的双焦点。送客松侧伸一枝，状如挥别远客的背影。迎客松立于玉屏楼南，东望峥峥的天都，位据前海通后海的要冲，简直像代表黄山之灵的一尊知客僧。它的身世历劫成谜，据说本尊早被风雪压毁，枝已不全，今日残存的古树高约十米，胸径六十四厘米，从一九八三年起派了专人守护。第十位守树人谢宏卫自一九九四年任职迄今，就住在此树附近的陋屋之中，每天都得细察枝丫、树皮、松针的状况，并注意有无病虫为害。严冬时期他更得及时扫雪敲冰，解其重负。他曾经一连四五年没回家过年——松而有知，恐怕要向他的家人道歉了。此树名满华夏，几已神化。程亚星告诉我们：一九八一年有挑夫歇于其下，一时兴起，在树身去皮刻字，因此坐牢。

黄山之松，成名者少而无名者多，有名者多在道旁，无名者郁郁苍苍，或远在遥峰，可望而不可即，或高踞绝顶，拒人于险峻之上，总之，无论你如何博览遍寻，都只能自恨此身非仙，不能乘云逐一拜访。松之为树实在值得一拜：松针簇天，松果满地，松香若有若无，松涛隐隐在耳，而最能满足观松癖者的美感的，仍是松干发为松枝的蟠蜿之势，回旋之姿，加上松针的苍翠成荫，简直是墨沈淋漓的大手笔书法，令人目随笔转，气走胸臆。

二〇一一年八月

故国神游

五月中旬去西安讲学。那是我第一次去陕西，当然也是首访西安。对那千年古都神往既久，当然也有莫大的期待，结果却几乎扑了一个空。当然那是我自己浅薄，去投的又是如此深厚的传统，加以为期不满五天，又有两场演讲、一场活动，所以知之既少，入之又浅，谈不上有何心得。“五日京兆”吗？从西周、西汉、西晋一直到隋唐，从镐京、咸阳、渭城到长安，其中历经变化，史学家甚至考古学家都得说上半天。自宋以来，其帝国之光彩就已渐渐失色，所以轮到贾平凹来写《老西安》一书时，他的副题干脆就叫作“废都斜阳”了。

从头到尾，今日西安市中心的主要景点，例如钟楼、鼓楼、碑林、大雁塔等，都过门而未入。倒是听西安人说，钟楼与鼓楼正是成语“晨钟暮鼓”之所由，而古人买东西得跑去东大街和西大街，因此而有“买东西”一词。最令我感动的是,西安还有一处“燕国志士荆轲墓”。矛盾的是,我对这古都虽然所知不多,所见更少,可是所感所思却很深。这么多年,我虽然一步也未踏过斯土,可是自作多情地却写过好几首诗,以长安为背景或现场。

我在西安的第一场演讲就叫作“诗与长安”:前面一小半多引古人之作,例如李白的《忆秦娥》、杜牧的《将赴吴兴登乐游原》、白居易的《长恨歌》、辛弃疾的《菩萨蛮——书江西造口壁》和《世说新语》日近长安远之说。

后面的大半场就引到我自己所写涉及长安的诗,一共七首,依次是《秦俑》《寻李白》《飞碟之夜》《昭君》《盲丐》《飞将军》《刺秦王》。我用光碟投影,一路说明并朗诵。《秦俑》颇长,从古西安说到西安事变,从桃花源说到十二尊金人和徐福的六千童男女;中间引入《诗经·秦风》四句,我就曼声吟诵出来,颇有立体效果。《寻李白》有赞谪仙三行:“酒入豪肠,七分酿成了月光/余下的三分啸成剑气/绣口一吐就半个盛唐”,入选许多选集。《飞碟之夜》用科幻小说笔法想象安禄山的飞碟部队如何占领长安。《昭君》讽刺卫青与霍去病都无法达成的事,竟要弱女子去承担。《盲丐》写我自己在美国远怀汉唐盛世的苦心,结尾有这样两句:“一支箫哭一千年/长城,你终会听见，长安，你终会听见。”《飞将军》为汉朝的名将李广抱不平，其事皆取自《史记》。《刺秦王》也本于《史记》，但叙事则始于荆轲谋刺失败，伤重倚柱时的感慨。这些事，凡中国的读书人都应知道，而这些诗，凡中国的心灵都会共鸣。行知学院礼堂上坐满的两千五百人，虽欠空调，却无人离席。

另一场演讲在西安美术学院，题为“诗与美学”，情况也差不多。更值得一记的，是该校活泼的校风与可观的校园。在会议室与长廊上，一排排黑白的人像照吸引我左顾右盼，屡屡停步，只因照中人都有美学甚至文化的地位，就我匆匆一瞥的印象，至少包含蔡元培、陈寅恪、鲁迅、胡适、徐悲鸿、朱光潜、梁思成、林徽因、蔡威廉（蔡元培之女）、林文铮（蔡元培女婿，杭州艺专教务长）等；外国人之中还有法兰克福学派主角的哲学家马尔库塞。

至于校园何以特别可观，却只消一瞥就立可断定。远处纵目，只见一排排一丛丛直立的方尖石体，高低参差，平均与人相等，瞬间印象又像碑林，又像陶俑。其实都不是，主人笑说是“拴马桩”。走近去看，才发现那些削方石体，雕纹或粗或细，顶上都踞着、栖着、蹲着、跪着一座雕品，踞者许是雄狮、栖者许是猛禽、蹲者许是圉人、跪者许是奴仆，更有奴仆或守卫之类跨在狮背，千奇百怪，难以缕陈。

人物的体态、面貌、表情又不同于秦兵的陶俑，该多是胡人吧，唐三彩牵马的胡圉正是如此。主人说这些拴马桩多半来自渭北的农庄。看今日西安市地图，西北郊外汉长安旧址就有罗家寨、马家寨、雷家寨等六七个寨，说不定就来自那些庄宅；当然，客栈、酒家、衙门前面也需要这些吧。正遐想间，主人又说，那边还有不少可看，校园里有好几千桩。我们夫妻那天真是大开眼界：这和江南水乡处处是桥与船大不相同。

我去西安，除了讲学之外，还参加了一个活动，经“粥会”会长陆炳文先生之介，认识了于右任先生（1879—1964）的后人。右老是陕西三原县人，早年参与辛亥革命，后来成了国民党大佬，但在文化界更以书法大师久享盛誉。他是长我半个世纪的前辈，但是同在台湾，一直到他去世，我都从未得识耆宿。我更没有想到，陕西人对这位远隔的乡贤始终血浓于水，保持着敬爱与怀念。因此早在二〇〇二年，复建于右任故居的工作已在西安展开，七年后正值他诞生一百三十周年，终于及时落成。

右老乃现代书法大家，关中草圣，原与书法外行的我难有联系。但是他还是一位著名诗人，在台所写怀乡之诗颇为陕西乡亲所重。有心人联想到我的《乡愁》一诗，竟然安排了一个下午，就在“西安于右任故居纪念馆”内,举办“忆长安话乡愁”雅集,由西安文坛与乐界的名流朗诵并演唱右老与我的诗作共二十首。盛会由右老侄孙于大方、于大平策划,我们夫妻得以认识右老的许多晚辈,更品尝了于府精美的厨艺,领略了右老曾孙辈的纯真与礼貌。

对这位前辈,我曾凑过一副对联:“遗墨淋漓长在壁,美髯倜傥似当风。”为了要写西安之行,我读了贾平凹的《老西安》一书。像贾平凹这样的当代名家,我本来以为不会提到已故多年的右老。不料他说于右任曾跑遍关中搜寻石碑,几乎搜尽了陕西的魏晋石碑,并“安置于西安文庙,这就形成了至今闻名中外的碑林博物馆”,他又说:“西安人热爱于右任,不仅爱他的字,更爱他一颗爱国的心,做圣贤而能庸行,是大人而常小心。”最后他说:“于右任、吴宓、王子云、赵望云、石鲁、柳青 …… 足以使陕西人和西安这座城骄傲。我每每登临城头,望着那南北纵横井字形的大街小巷,不由自主地就想到了他们。”

西安之行,虽然无缘遍访古迹,甚至走马观花都说不上,幸而还去了一趟西安博物院,稍稍解了“恨古人吾不见”之憾。博物院面积颇广,由博物馆、荐福寺、小雁塔三者组成。我存十多年前已来过西安,这次陪我同来,也未能畅览她想看的文物,好在我们还是在此博物馆中流连了近一小时。秦朝的瓦当，西汉的鎏金铜钟，唐朝的三彩腾空骑马胡人俑、鎏金走龙等，还是满足了我们的怀古之情与美感。我存在高雄市美术馆担任导览义工已有十六年，去年还获得“文建会”的服务奖章。她对古文物，尤其是古玉，所知颇多，并不太需要他人解释，几次开口之后，内地的导览也知道遇见内行了。

另外一件事，她就不陪我了。先是在开花的石榴树荫下，我们仰见了逼在半空的小雁塔，我立刻决定要攀登绝顶。导游是一位很帅气的青年，他说，很抱歉，规定六十五岁以上的老人不准攀爬。我在世界各地旅行，几乎无塔不登，两年前我在佛罗伦萨登过的百花圣母大教堂和乔托钟楼都比眼前这小雁塔高，我怎么能拒绝唐代风云的号召呢？于是我对导游说，何妨先陪我爬到第三层，如果见我余勇可嘉，就让我一路仰攻到顶如何。他答应了，就和炳文陪我登上第三层，见我并无异状，索性让我放步登高。一层比一层的内壁缩紧，到了十层以上，里面的空间便逼人愈甚，由不得登高客不缩头缩颈，收肘弓腰，谦卑起来。同时塔外的风景也不断地匍匐下去。这时，也没人能够分神去扶别人了。如是螺旋自拔，不让土地公在后拽腿，终于钻到了塔顶。全西安都在脚底了。足之所苦，目之所乐，登高三昧，不过如此。我总相信，登高眺远，等于向神明报到，用意是总算向八荒九垓前朝远代致敬过了。诸公登慈恩寺塔之盛事,不能与杜甫、岑参同步,也算是虚应了故事,写起游记来至少踏实得多。

导游对历史熟稔,谈吐不凡,看得出胸怀大志,有先忧后乐的气概,令我油然想到定庵的警句:“我劝天公重抖擞,不拘一格降人才。”问其姓名,答曰“继伟”。我对他说:“将来我还会听见你的名字。”

这次去西安,错过的名胜古迹太多,只能寄望于他日。但是其中竟有一处平白错过,尤其令我不释。那就是在唐诗中屡次出现的“乐游原”。最奇怪的是,每次我向西安人提起,他们的反应总是漠然,不是根本不知其处,就是知有其处却不在乎。也有人说,这地方有是有,还在那儿,可是你去不了。

李白的词《忆秦娥》,后半阕云:“乐游原上清秋节,咸阳古道音尘绝;音尘绝,西风残照,汉家陵阙。”王国维赞其后两句,曾说:“寥寥八字,关尽千古登临之口。”此地所谓“登临”,登的就是乐游原,临的则是汉家陵阙。杜甫七古《乐游园歌》咏当时长安仕女春秋佳节登临之盛,前四句是:“乐游古园崒森爽,烟绵碧草萋萋长。公子华筵势最高,秦川对酒平如掌。”亟言其地势之高,视域之广。诗末两句则是:“此身饮罢无归处,独立苍茫自咏诗。”能够让人“独立苍茫”的,当然是登临胜地。

到了晚唐，又有一对伤心人，也是李、杜，来此登高怀古。李商隐的《乐游原》非常有名："向晚意不适，驱车登古原。夕阳无限好，只是近黄昏。"杜牧则有两首七绝咏及其地，《登乐游原》说："长空淡淡孤鸟没，万古消沉向此中。看取汉家何事业，五陵无树起秋风。"另一首《将赴吴兴登乐游原》又说："清时有味是无能，闲爱孤云静爱僧。欲把一麾江海去，乐游原上望昭陵。"

前引盛唐与晚唐各有李、杜吟咏其地。乐游原在长安东南，诗人登高所望，都是朝西北，那方向不论是汉朝的五陵或唐朝的五陵，都令人怀古伤今，诗情与史感余韵不绝。初唐的王勃有《春日宴乐游园赋韵得接字》一诗，因为是春游，而大唐帝国正值发轫，就没有李、杜甚至陈子昂俯仰古今之叹。

我去西安，受了李、杜的招引，满心以为可以一登古原，西吊唐魂汉魄，印证自己从小吟诵唐诗的情怀，结果扑了一个空。西安的主人见我不甘死心，某夜当真为我驱车，不是去登古原，而是到西安东南郊外一处上山坡道的起点，昏暗的街灯下但见铁闸深闭，其上有一告示木牌，潦草的字体大书"西安乐游原"。如此而已，更无其他。

二〇一二年八月

水乡招魂

——记汨罗江现场祭屈

1

整座屈子祠都已静了下来,就连前后三进的所有木雕石刻,纵联横匾,神龛上的翔凤、游龙、奔马,也已肃然无声;就连户外的人语喧阗,整座玉笥山的熙熙攘攘,忽然也都淀定。只有伫立三米的诗人金像,手按长剑,脚踏风涛,忧郁望乡的眼神似乎醒了过来。有一种悲剧的压力压迫着今天这祭祀典礼。诗人生于寅年寅月寅日,但人间永记不忘的是他的忌辰,五月初五,只因他的永生是从他的死日,从孤注一投的那刻开始。

祭屈的仪式定于九点零九分由湖南电视台向全国直播,时间正一分一秒地在倒数,隆重而又紧张。在两株三百年的高桂树下,中庭站满了参祭的人。面对"故楚三闾大夫屈原牌位"的神龛,肃立着青袍黑褂的主祭官，侧立龛旁的是麻衣麻帽的司仪。高门槛外，前排站着十人，分成左右两列。左列五人是作家，左起依序是陈亚先、韩少功、李元洛、谭谈和年纪最长的他，越海峡而来的诗人。右列也是五人，都是岳阳的官员。在他们背后，是六队龙舟选手的代表，肩上扛着卸下的龙头，其中也有体态健美的外国女选手。再后面就是照壁了，高冠束发，忧容戚戚的屈原画像，略带立体画派的风格，似在远眺郢都，而非俯视满庭的祭者；两侧的对联是“招魂三户地，呵壁九歌心”。

古桂的上面，是半明半昧的薄阴天，时下时歇地落着细雨。祭屈的天气应该如此。幸而雨势一直霏霏，他和同排的作家一样，也披着金黄耀眼的祭礼绶带，多少遮住了一些雨丝。他下了决心，就算雨势变大，他也不会用伞。淋一点雨，比起被洪流吞没，算得了什么呢？

插地的长支礼香，高及人头，白烟袅袅，在雨中盘旋，是为灵均招魂吗？正出神间，忽然一声断喝：“肃静！”十秒钟后，又一声喝：“举行致祭三闾大夫尊神礼！”于是执事设香案、食案、馔案，献果、献粽、献三牲，设束帛，上龙头。接着，麻衣的司仪一连串喝道：

起鼓！鼓三通！

鸣钟！钟三叩！

奏大乐！大乐三吹！

起小乐！小乐三奏！

钟鼓齐鸣，声炮！

壮烈的鞭炮鞭笞着怯懦的耳神经，直到祭众都热血沸腾，有烈士的幻觉。终于戛然声止。主祭官就位，跪在神位前面。执事爵酒、授酒、灌地、反樽。司仪唱道："叩首！叩首！三叩首！主祭人起立，复位！"此时一乡耆开始诵读祭文，一吟三叹的湘音十分哀痛，波下的大夫听到，想必也会鲛泪成串吧。祭文诵了五分钟，同时有两名执事为龙头上红。终于轮到官员与作家了。他领先与其他作家到盆架前去净手，然后在神位前排好，三揖首后，回列复位。最后是龙舟弟子就位跪地，行三叩首。司仪再唱："主祭人引龙舟弟子请龙神上舟！"整个祭式在二十一分钟内结束。

2

龙舟竞渡起源于岳阳，从一九八〇年代以来，岳阳举办了十次国际龙舟比赛，但千禧年后却停办了五年。今年恢复举行，不但更加隆重，而且把比赛从岳阳的南湖移来汨罗江上，也就是屈原投水的现场，那气氛便更加真切了。其近因，就是韩国也正向联合国申请，把端午指定为文化遗产，文化界当然大感不满，不甘悠久的传统被人攘夺，网络上的反应尤其激动。其实韩国民俗的端午叫作“端午祭”，不是“端午节”，祭祀的对象不是屈原，而是大关岭山神；至于中国民间的习俗，例如挂菖蒲、吃粽子、饮雄黄酒等，并不行于韩国，更不论龙舟竞渡了。

“日落长沙秋色远，不知何处吊湘君？”三湘的名胜古迹，处处都是历史的余韵、传说的回声。即使短短的一条汨罗江吧，岸边就安息着屈原、杜甫，汉族的两大诗魂，同样都忧国忧民，同样都北望怀乡，所以流吧汨水，吟吧罗江，悠悠的安魂曲永不停息。

屈原一死，诗人有节。祭屈的端午节，颂屈的龙舟赛，如此盛典，何须千里迢迢，从海峡对面邀一位老诗人来主风骚？何况他的年岁远远超过了诗祖与诗圣。接到湖南卫视邀请的传真，他心中满是“招魂”的殊荣，说不出究竟是要他去汨罗为屈子招魂，还是汨罗的江声在招他的七魄？

不过湖南卫视的制片人李泓荔却说动了他。“早在一九五一年，”

她的传真信说，“您就写下了《淡水河边吊屈原》了：‘悲苦时高歌一节离骚，／千古的志士泪涌如潮。／那浅浅的一湾汨罗江水／灌溉着天下诗人的骄傲！’后来的《水仙操》《竞渡》《漂给屈原》《凭我一哭》等，也都脍炙人口。所以……”

既然湖南人认为可以，汨罗江现场的盛典他怎能错过？终于他的飞机在长沙的夜色中降落，李泓荔和卫视的嘻哈族连夜把他接去了汨罗市，并要他明天，也就是端午的清晨，六点必须起身，才赶得上九点的祭礼。

这是他再度访湘了。六年前的中秋前夕，他应湖南作协邀请，曾经有十日的三湘之行。第一场演讲在岳麓书院，满庭桂花的清香，秋雨空蒙，时落时歇。他站在堂上演讲，四百多位听众一律瑟缩在浅青的雨衣雨帽里，雨势变骤，也无人退席。不敢辜负这一份殊荣，他讲得格外用心，答问字斟句酌，对冒雨而来的听众也再三致意，深恐朱熹不满，会从哪一块匾后传来咳声。

由李元洛、水运宪与其他湖南作家陪着，他顶礼了汨罗，泛览了洞庭，登了岳阳楼，攀了张家界，并在岳阳师院、常德师院、武陵大学先后讲学，印象很深，感慨无已。只恨回到台湾，立刻陷于杂务，竟无一行半句记其盛况，以报湘人。对于他交的白卷，全程伴随的李元洛相当不满，告诉他"湖南人反应强烈"，令他六年来长怀歉疚。

但湖南卫视似乎不计较这些，竟然在六年后请他专程赴湘，去汨罗江上，参加与岳麓讲坛可以比美的盛会。不，湖南人并没有对他绝望。六年赎罪，有效期还没满。

当然，上次三湘行旅，他留下的也并非全然白卷。在常德他参观了壮阔的"诗墙"。墙在沅江北岸，依江堤建成，上面刻了从屈原起，历经宋玉、王粲、陶潜、李白、杜甫、刘禹锡、苏轼、范成大以迄秋瑾、柳亚子、鲁迅、郁达夫、徐悲鸿、聂绀弩、俞平伯等人的诗词近一千首。新诗上墙的也有五六十首之多，他的《乡愁》、洛夫的《边界望乡》、郑愁予的《错误》也在其列。主人请他题词，他题了"诗国长城"四字，又添了两句："外抵洪水，内抗时光。"

赴岳阳途中，祭于屈子祠堂，忽有悲风掠过江面，他为之怅然，题了这么四句："烈士的终点就是诗人的起点？／昔日你问天，今日我问河／而河不答，只悲风吹来水面／悠悠西去依然是汨罗。"即兴的断句，题过也就忘了，不料元洛有心，竟收在追述的游记里。泓荔在传真信里，也引了这些断句，来印证他的旧游。

忘了的断句回到面前，他觉得大可用来开篇，就将它续成了一首二十四行的新作，题为《汨罗江神》，在出发前夕传去长沙。在国际龙舟赛的现场，只朗诵旧作来吊最早的民族诗宗，未免避重就轻，不够虔敬。为祭屈盛会而另赋新诗，才显得专程的专诚。湖南卫视收到《汨罗江神》，也立刻发给了长沙和岳阳的报纸。

但是令湖南人感受最深、因此也引用最频的，却是他多年前讲过的一句话："蓝墨水的上游是汨罗江。"这句话是何时讲的，究竟出现在什么文中，他自己也记不得了。黄维梁翻遍他的文集，也找不到。但是近年在湘人的文章里，这句话常见引用，不但出现在汨罗市的各种文宣或龙舟赛的场刊，甚至变成红底白字，在街头的标语上招展。

3

屈子祠的祭祀一结束，众人便领他疾步走到江边，把他送上一艘快艇。艇上挤了五个人，匆匆披上雨衣，戴上雨帽，便向上游疾驶而去。雨势不大，但高速的逆冲硬顶，却招来激动的风浪，浪花飞扬。卫视的王燕瑟缩在雨衣里，想超过船尾马达的嚣张跟他说话。她的话一半被马达搅乱，一半被江风刮散，只能对他傻笑。快艇一共三条，他们的在中间，像三把快剪将水面剪开，只顾向前猛裁，却不能将裂口缝上。

零零落落有几头母牛带着小牛，在河洲上闲闲吃草，对三条快艇骚动的追逐，并不很在意。两千年前的那一个端午，有牧童或者渔父，见到一位憔悴的老者，远远在江边徘徊的背影吗？

过了这一片空阔的野岸，京广铁路的大桥就压顶而来，罗水也就在此汇入了汨水，合为汨罗江向西北流去。快艇却逆流而上，向东南方的汨罗新市街冲去。江面宽约两百多米，水流可算清畅，渔父不但可以濯足，甚至可以濯缨。这时两岸人影渐多，色泽鲜丽的彩船迎面而来，稚气可掬，像是童话里漂来的纸船，不是来迎三条鲁莽的快艇，而是来接从秭归送粽子来的木船。

马达声小了，王燕向他解释："那木船七天前就从秭归出发，一路顺长江南下，要过洞庭湖，才来到汨罗江。沿途的市镇都把当地的粽子送上船来，象征全民都参加屈原的祭礼……"

"太好了，"他不禁赞叹，"秭归是屈原的生地，汨罗是屈原的死所。这离骚的一生，用一条满载粽香的木船来巡礼，灵均的水魂也感到安慰了吧。杜甫的墓也在汨罗江边，还没有这样的待遇呢。"

大家笑了起来。快艇也慢了，国际龙舟赛的现场到了。观礼台在北岸，衣伞密集，彩旗缤纷，一排排挤满了宾客，有三千人。但比起两岸的观众来，这区区人数又不足道了。他一瞥对岸，大吃一惊。岸坡上人影交叠，层层紧压，找不到一点空隙，隔水眺去，只见人头一片，像一块密密实实的黑芝麻糕，拼成了一道人墙，几里路绵延不断。报上无论是事前预告或事后报导，都说观众有三十万人。

4

快艇把他和王燕等人送到赛舟的码头，开幕典礼已经将近半场。看台前的江边广场，在“祭屈”大幡的招展下，五光十色，排满了舞龙队、划桨手、诵诗学童。锣声的金嗓子、鼓声的肺活量，正尽情地施展，务必将节庆的气氛推向最高潮。

“九龙狂闹汨罗江”的节目已近尾声。龙生九子，九队舞龙蟠蜿作势，正向造船场游去，迎接一条刚完工的新龙舟。二十名赤膊着上身的壮男扛起新生的龙舟向高扬的大幡走去。等到新船上了架，一名壮夫就扛着卸下的龙头，走入江中去浸活水，然后又把它装回龙身。又一人杀了公鸡，将血灌入龙口。巫师上前，挥动艾叶，向龙身洒遍雄黄酒。于是山鬼幢幢，绕船跳起巫舞。最后九龙退场。

接着是高跷队游行进场。颤巍巍踏空而来，领头的人物当然是端午的主角，屈原。当然是高冠岌岌，面容戚戚，黑衣白裳，悲剧的高瘦身影。就是三闾大夫了。每次他见到毕加索画的堂吉诃德，总是联想到屈原。

接着出场的都是民俗的故事：腾云驾雾而来的，有岳飞、程咬金、薛丁山、穆桂英、苏三、孙悟空、卖油郎、托塔李天王……锣鼓当然不免又卖力助阵。

5

这时，在彩船的簇拥下，龙头闪金的运粽木船已经停靠在"祭屈"的高幡下面。高跷游行退场之后，观众纷纷向码头云集。典礼的节目终于从民俗回归历史，聚焦到屈原本身。看台的麦克风提高分贝，向观众宣布海峡对岸的诗人已来到现场，即将主持祭吊屈原的诵诗。他在金童玉女的伴随下，被引出列，越过广场，登上岸边的祭坛。同时有三百青衣的童男，三百红衣的童女，已在祭坛右侧各自排成三列，每人都舞动手持的艾叶。

六百人的诵诗队齐声朗诵《离骚》的名句："路漫漫其修远兮，吾将上下而求索。”诵完第二遍，独立祭台的他，便开始朗诵自己为当下这盛典新写的《汨罗江神》：

烈士的终站就是诗人的起点？
昔日你问天，今日我问河
而河不答，只悲风吹来水面
悠悠西去依然是汨罗。

一边诵着，他听见自己的嗓音，经过扩音喇叭的提高并推广，掠过空阔的水面，湿湿地，在阴沉的雨云下仿佛有回音。这异样的感觉前所未有。他的声音，此刻，正摇撼着六十万只耳膜。透过现场直播，当然，侧耳还不止此数。可是屈原听见了吗？听见了，又有何感想呢？此刻，他立足的地方正是屈原投江的岸上，而听他诵诗的，正是同样的江湖，同样的鱼虾，还有隔代又隔代，湘楚的后人。

“灵之来兮如云”，真的吗？屈原的灵魂，此刻，正缭绕在高挑的大幡上吗？

他感奋的联想层出不穷，但当时在现场，他一诵完《汨罗江神》的前四句，六百童男童女立刻接了过去，把后面的八句齐声诵完：

鼓声紧迫，百船争先
旗号翻飞，千桨破浪
你仿佛在前面引路
带我们去追古远的芬芳
历史遗恨，用诗来弥补，江神
长发飘风的背影啊
回一回头，挥一挥手吧
在波上等一等我们

《汨罗江神》的原文有三段二十四行，端午节当天刊于“《中国时报》”；在湖南则端午前一日已刊于《潇湘晨报》与《岳阳晚报》，后一日又见于《长沙晚报》。但是考虑在龙舟比赛的现场，诵诗不宜太长，他行前又将此诗浓缩为十二行，仍是三段，也就是此刻他站在祭坛上领着两岸观众齐诵的版本。事后仍有不少读者向湖南卫视索取此诗。

祭屈合诵完毕，他从秭归来人的手中接过黄宣纸一叠叠的祭文，投入火舌抖擞的钵里，算是焚寄给灵均了。接着又接过船上载来的一篮粽子，将自己从台湾带去的五只大粽子加了进去，拎到江边，一只只投入水中。那该是他身为诗人，一生中最有象征意义的一个手势了。从台湾带去的五只粽子，是诗友愚溪所赠。诗友绝对没料到，粽子千千万万，那五只真的投进汨罗江水，专程献到屈原面前了。

电视镜头转向江边，去照一位歌手，窈窕地立在一张青青的大荷叶下，唱起《世界有条汨罗江》来。他这次湘行的任务已经结束，只等下午，李元洛与潘刚强一行带他去汨罗更上游的杜甫墓地。

至于国际龙舟赛的盛况，他自己忙于接受采访，反而未能亲睹，只从报端得知，男子队菲律宾以百分之六秒微差夺得冠军，株洲队与汨罗队分获亚军、季军。女子队则全由中华的巾英获奖，冠军归于株洲。

八月初他又去大连参加书展，成为签名二老之次老。元老文怀沙先生，已经九秩有六，前年金华盛会，曾将一座八公斤“中华当代诗魂金奖”之沉重奖杯，郑重交到他手上，令他印象很深。大连重逢，文先生当筵纵论前贤，横数时彦，语惊四座，有王尔德之风；并将半世纪前自己的旧作《屈骚流韵》一套四卷，题赠给他，落款“燕叟文怀沙”。文先生乃国学名家，更是楚辞知音，这部注释今译，得之不易。

或许屈原波下有知，真的收到了他焚寄的献诗，接住了他拜祭的投粽，冥冥之中，竟遣逍遥燕叟也去大连，不落言筌地将楚骚流韵奖赏给他吧？天何言哉？天不可问，唯人自知。

二〇〇五年九月六一七日

片瓦渡海

1

从江北国际机场出来,天已经黑下来了。毕竟是内陆气候,正在寒露与霜降之间,夜凉侵肘,告诉远客,北回归线的余炎早抛在背后了。明蓉把我们接上工商大学的校车,平直宽坦的高速公路把我们迎去南岸。路灯高而且密,灯光织成繁华的气氛。不过长途的终点若是一个陌生的城市,而抵达时又已天黑,就会有梦幻之感,感到有点恍惚不安。

说重庆是一个“陌生”城市,未免可笑。少年时代我在这一带足足住过七年,怎么形容也绝非陌生;但毕竟是六十年前的事情,沧桑之余,无论如何也绝非“熟悉”了。车向南行,渐浓的夜色中,明蓉指着对江的一簇簇摩天楼说:“那边正是重庆,你还认得出吗?”我怎么认得出呢?成簇成丛的蜃楼水市,千门万户,几乎都在五十层以上。六十年不见,重庆不但长大了,而且长高了那么多,而且灯火那么热闹,反而年轻起来。不但我不敢认它,它,只怕更不认我了吧?

第二天一早,王崇举校长就来翠林宾馆,陪我们夫妻在校园散步。校园很广,散布在斜向江岸的山坡上,高楼丛树,随坡势上下错落,回旋掩映,所以散步就是爬山。秋雨霏霏,王校长和我共伞,一边指点着寒林深涧,有山泉泠泠流来,穿石桥更往下注。他又带我们和徐学转上一条很陡的山径,青板石阶盘旋南去,没入蔽天林荫。他说这条路叫作“渝黔古道”,工商大学的校园正是起点。我们仰望一径通幽,怀古未已,王校长又带我们曲折下山,来到一口井旁。那是一口开敞的古井,宽约四尺见方,水面一片虚明。王校长说这是传说已久的仙泉,饮之可除百病,而且不论雨旱,总是水量饱满。我立刻用瓢舀了仙水,浅尝了一口,顿觉清甘入喉,又喂了我存一口。这才注意到附近的瓶瓶罐罐,散置了一地,村民或用手提,或用车推,几乎不绝于途。黄老之治的校长在一旁顾而乐之,有福与民共享。

两岸交流以来,这是我第三次访蜀,却是第一次访渝。承蒙蜀人厚爱,每一次待我都像游子还乡,媒体报导都洋溢乡情。这一次回重庆，前后七天，演讲三次，前两次在工商大学与教育学院，依次是“中文不朽——面对全球化的母语”“诗与音乐”。第三讲在三峡博物馆，题为“旅行与文化”。此外，工商大学更为我安排了紧凑的日程，先后带我去了朝天门、瓷器口、悦来镇、大足石刻博物馆、江碧波画室、重庆艺术学院。

2

凡是未登朝天门北望的人，都不能自称到过重庆。因为这是水陆重庆的看台，巴蜀向世界敞开的大门。有人不免会想到三峡，不过三峡长胜于宽，历史与传说回音不断，就像河西走廊一样，与其说是大门，不如说是长廊。

门谓朝天，据说是明初戴鼎建城，依九宫八卦之数置门十七之多；朝天门在重庆半岛尖端，面向帝都金陵，百官迎接御史，就在此门。

细雨洒面，烟波浩渺，嘉陵江从西来，就在广场的脚下汇入了长江的主流，共同滚滚北去，较清的一股是嘉陵之水，主流则呈现黄褐。

江面颇宽,合流处更形空阔。俯临在水域上空,重庆、江北、南岸,鼎立而三,矗起的立体建筑,遥遥相望,加上层楼背后的山影叠翠,神工之雄伟,人力之壮丽,那气象,该是西南第一。

倚立在螺旋形栏杆旁边,我有“就位”之感。此刻我站的位置,正是少年时代回忆的焦点,因为两条大河在此合流,把焦点对准了。人云回乡可解乡愁,其实未必。时代变得太快,沧桑密度加深。六十年前,在这码头随母亲登上招商局的轮船,一路顺流回去“下江”的,是一个十八岁的男孩,胜利还乡的喜悦,并不能抵偿离蜀的依依。那许多好同学啊,一出三峡,此生恐怕就无缘重见了。那时的重庆,尽管是战时的陪都,哪有今日的重庆这么高俊、挺拔?朝天门简陋的陡坡上,熙熙攘攘,大呼小叫的,多是黝黑瘦小的挑夫、在滑竿重负下喘息的轿夫、背行李提包袱的乡人,或是蹲在长凳上抽旱烟的老人。因为抗战苦啊蜀道更难,我这羞怯的乡下孩子进一趟城是天大的事,步行加上骑小川马,至少一整个下午;而坐小火轮顺嘉陵江南下,一路摇摇摆摆,马达声虐耳扑扑不停,也得耗两个钟头。那时候,泡茶馆是小市民主要的消遣;加一包花生、瓜子或蚕豆,就可以围着四方小桌或躺在竹睡椅上,逍遥半个夏日,或打瞌睡,或看旧小说与俄国小说的译本,或看晚报,或与三两好友“摆龙门阵”。这一切比起今日的咖啡馆、火锅店、星巴克店，似乎太土太老旧了，但今日的重庆，新而又帅，高而又炫，却无门可通我的少年世界。

不过倚望着逝者如斯，不舍昼夜，我仍然有“归位”的快感。人造的世界虽剧变而难留，神辟的天地仍凿凿可以指认。脚下这两条洪流，长江远从漠漠的青藏高原，嘉陵江远从巍巍的秦岭，一路澎湃，排开千山万壁的阻碍，来这半岛的尖端会师，然后北上东去，去撞开三峡的窄门，浩荡向海。这千古不爽的约会，任何人力都休想阻挡。如果黄河是民族的父河，长江该是民族的母江，永不断奶，永远不可以断奶。江河是山岳派去朝海的使者，支流与溪川，扈从无数。嘉陵江簇拥着长江，是何等壮阔的气派，这气派，到下游汉水率百川来追随，我也曾在晴川阁上豪览。

我这一生，不是依江，便是傍海，与水世界有缘。生在南京，童年多在江南的泽国，脚印无非沿着京沪铁轨，广义说来，长江下游是我的摇篮、木马。抗战时期，日本人把我从下游赶来上游，中学六年就在这脚下茫茫的江水，嘉陵投怀于母水的三角地带，涛声盈耳地度过。战后回到石头城，又归位于浩荡的下游。所以我的早年岁月，总离不开这一条母河。至于其余岁月，不是香港，就是台湾，河短而海阔，一条水平线伴我，足足三十二年。

而今重上朝天门，白首回望，虽然水非前水，但是江仍故江，而望江的我，尽管饱经风霜，但世故的深处仍未泯当年那“川娃儿”跃跃的童心。

3

那一片未泯的童心引我，在访渝的第五天，载欣载奔，终于回到悦来场。

毕竟是六十年前的事了，为了我能够顺利寻根，重庆工商大学的胡明蓉女士事先曾三度到北郊的悦来场，去探访我的母校与故居。时光的迷雾岂能一拨就开？苏武回头不过十九年，陆游再遇也仅四十年，而过了六十载呢，岂能奢求母校与故居依旧，痴痴地等一个少年回家。明蓉锲而不舍，旧址是找到了，但是屋舍都已经拆了改建，连老树也未能逃过斧锯。所幸长寿的人还留下一些，犹可见证我劫后归来的幼稚前身。

最后，她给了我一张“清单”，上面的十五个人名分成四类，计有青年会中学的同班同学两人，校友十人，童年玩伴两人，校工一人，每人名后还注明现况与电话号码。她还说，名单上的人大半会来迎接，住得远的会有的士接送。

那一天阴雨顿歇，一行人乘了两辆车向北驶去。悦来场在重庆北方约四十公里，是渝北区所辖，现已改名悦来镇。到镇上已近中午，与区镇领导、媒体记者等有简短的会谈，接着便去看江边的码头。

浓绿的树荫下，石阶宽阔，顺着坡势斜落向江边。连日秋雨，阶石和草坡还没有收干，泥味和水气沆瀣一体，唤醒记忆深处蠢蠢的嗅觉。青苔满布在石砌的短栏上，阴郁一如当年。最难忘的是坡底滔滔的江水，一路迂回从秦中流来，到此江阔水盛，已成下游，流势却仍湍急，与我少年的脉搏呼应。

我在外这么多年，祖国的江湖由大变小，由深变浅，由清波变成浊流，最令回头的浪子伤心。黄河，你怎么瘦了呢？长江，你怎么浊了呢？最令我惘然的，是水运宪、李元洛带我在岳阳楼下坐小艇去君山，湖波浩淼，与天争地，那气象，仍然说得上“乾坤日夜浮”。千层的浪头起伏，汽艇快时，似乎犯了众怒，汹汹然都来船头拦阻，来船尾追逐。遗憾的是湖水一概浑浊，实在对不起古来咏湖的名句。这么多年，我常对着地图，幻想思乡之渴可以豪饮洞庭。但眼前这不清的洪涛，岂能解渴？“浮光跃金，静影沉璧”的透澈，只能向《岳阳楼记》去奢求了吧。

所以近年在水上行旅，偶见清波畅流，就特别赏心注目，甚至喜极泪下。去年端午在汨罗江边祭屈，见到水清流畅，觉得这样的江水还值得一投。此刻我回到嘉陵江边，发现流势仍旺，水色未浑，梦中的童话竟然未损，终于宽心一笑，向坡底的沙岸走去。

水边铺石为台，就算是小码头了，但不见船来投靠，一如六十年前。只有三五妇人，对着江水在洗衣服，背后散置着五颜六色的塑胶桶或竹篓，令我想起当年粗衣陋桶、木杵捣捶的村姑。她们见一糟老头子，后面跟着一群领导和媒体，约略知道是怎么回事，再见有人照相，就纷纷要把大篓小桶之类清出现场。我大声说："不要拿开，就是要照你们随便的样子，愈乱愈好！"大家笑了。我又对她们说："我又不是外人，只是当年的'下江人'。你们还没有出世，我就常来这江边了。我在悦来场山上的中学读书，家就在上游五里的清溪口。每星期回家一定要经过这里，不但在河里洗过脚，有时还在沙滩上小便呢。"她们哈哈大笑，我又补一句："那时蹲在这里洗衣服的，大概是你们的祖母或者婆婆。"

终于大家让我独自面对江水，冥想过去悠悠的岁月。那时，我的父亲和母亲不但健在，甚至年轻。那时，我有许多小同学、小玩伴，食则同桌，睡则连床，上课时坐在同一条长板凳上，六十年后我还能说出十几个人的名字，甚至绰号。江水静静地流着，在我面前闪闪逝去的，是水光呢还是时光？对江的山色在眼前还是在梦里？水平线上是一排密实方正的巨岩，有三层楼高，更上面迤逦不断的是竹林连着竹林，翠影疏处掩映着灰瓦人家。河太阔了，听不出有无狗叫。一切浑茫的记忆，顿时对准了焦点。那时夜里，间歇的是犬吠，不断的是江声…… 忽然有人在坡顶叫喊，说我的同学们到了。

4

六十年不见的同学，也一直未曾通讯，应该是什么样子呢？当年也无非乡下的孩子，村童村姑而已，男孩子不是惨绿少年，女孩子也不是闺秀少艾。就算是出自绅良人家，在当年的学风与战时的简朴之中，也不可能怎么矜持摆谱。温馨记忆里的小朋友，一回头，忽然都变了脸，改了相，成了名副其实的“老同学”，情何以堪。

说时迟，那时快，从镇口的牌坊下，四五十级的长板石阶斜斜垂落，放一道时光之梯下来，迎我上去。人群从牌坊下拥出，簇拥着八九个老人步下阶来，笑语喧阗，神情兴奋。明蓉立刻为我们介绍。老同学面面相觑，我的双手都来不及握。大家的表情，惊喜里有错愕，亲切中有陌生，忘我的天真之中又有些尴尬。岁月欺人，大家都老了，可堪一叹。不过都还健在，而且不怎么龙钟，也无须搀扶，又值得高兴。笑语稍稍退潮，我才大致分出一点头绪：女生来会的有四位，男生则有五位。不知怎的，她们似乎保养得好些，反应也较敏捷；他们就更显风霜，也许羞怯，也显得比较迟缓。

其中一位女生李义芳，远在丰都，本来不想长途坐车，幸好她孙女在课本上念过我的《乡愁》，不但鼓动祖母，而且一路陪同。另一位女生朱伯清，是我初中同班同学，更显得亲切，还说得出同班其他人的名字。除了笑时眯眼曳出鱼尾纹外，她脸上仍然白净无斑，可以想见当年的姣好。大家七嘴八舌，都忘情忆旧。返老还童，这一景跨世纪的重逢，引来满街的镇民围观，看时光的魔术如何变化。我拥着朱伯清的肩头，回头用川话向观众嚷道：

“你们晓不晓得，六十年前她们都是美女！”

大家一阵哄笑，又簇拥我们到一家茶馆里去坐定。十个初中同学，加起来近八百岁了，围住四方的木桌，用传统的盖碗冲浓郁的沱茶，气氛非常怀古。接着就上了一辆大车，开去上坡五里外的青中旧址。

说是旧址，因为当年从南京迁来的青年会中学早已撤走，后来校舍也拆了，不但人非，物也面目大变了。一行人踩着雨后泥湿的田埂，越过一丛又一丛竹林，来到旧址，面对着残留的一面山形粉刷高墙，在一个半废的院子停下。护墙木板纵横成方格，空洞的窗框里伸出些干包谷叶。我指着危墙说：

“那后面就是男生宿舍了。女生宿舍要讲究些，有典雅的月洞门可通，却是男生的禁区。”

“你还记得别的东西吗？”朱伯清说。

“那太多了，”我说，“教室、饭堂都不见了。”

“去教室的小路，”她说，“还通过橘树园。”

“对。橘树不高，可是绿油油的树荫，结了许多果子，”我说，“对了，那棵大白果呢？”

“早锯掉了。”萧利权说。

“太可惜了，”我叹息，“树老成精，它是校园里最老的生命，晴天的太阳总先照到树顶，风雨来时，丛叶沙沙总最先知道。”

“你的散文里曾经写过。”徐学说。

“是呀，”我说，“一下过雨，满树银杏就落了一地。我们捡起来，夜自修时在桐油灯上烤熟了，剥地一响，就香气扑鼻，令人吞口水。

在海外，每次见到银杏树，就舌底生津，怀念四川。”

看见我存在一旁忙着照相，就叫她过来，对大家说：“这就是我的堂客。”

满院子的人都笑了，我转头对徐学说：“你们现在叫‘爱人’，四川话以前把妻子叫作‘堂客’。”我对大家又说：“她小时候也在四川，住在乐山，天天看到大佛。我们当时没有见面，后来在南京一见面就讲四川话，夫妻之间只讲四川话，直到现在。”

这时乡人带了一老妪前来介绍，说她的丈夫是以前的校工。我脱口便问她：“田海青还好吧？”她眼睛红红的，黯然低语：“早已过世了。”我说：“我记得田海青，他一出现，手里拿着铃，就是要下课了。他的下课铃最受欢迎了，尤其是空肚子等午饭的第四堂课。”

5

浸沉在久别乍聚的喜悦之中，往事一幕半景，交叠杂错，忽明忽灭，欲显又隐，匆促间岂能理清头绪？十个初中同学如果悠然久坐树下，对着茶香袅袅，水田汪汪，追述共同度过的少年，相信回溯时光之旅，定能深入上游，更加尽兴。但是村民围观，儿童嬉笑，加上数码相机眈眈又闪闪，兴奋而混乱的重逢，忽然又要分手了。尤其是远来的同学，还得赶回家去，于是就在当年共数朝夕的旧地，再度分手。此生再聚，就算蜀道不难，世道不乱，但高龄如此，海峡如彼，恐怕是渺乎其茫了吧？

余人陪我，与我存、徐学、明蓉，再度上车，去凭吊最后的一站，朱氏祠堂。

祠堂独据嘉陵江边一座小山丘顶，俯瞰一里外江水滔滔，从坡底的沙洲浩荡过境，气势雄豪。父亲在重庆上班，但机关疏散下乡，母亲就带我住在祠堂的最后一进。宽大的四合院子，两侧的厢房有二楼，就住了父亲好几家同事，鸡犬相闻，颇不寂寞。抗战的次年我们住进去，胜利的次年才下山回乡。那是我第一次，和一大群小朋友朝夕嬉戏在一座大杂院里，大门的木槛一尺高，跨进去时大家都还是小把戏，走时再跨出来，已经变成大孩子了。

从祠堂走路去寄宿的青年会中学，大约有十里路，大半是在爬坡。先是小径蟠蜿，一路下到江边。然后沿着平岸，逍遥踏沙而行。一时江声盈耳，波光迎目，天地间唯我一人与造化意接神通。悦来场远远在望，不久就俯临坡顶，于是拾级上阶，穿过牌坊，走出镇口，再爬五里坡道，就看见校前的水田了。

就这么，从十二到十八岁，一个江南的孩子在巴山蜀水里从容长大，吸巴山的地气，听蜀水的涛声，被大盆地的风云雨露所鼓舞、滋润。那七年中，我慢慢地成长像一株橘树，与四季同其节奏，步履不出江北县的范围。四围山色围我在蕊心，一层又一层的青翠剥之不尽，但我并不觉得是被囚，因为嘉陵江日夜在过境，提醒我，上游的涓滴是秦山派来，下游的洪流要追汇长江，应召赴海。总有一天战争要结束，我也要乘此江水，顺流东下，甚至到海，甚至出洋。世界在外面，在下面等着你呢，嘉陵江说。

所以那几年我一点也不寂寞。嘉陵江永远在过境，却永远过不完。它什么也没说，可是我听到了许多。尤其到夜里，万籁齐寂，深沉的它的男低音，就从山下一直传到我耳畔，摇撼我敬畏的心神。它的喉音流入我血管，鼓动我诗的脉搏。

从前那少年在那山国的盆地，曾渴望有一天能走出来。但出川愈久，离川愈远，他要回川的思念就愈强。他要回来再看那沛然的江流，再听那无尽的江声，因为那江水可以见证，那是他和母亲最亲近的岁月。日后他写的《乡愁》一诗："小时候／乡愁是一枚小小的邮票／我在这头／母亲在那头"，正是当初他寄宿在学校，怀念母亲在朱氏祠堂的心情。

在一座村舍的前院车停了下来，我们终于到了朱家祠堂的故址。四顾只见三五瓦屋，灰瓦层叠如浪，一直斜覆到屋檐上，悬着瓦当。一行行的瓦槽，低调的暗淡之中有怀古的温馨。粗糙的墙壁用杂石和红土砌成，梁木从屋内伸出，架着晾衣的竹竿。这是萧利权的住家，三代同堂。他把儿子和媳妇叫出来，和我们照相，小孙女则在一旁看热闹。我们坐在前院喝茶，摆起龙门阵来。

近邻闻风而至，都挤来我们面前欢迎远客，想从眼前这老头的身上，依稀揣摩出当年从下江来的那少年。听到我们夫妻流利的川语，数当年的琐细历历，村人更感亲切。我对大家嚷道："我哪用你们欢迎呢，你们根本还没有出世，我早就来悦来场了。我欢迎你们还差不多！"

大家哄笑起来，更围得拢些。看得出，一张张笑得尽兴的面孔，对我道地的重庆话十分惊喜，对我感念四川不远千里来探望也很领情。看得出，他们的衣着都很整洁，甚至光鲜，也许是刻意盛装迎客，但是比起六十年前他们的祖辈来，却是体面多了，令我非常欣慰。那一场的盛情、真情，够我用几年几月，够解我六十年乡愁而有余。

徐学在旁一直顾而乐之，并频举相机。我对他大发议论，说什么今日回蜀之乐哪个作家享受得到，因为这需要两个条件：一是长寿而仍堪跋涉，二是时代要太平。

这时村民引一老叟来见，说他当年常来朱家祠堂，不但记得我，甚至还记得我的父亲。

“你的爸爸叫余超英。你妈妈人很好。”他的眼睛牵动着鱼尾皱纹，满含笑意，似乎在望着当年的我。我没有准备会有这么一句，惊讶加上感动，一时无从接嘴。他竟然说得出我父亲的名字，当然是真的了，就像一片落叶，飘飘忽忽，竟被树根接住。

“余先生也待我很好，”萧利权在一旁对我存说，“我是附近人家的小孩，常来祠堂张望。看见下江人的小孩玩在一起，家境比较好，文化水平比较高，非常羡慕。余先生那时是小孩头，领着大家一起耍，对我们并不见外，总是让我参加。”

“那时我们从下江来，你们还叫我们‘脚底下的人’呢！”我存笑道，“都是小鬼头啦，一耍就熟了，谁还分什么下江、上江啊。你看余先生跟我，一直到现在，这么老了，夫妻之间还在讲四川话！”

十月下旬的半下午，雨虽已停，而秋阴漠漠，江声隐隐，向晚还颇有寒意。我存仰望灰沉沉的屋顶，直赞檐际云纹的瓦当古色斑斓，令人怀旧。村人便说这古董多得是，喜欢的话，不如带几块回去，留个纪念。又说屋上这些瓦片瓦当，正是拆祠堂时所遗留。于是七嘴八舌，竟就叫人取来梯子，要上屋去拿。我们直说不可，何况这东西棱角突兀，装箱不便，还是让它留在屋檐上，守住我的童年吧。村人哪里肯听，一定要拿下来。最后，认得我父亲的老叟说：

“就拿一块也好，代表我们大家的一点心意。这种东西一年比一年少，现在不留，将来哪里去找？有一天，只怕连瓦屋都不见了。”

顿时我流出泪来，便不再推让，要我存收了下来。幸好是收下来了，而且带过了海来，现在才能俯临在客厅的柜顶，苔霉隐隐，似乎还带着嘉陵江边的雨气。毕竟，逝去的童年依依，还留下美丽的物证。

临别四顾，找不到当年祠堂前浓荫蔽天的大黄葛树，向萧利权问起，他说早就锯掉了。迟来的讣闻仍令我黯然。这黄葛老树遮过我孩时大半个天空，春天毛毛虫落纷纷，夏天蝉噪得满山不宁，总是姑息我们这一群顽童在它的庇荫下嬉戏。祠堂前要是少了这顶天立地的巨灵，风景就顿失主角，鸟雀就无枝可依，四季也无戏可演了。是这棵老黄葛和校园里那棵巨银杏，使孩时的曦霞和星月有了童话的舞台，却竟然都不肯等到我回来。树犹如此，人何可依。

萧利权在山顶的路头停下，为我指点一径断续，下山没谷，然后盘盘出谷，绕过邻丘，没于坡后。更远处水光明媚，便是嘉陵江了。

这一景有如朝天门，胎记一般地不可磨灭。此刻我站的地方，正是六十多年前母亲常站的山头。星期天的下午，我拎起布包动身回校，母亲照例送我跨出祠堂的高槛，越过黄葛树荫的土坪，然后就站在这坡径的起头，望着我孤独的背影渐远渐低，随山转折，时隐时现，终于被远坡遮没。就在坡回路转之际，我总会回头仰望，只见母亲的身影孤立在山顶，衬着云天。我就依依向她挥手，她也立刻挥手回应。母子连心，这一刻永烙不灭。我转过身去赶路，背心还留着母爱眼神的余温。

"每次我回校，母亲总站在这里目送，"我转头告诉徐学，"我走到远处回头看她，独立天外，宛如一块'望子石'。最后我们离川，也是从这块石板下山去的。"

6

悦来场的重聚，有一位同班同学近在重庆，却未能赴会，那便是石大周。他曾担任当地的大报《重庆晚报》的总编辑，历时六年，贡献颇大，近年因病退休，在家调养。三年前，他得知我在台湾近况，乃写了《归来吧，诗人》一诗，托人带来台湾给我，并促我回重庆一游；后来更将此诗与我的回信一起刊登于《重庆晚报》，并将我们母校的悦来场旧址摄影多帧，随文刊出。于是我的乡心就更加波动了。

离开重庆那天的上午，明蓉带我们去看大周。他坐在客厅的长沙发上等我，两人“一见如故”。其实当然都老了，一时惊喜加惘然，半个多世纪不知从何说起。两人历数初中的种种往事，兴奋如回到孩时；他的家人在一旁听着，都觉得好笑。我们说到当年那银杏巨树，不觉都神往于灯上烤白果的香味。我告诉大周抗战时期学生常说的一则笑话，说当年八人同桌，晚饭打牙祭，争食之余，有同学见盘中还剩一块肉，便噗的一声吹熄了桐油灯，先下手为强——结果呢，他没有抓到肉，只抓到七只手。

大家哄堂一笑，明蓉提醒访客，时间到了，得赶去机场了。我起身向大周告别，已经握过了手，将要出门。忽然我感到不舍：就这么分手，心有不甘，难道，又要等六十年才再聚吗？

我回身走向沙发，半俯半跪，将大周紧紧抱住，像抱住抱不住的岁月，一秒，一秒，又一秒，直到两人都流下了泪来。

二〇〇六年五月

拜冰之旅

1

一生何其有幸，蒙海青睐，直到现今。先是中文大学的宿舍，阳台临海，吐露港的水光粼粼，十年都看之不足，依依难舍。幸而再回台湾不是回台北，而是来了高雄，海缘得以不断。“中山大学”宿舍的阳台，竟也遥接水天，里面是高雄港，而越过旗津，外面烟波浩荡，竟是海峡。我的研究室也有巨幅长窗，可以恣览海景，看一线长弧沿着微微隆起的汪洋水镜，把夕照的火球炙炙接走。

天长地久，朝夕与海为邻的这种缘分，不是高攀而是“阔交”。加上读厦门大学那半年，迄今我的海缘已长达三十二年，占了我年岁的五分之二，对爱海的人来说，真是够阔的了。当然，像我这样的人只是近海，还说不上亲海。至于要与海深交，那只能徒羡水手、水兵、渔夫、潜夫、蛙人了。折中一下，岸上人要亲海尚有一途，就是航海了，只要不晕船，还是很有趣的。

近年空运发达，远行的人都乘机，不再坐船了。飞行比航行固然便捷，但是反过来却失去航海的逍遥从容。飞行像是蜻蜓点水，点的却是繁忙紧张的机场；航行则不同，反正一切都交给船了，船当然也交给海了，做定了海的长客，几天，甚至几星期都不用理会陆上的烦恼了，可以心安理得地逃避现实。让人间缩成一条水平线吧，让日月星辰陪着你从容踱步，世界上没有地方比长长的甲板更便于思前想后，想不完心事的了。比起甲板的海阔天空，坐飞机简直像坐牢，比坐牢还挤。进餐时，大丈夫只能屈而不敢伸；如厕呢，算了吧。我深深怀念有船可乘的从前。

我这一代人当然是常坐船的。不提河船，第一次航海是父母带我从上海回福建。第二次是抗战时母亲带我，自沪过港去越南。第三次是内战时从上海去厦门，半年后又从厦门去香港，最后则是从香港坐船首次来台湾，在基隆上岸。最远最久的一次却是一九五九年从美国坐招商局的货轮“海上号”，横越太平洋，停泊横滨，绕过鹅銮鼻，由高雄登陆回到台湾，历时将近一个月。

之后就很久没坐海船了。其间曾经乘风破浪，从法国的加莱（Calais）去英国的福克斯通（Folkestone），或从苏格兰西岸开车上船，去离岛斯凯（Isle of Skye），都只能算是近渡，而非远航。

所以在香港十一年，每次在尖沙咀码头，赫然看见远洋的游轮来停泊，都非常惊喜。乳白色的船影，映得整个维多利亚港顿然亮丽起来，高雅而优越的姿态令人联想到一只白天鹅，临水自鉴。"伊丽莎白号"来港停泊，我正在太平山顶的旋转餐厅上，用一览无余的高度俯瞰它雍容安稳地泊定在码头，足足高兴了一天。苏联的游轮"高尔基号"停靠岸边时，我和国彬用俄文的拼音读出了МАКСИМГОРЬКИЙ，兴奋得沿舷而奔，似乎要窥破铁幕的深邃。那气氛，跟"伊丽莎白号"自不相同。

2

二〇〇六年是我们夫妻的金婚之年，四个女儿早就蠢蠢欲动，迫不及待地在讨论该如何庆祝了。饮水思源，她们理应关心，因为半世纪前若非爸爸为妈妈披上婚纱，她们怎会一个接一个密集地来厦门街的古屋报到，演成八根小辫子满屋笑摇的盛会呢？可是金婚庆典的讨论会并不简单：四姊妹天各一方，近者在高雄、台中，远者在纽约、温哥华，长途电话打了又打，海底电缆想必为之线热。四姊妹都长大了，变成“熟女”，每人一个大“异果”（ego），所以屡敲不定。最后留下了两路待选：陆路是驾车去加拿大的落基山区游班夫或贾斯帕公园，水路则是乘大游轮去阿拉斯加看冰河。起点同样都是温哥华。

水路是我的选择，始终不曾动摇。我的理由是：陆路也许较有弹性，随时可以修正计划，但自由的代价是不断要找旅馆，三餐要找饭店，而三代九人同游，一辆厢型车太挤，分驾两车又联络不便，而行李之复杂，装车加提取之纷扰，更是烦心。女人又特别多，每天要等齐了才可以上路，总不会在十点以前。如此折腾来去，游则游矣，逍遥则未必，辛苦定难免。李白早就说过：“嗟尔远道之人，胡为乎来哉！”

反过来呢，如果走水路，就稳当而逍遥，把一切都交给一条船，一艘无所不备无所不纳的远洋巨舶，旅馆与餐厅全在其中，而行程呢，它本身就是世上载重行远的最大行宫。祖孙三代的九人行，全由它轻轻松松地接下，而且不用鸡零狗碎地付账找钱：一张船票就全都付了。

做爸爸的详陈其利，何况还真有魁伟奇丽的冰河会在船头巍然崛起。妈妈的想法也一样。我们毕竟是金婚的双主角啊,四位千金加起来,怎么敌得过五十年历劫不换的真金呢?女儿和女婿拗不过我们,于是,有这么一艘巨舶,就远在温哥华等我们了。

3

高架凌空的狮桥大门已过了,我们的冰川之旅终于启程。全程一千九百八十七海里,相当于三千六百七十七千米,一连七夜都住在船上。途中只靠三个港口,第一个港口锡特卡,要第三天中午才到,所以第一段水程一千多千米一直以船为家,满船海客也只有一心一意把什么都交给海了。

出航的兴奋加上海天空阔的自由,把海客留在甲板上,不愿回舱休息。何况高纬近五十度的八月中旬,黄昏来得很迟,一望无垠的水面尚无暮感。累,是有点累了。倒不是上船时有多纷乱,因为乘客应该知道或预备的事情,在船票预售时早已详细交代,所以到时登舟,码头上秩序井然,先接行李,后上乘客,一一分区依号,步骤清楚而且流畅。乘客随侍役引导,住进各自的舱房,一小时后,行李就送到门口了。一切比预期的都简捷得多。于是你确信,全程的服务必然一流。

有一点累,是因为上船从下午一点开始,粗定之后,所有乘客都必须参加开船之前的救生训练。五点整警铃一响,逾千乘客必须分区集合,穿上救生衣,随船上的官佐赶到各自的救生艇前,等候指示。这行动虽然只是预习,却也令人有些紧张,不禁想到“铁达尼号[1]”。预习完毕,五点三刻,我们的游轮“无限号”(Infinity)准时开船。

一连七天,我们赖以安身立命的这艘“无限号”:二〇〇一年在法国建造,吨位九万一千,全长九百六十四英尺(约三百米),动力为燃气轮机(GTS),时速二十四海里,相当于四十四公里。像一切远航游轮,它也是一艘楼船,高十一层,有电梯十座。至于乘载量,也是海量,能容乘客两千零三十八人,船员九百五十人。官佐清一色是希腊籍,船长和大副、轮机长等都出生于雅典的海港比雷埃夫斯(Piraeus)。舱房与餐厅的职员非常国际化,来自五十多国;各种活动的安排则多由美国籍职员负责。

厨房当然热闹非凡。一连七天,要让三千人饕餮无缺,贮藏也极

1 铁达尼号,通译“泰坦尼克号”。

可观。单说牛肉,就预备了九千两百五十磅,还不包括两千两百五十磅小牛肉。鱼六千磅,鸡三千磅,蔬菜两万六千磅,水果三万六千磅。至于各式各样的酒,从微醺的啤酒到酩酊的伏特加,一共带了一万三千八百瓶。我能够吞的咽的,虽然远在平均的一人份之下,但想想有这么多佳肴美酒,库满舱盈地来助游兴,总还是令人高兴的,尤其是为那些贪嘴馋肠。

不少人会以为,要跻身于如此的豪华远航之列,一定得破一笔小财吧?倒也未必。若是要住进顶楼的套房,敞舱与阳台均宽逾一千平方英尺,那票价当然可观。其实有窗朝外的所谓“海景舱”(oceanview stateroom),也有两百三十五间,已经很正点了。我们夫妻住的这样一间,设备也颇齐全,而最重要的是有一圆窗,直径三英尺半,阔蓝的海景浩荡,一望无阻。就凭这一面魔镜,整海的波涛都招之即来,任我检阅。所以舱不嫌小,窗不嫌大,海呢,不嫌其变化无穷。我们的海景舱在第七层,房号7007,贴近船头,要去船尾用餐,得沿深长的内廊越过“船腰”(midship section),迈步疾走至少六百步。

至于票价,夫妻同舱,是三千一百六十美元。这价钱绝不算贵:想想看,七宿加二十一餐再乘以二,加各种设备、各种活动,加清新的海风、变幻的海景、停靠的港口、壮丽的冰河,再加这日间的逍遥行宫和夜间的千人摇篮，不，水床，为你两千里一路乘风破浪。再加上管理完善，态度周到，真令人觉得毫无遗憾，值得重游。老帝国主义加上新科技万能，好到不行。

船上的设备堪称多元：除了大小各式餐馆、酒吧之外，还有戏院、赌场、泳池、健身房、电脑室、照相馆等，再加上简直像一条街那样密集排列的珠宝店、民俗店、时装店、糕饼店等。至于活动，更多姿多彩。我们看过一次油画拍卖，觉得作品都不高明。赌场必须穿越，却不觉得诱惑。甲板上的推铁饼戏，倒和女儿玩过几回。戏院也是常去，看了一些老片。孙女姝婷常跟着我们，但似乎不太懂阿姨们在讲什么。她的十三岁哥哥飞黄，习于独来独往，在船上巧遇了美国同学，就跟着去全船乱窜，往往不知此刻究竟在第几层的何处，呈半失踪状态。九万吨的大船像一座深山，我们和四个女儿、一个大女婿，也经常在山里捉迷藏。

4

加拿大的西岸面对太平洋，陆上多山，水上多岛，船行其间，海客左顾右盼，山姿岛态再添上倒影波光，简直应接不暇。那绵延的山岭贴近岸边，与其后的落基主脉大致平行，可以视为副脉。屏风一般的近海群岛，或断或续，其实也是海底起伏的丘陵，不甘寂寞的一些，爱出风头，探出水面，就成了小屿大岛。最大的一座屏于温哥华沿岸，形状有如扁长的台湾，面积也有台湾的六分之五。近岸多岛，又与岸平行，就有许多海峡，由南往北，依次名为乔治亚、江斯通、夏洛蒂皇后、黑卡蒂；再往北，小岛与窄峡就更纷繁，而且岸区已属阿拉斯加东南部的狭长地带，状如勺柄。“无限号”的冰川之旅，停泊的三个港口，锡特卡、朱诺、科奇坎，全在阿拉斯加，要看的哈伯德冰川（Hubbard Glacier）与门登霍尔冰川（Mendenhall Glacier），也在朱诺一带。“无限号”驶到哈伯德冰川，乃是此行的北端，余程就回头南下了。

正是八月中旬，台湾方苦于酷暑，高纬的加拿大与阿拉斯加却冷如台湾的隆冬：温哥华近北纬五十度，相当于布拉格；阿拉斯加首府朱诺近北纬六十度，已相当于圣彼得堡了。我们的航程，温度总在二十一摄氏度至十一摄氏度之间。当风立在甲板上，往往觉得更冷，必须戴帽。

一路往北，前半程岛多岸近，常有转折，好像行于狭长的回廊，只觉风平浪静。过了加拿大西岸的北限，进入阿拉斯加的水域，渐觉海阔岛渺，真正入了海神的辖区：大哉水的帝国，岛的棋盘，以经纬纵横恣画方格，让水族浮潜，鲸鲨出没，永远开放的蓝色公路，让有鳍的有尾的有桨的有舵的有帆的有轮机辘辘有声呐与雷达的甚至仅凭四肢伶俐的一切一切，自由来去。

第二天的夜里，背肌与肩头上的压力有些变化，直觉有一点风浪，啊，出外海了。船是海之子，我们是船之子。海是摇篮轻轻地摇，船是摇篮轻轻地摇着我们的梦。这跟我第一次从美国乘船回台湾大不相同。那一次是将近半世纪前，乘的是货船，有一万多吨，而越的是整个太平洋。全程风浪撼人，近日本时遭遇台风，我有诗为证："看大台风煽动满海的波涛都叛变／练习在抛物线上走索且呕吐。"

出来外海，才真正告别了陆地，也才真正懂得：在我们的水陆大球上谁是庄家，而大洋占百分之七十一是什么意思。四望无岛无鸟无船空无一物，只有这浅蓝起伏之外，之下，是更多更深的蓝波蓝澜。什么坐标都没有，除了日月。但日月也在移动，不知是什么神力把这双魔球此起彼落，东抛而西接。视界的世界净化成三个圆，水平之圆仰对阴阳之双圆，构成几何学之美学。海上正闲，但是带去的几本书一本也没看，海，倒是看了又看。海之为书也深邃而神秘，风把波浪一页接一页直掀到天边，我读得十分入迷却读不透其主题。也许那主题太古老了几乎与造化同寿，能接通生命的起源历万劫千灾而迄今，但如何追溯回去历白垩纪，侏罗纪，直到奥妙的奥陶纪？太久了，我们早已经失忆。面对这一片汪洋浩渺的深蓝色隐喻，我们的潜意识蠢蠢不安，虽欲潜而不够深，不能像线锤一样直探到海底。鲸群之歌连声呐也未必能听懂。人鱼的传说也许是跨界的试探，可惜潜水艇探的是敌情而非人情。

在甲板上这样倚舷的想入非非，被姝婷上来传婆婆的话打断，说大家在下面的餐厅等我入席呢，今晚的盛宴要正式穿着。

5

哈伯德冰川虽然等我们已经好几百年，但我们直到第四天近午才得以觐见。船速慢了下来，迎面而来的浮冰越来越多，也越来越大，半透明的结晶通体浅蓝色，远望像一杯鸡尾酒，似乎叮当有声。终于满海都漂着冰了，小的不能再称为块，大的几乎可称为丘，或长或尖，或扁或凸，或不规则成奇形怪状。庄重的“无限号”更慢了，显然不愿做破冰船，为冰所破。迎面的冰风挟着细雨，雾气弥漫。甲板上挤满了人，都披上雨衣，拉起套帽，也有人打起了伞。船，极其缓慢地在转头。

薄雾后面隐隐约约似有一脉山岭横陈，高约二十多层楼，却似无峰头崛起，山壁绝峭，石颜上也似乎没有树木，只见一片浅陶土色，笼着一层不很确定的浅蓝带绿。再后面就没有山了，而这道怪石屏风的前面，凌乱堆陈着欲化不化的冰淇淋或奶昔 (milk-shake) 一类的尾食甜品。再近一些，啊，原来这就是天地之间、山海之间积雪成冰，拥冰自重，任太阳用烈焰千百年烤问而顽固如故坚不吐实的，割据阿拉斯加东南陡坡的，啊，冰川。这正是哈伯德冰川的峻颜冷面，削平的颀顶高三百英尺 (约九十一米)，其宽却横陈六英里 (约九千米)。凭我们九万吨的巨舶岂敢一触眼前这亿兆吨的超级冰壁，早在半里路外就踟蹰不进，开始大转其弯了。再往前开就太险了，恐怕遭冰城炮轰，因为这凛凛的顽冰深处常有空气被囚在冷牢里，一闷就几十年几世纪，好不容易等到哪一个夏日，天气稍暖，冰锁稍懈，就会，啊，破狱而出，城破冰飞，不可收拾。

“爸爸，你听见嘶嘶声没有？”佩珊转头问我。

“我没听见。”我笑答。

“一爆开来，”她说，“重则如开炮，轻则如开汽水。书上说的。”

大家都笑了。好像是回应我们的轻佻,忽然从远处,不,是从莫名的深处,传来沉郁顿挫的闷雷,像要发又发不透彻的警讯,继而有重浊撞击的骚响,下坠不已。显然,量以吨计的晶体结构,在冰壁森严的某处失去了平衡,在颓然解体。该是一种反叛冷酷的解构主义吧。骇耳惶然,告诉骇目睁大了去找,却只闻噼里啪啦,找不到究竟在何处坍塌。

终于冰崩壁裂恢复了平衡,冷寂又恢复了秩序。大家一惊,一笑。笑声立刻被冰风吹熄。甲板上挤满了人和伞,此外只见海天漠漠,雨雾凄凄,听不见一声鸟鸣。三千海客,听不见人语喧闹。“无限号”如履薄冰,在敌阵中小心地转向。我们像是闯进了一颗外星球,被陌生的地形威慑得噤声。笑声显得格格不入,亵渎了大冰帝国肃静的清规。除了脚下所踏的这艘高科技游轮之外,百里内找不到任何东西证明我们在人间。而这,就是此行最高的遁世之乐了。

6

不过拜冰之旅也不全是遁世之乐,而是站在更远处更古时来看我们这水陆大球。人类奢夸大陆，其实五大洲只是被海洋包围的几个超级大岛，当初泡在母怀的“洋水”里，像婴孩投胎一般，没有“洋水”，陆地就难活了。同样重要的是：全球的陆地被冰覆盖的面积占十分之一，有一个半中国那么大；而全球可饮的淡水有四分之三是藏在冰山、冰川、冰原里，三倍于所有的江河湖泊与大气中的水分。一旦大冰帝国崩溃，海洋就要涨潮，多少繁荣的港城水都被吞没，不知文明又要遭多久的浩劫。所以冰川长冻，不知为人类保全了多少水库，为洪水又设了多少巨闸。

一座冰川的身世颇为曲折。冰川的身份，简言之便是“潜移之冰”(ice in motion)。冰川的出身，是某一地区，特别是高寒的地区，降雪多过化雪。先是雪片凝成雪珠，积压多了便成雪饼，就是冰了。等到积重难挽，冰层底部抵不住引力，便顺着坡势下移，成为慢镜头的雪崩，慢者一日一寸，快者一日七尺。就这么，冰川会爬了，一边爬下坡去，一边势挟碎石与断岩，其量以百万吨计，辟出一条下山之路，志在入海。沿路的磐石磊磊就这么给推到两边，久之就塑出了峡江深谷。壮大的冰川潜移而不默化，很有耐心，终于抵达河口，却被造化拦下。几经海风吹拂，开始松软，再加海水浸蚀，领头的冰面就会崩落坠海，场面可观。据说霍普金斯冰川落冰之多，令人只敢在两英里外遥望冰崖。

哈伯德冰川背后的“靠山”都逼近海岸，高峻的费尔韦瑟山（Fairweather Mountain）海拔四千六百六十三米，另一座魁岭（Crillon Mountain）也有三千八百七十九米。太平洋温和的西风被山势所阻，上升后遇到冷气凝缩，在海面便下雨，到山顶便下雪，一整个冬天会达一百英尺 (约为三十米) 之多。到了夏天，内陆化雪，但在阿拉斯加东南这一带，太平洋的水汽湿润，沿岸仍然阴冷，年复一年，积雪永不化尽，乃累积成许多冰川。地理、气候与阿拉斯加相似的挪威、智利，也是山高近海，坡陡河急，难留重冰，成为冰川奇观的三大胜景。

7

回航途中，船泊朱诺港，亦即阿拉斯加的州府。我们意犹未尽，再去朝拜了一道冰川，名为门登霍尔。朱诺在十九世纪末淘金潮中盛极一时，如今仍为渔业、林业中心。镇上人口不到三万，辖区之广却超过三千平方公里，管的却不是人而是冰。不是几块冰而是一整片朱诺冰原 (Juneau Icefield)，其面积依气候变化而定，大时达五千平方公里，为台湾的三分之一强，缩时也有一千五百平方公里，近于香港的四倍。气候暖化，那片冰原就因化冰而退缩。十三到十八世纪，从冰原蠕蠕南移的门登霍尔远长于今日，但从一七七〇年迄今，这道冰川一直往高处退却。二十世纪二十年代，其“下游”露出了一个盆地，雪水注入，竟成一湖。今天隔着湖水，可以望见冰川的前端，学者称为“颜面”(face)，宽达三英里(约五千米)，高二百英尺(约六十米)，曳着后面的身躯，长达十二英里(约两万米)，像一只无以名之又无以状之的史前怪兽，遍身白毛，正倒伏在长长的坡谷间，欲就湖饮水。

我们沿湖北行，走近诺吉特溪口，看急湍成瀑，白沫飞溅，嚣嚣注入湖中。那白毛巨兽却似未惊醒，仍斜伏在谷坡上做它的冷梦。两侧的斜坡上密覆蓊蓊郁郁的雨林，与了无动静的冰川对照成趣。下面的湖水冰清石静，对悠久的地质史并不感兴趣：它毕竟生于二十世纪，造化怀中还在做娇娇孙女，只顾着在它的妆镜中寻找云踪。

早来的游人已经回头去等车了。“无限号”规定八点半要开船，我们已经来不及乘直升机直接降在冰川上，再换钉鞋去走冰川，听脚下冰库、冰窖的深处，哪一个冬季在吹气或呻吟，咆哮或崩溃。但已经来不及了，“无限号”在朱诺的码头上，层层乳白的楼窗与阳台像凭空添加一整条亮丽的街屋，正等待我们回去，去继续拜冰之旅的余程。但高潮已经过去了。向望远镜筒再一次扫描，把白毛兽招来眼前——那不是白毛，而是一片一片如削如剥的鳞甲，淡青的鳞上蒙着一层赭灰，一片片，一瓣瓣，一波波，一直排列到谷顶，终被远坡遮住。向导说，那无穷无尽的皱褶，是因为冰川在下山时，下层的冰比较能屈能伸，而面上的一些较脆，挣扎之际，冰面就开裂成如此的刀雕图案。

我回头对千刀万剐的冰川再看一眼，心中默祷："坚持下去吧，坚守你高寒凛冽的冰城冰阵。切莫放水，切莫推波助澜，助长再一次洪水的声势。阿拉斯加大冰箱里，不能少了你这一片冰场。"

二〇〇七年四月

雁山瓯水

1

去年年底,温州市龙湾区的文联为成立十周年纪念邀请我去访问。正值隆冬,尽管地球正患暖化,但祖国各地却冷得失常。温州虽在江南之南,却并不很温,常会降到十摄氏度以下。高雄的朋友都不赞成,说太冷了,何必这时候去。结果我还是去了,因为一幅瓯绣正挂在我家的壁上,绣的是我自书的《乡愁》一诗,颇能逼真我的手稿。更因为温州古称永嘉,常令人联想到古代的名士,例如"山水诗鼻祖"谢灵运,就做过永嘉太守;又如王十朋、叶适、高明,当然还有号称"永嘉四灵"的徐照、徐玑、翁卷、赵师秀,都是永嘉人。更因温州还一再出现在有名的游记和题诗之中,作者包括沈括、徐霞客、袁枚、王思任、康有为、潘天寿、张大千。

天公也很作美。一月十一日和我存、季珊母女抵达温州的永强机场，刚刚下过冷雨，迎面一片阴寒，至少比高雄骤低十摄氏度。接机的主人说，近日的天气一直如此。但是从第二天起，一直到十八日我们离开，却都冬阳高照，晴冷之中洋溢着暖意，真不愧为温州。我们走后次日，竟又下起雨来，实在幸运。不仅如此，十五日黄昏我们还巧睹了日食。

另一幸事则是，在我演讲之后，导游原本安排是先去北雁荡，再去南雁荡，但为摆脱媒体紧跟，临时改为先去南雁荡——原先的"反高潮"倒过来，变成"顺高潮"，终于渐入佳境。

2

雁荡山是一个笼统的名词，其实包括北雁荡、中雁荡、南雁荡，从温州市所辖的乐清市北境一路向西南蟠蜿，直到平阳县西境，延伸了一百二十多公里。它也可以专指北雁荡山，因为北雁荡"开辟"最久，题咏最多，游客也最热衷。

我们先去拜山的，是南雁荡。入了平阳县境，往西进发，最后在路边一家“农家小院美食村”午餐。从楼上回栏尽头，赫然已见突兀的山颜石貌，头角峥嵘地顶住西天。情况显然有异了。不再是谦逊的缓缓起伏，而是有意地拔起、崛起。

在粗砾横陈的沙滩上待渡片刻，大家颤巍巍地分批上了长竹筏，由渡夫撑着竹篙送到对岸。仰对玉屏峰高傲的轮廓，想必不轻易让人过关，我们不禁深深吐纳，把巉岩峻坡交给有限的肺活量去应付。同来的主人似乎猜到吾意，含蓄地说，上面是有一险处叫“云关”。

三个台客，却有九个主人陪同：他们是浙江大学骆寒超教授与夫人，作家叶坪，文联的女作家杨旸、董秀红、翁美玲，摄影记者江国荣、余日迁，还有导游吴玲珍。后面六位都是温州的金童玉女，深恐长者登高失足，一路不断争来搀扶，有时更左右掖助，偶尔还在险处将我们“架空”，几乎不让我们自逞“健步”。就这么“三人行，必有二人防焉”，一行人攀上了洞景区。

雁荡山的身世历经火劫与水劫，可以追溯到两亿三千万年前。先是火山爆发，然后崩陷、复活、再隆起，终于呈现今日所见的叠嶂、方山、石门、柱峰、岩洞、天桥与峡谷，地质上称为“白垩纪流纹质破火山”。另一方面,此一山系位于东南沿海,承受了浙江省最丰沛的雨量,尤其是夏季的台风,所以火劫亿载之后又有流水急湍来刻画,形成了生动的飞瀑流泉和一汪汪的清潭。

我们一路攀坡穿洞,早过了山麓的村舍、菜圃、浅溪、枯涧。隔着时稀时密的杉柏与枫林,山颜石貌蚀刻可观,陡峭的山坡甚至绝壁,露出大斧劈、小斧劈的皴法,但山顶却常见黛绿掩蔽,又变成雨点皴法了。有些山颜石纹没有那么刚正平削,皱得又浅又密,就很像传统的披麻皴。这种种肌理,不知塞尚见了会有什么启发?

除非转弯太急或太陡,脚下的青石板级都平直宽坦,并不难登。南雁荡海拔一千两百五十七公尺,不算很高,但峰峦回旋之势,景随步移,变幻多端,仍令人仰瞻俯瞰,一瞥难尽其妙。云关过了是仙姑洞,忽闻铁石交叩,铿铿有声。原来是骡队自天而降,瘦蹄,一共七匹,就在我们身边转弯路过,背篓里全是累累的石块。骡子的眼睛狭长而温驯,我每次见到都会心动,但那天所见的几匹,长颈上的鬃毛全是白色,倒没见过。

骡队过后,见有一位算命的手相师在坡道转角设有摊位,众人更怂恿我不妨一试,并且围过来听他有何说法。那手相师向我摊开的掌心,诠释我的什么生命线啦、事业线啦、感情线啦都如何如何,大概都是拣正面的说，而结论是我会长寿云云。众人都笑了，我更笑说：“我已经长寿了。”众人意犹未尽，问他可看得出我是何许人物。他含糊以答：“位阶应该不低。”众人大笑。我告诉大家，有一次在北京故宫，一位公安曾叫我“老同志”，还有一次在乡下，有个村妇叫我“老领导”。

过了九曲岭，曲折的木栏一路引我们上坡，直到西洞。岩貌高古突兀，以丑为美，反怪为奇，九仞悬崖勾结上岌岌绝壁，搭成一道不规则的竖桥，只许透进挤扁的天光，叫作洞天，是天机么，还是危机？我们步步为营，跨着碇步过溪。隆冬水浅，却清澈流畅。不料刚才的骡队又迎面而来，这次不再是在陡坡上，而是在平地的溪边，却是一条杂石窄径。骡子两侧都驮着石袋，众人仓皇闪避，一时大乱，美玲和秀红等要紧贴岩壁才得幸免。

终于出得山来，再度登筏回渡，日色已斜。砾滩满是卵石，水光诱人，我忍不住，便捡了一块，俯身作势，漂起水花来。众人纷纷加入，捡到够扁的卵石，就供我挥旋。可惜石块虽多，真够扁圆的却难找。我努力投石问路，只能激起三两浪花。其他人童心未泯，也来竞投，但顽石不肯点头，寒水也吝于展笑。扫兴之余，众人匆匆上车，向两个半小时车程终点的北雁荡山火速驶去。

3

当晚投宿响岭头的银鹰山庄。抵达时已近七点,匆匆晚餐过后,导游小吴便迫不及待带我们去灵峰窥探有名的夜景。气温降得很快,幸好无风,但可以感觉,温度当在近零摄氏度的低个位数。我存和我都戴了帽子,穿上大衣,我裹的还是羽毛厚装,并加上围巾,益以口罩。暖气从口罩内呼出,和寒气在眼镜片上相遇,变成碍眼的雾气。前后虽有两只手电筒交叉照路,仍然看不分明,只好踉跄而行。

终于摸索到别有洞天的奇峰怪岩之间,反衬在尚未暗透的夜色之上,小吴为我们指点四周峰头的暧昧轮廓、巧合形态,说那是情侣相拥,这是犀牛望月,那是双乳倒悬,这是牛背牧童,而势如压顶的危岩则是雄鹰展翅。大家仰窥得颈肩酸痛,恍惚迷离,像是在集体梦游。忽然我直觉,透过杉丛的叶隙,有什么东西在更高更远处,以神秘的灿烂似乎在向我们打暗号,不,亮号。这时整个灵峰园区万籁岑寂,地面的光害几乎零度,只有远处的观音洞狭缝里,欲含欲吐,氤氲着一线微红。但是浩瀚的夜空被四围的近峰远嶂遮去了大半,要观星象只能伸颈仰面,向当顶的天心,而且是树影疏处,去决眦辨认。哪,东南方仰度七十附近,三星朗朗由上而下等距地排列,正是星空不移的纵标,猎户座易认的腰带。“你们的目光要投向更高处。”我回头招呼望石生情、编织故事的小吴和她的听众,并为她们指点希腊人编织的更加古老的故事,也是古代天文学家和船长海客的传说,“猎户的腰带找到了吧?对,就是那三颗的一排。再向左看,那颗很亮丽的,像红宝石,叫 Betelgeuse,我们的星宿叫‘参宿四’。腰带右侧,跟参宿四等距拱卫腰带两侧的,那颗淡蓝的亮星,希腊人叫 Rigel,我们的祖先叫‘参宿七’。腰带右下方,你们看,又有一排等距的三颗星,是猎户斜佩的剑,剑端顺方向延长五倍距离,就是夜空最明亮的恒星——天狼星。这些星象是亘古不变的——孔子所见是如此,徐霞客所见也是如此。”

4

次晨又是无憾的响晴天,令人振奋。越过粼粼灰瓦的屋顶,巍巍两山的缺口处,一炉火旺旺的红霞托出了金灿灿的日轮,好像雁荡山神在隆重欢迎我们。下得楼去,户外的庭院像笼在一张毛茸茸泛白的巨网里,心知有异。美玲、杨旸、秀红等兴奋地告诉我存和季珊,昨夜下了霜——难怪草叶面上密密麻麻都铺满了冰晶。跟昨夜的繁星一般,这景象我们在台湾,尤其久困在城市,已经多年未见了。

雁荡山的地势变化多姿,隔世绝尘,自成福地仙境,远观只见奇峰连嶂,难窥其深,近玩却又曲折幽邃,景随步转,难尽全貌。正如苏轼所叹,不识庐山真面目,只缘身在此山中。难怪徐霞客也叹道:“欲穷雁荡之胜,非飞仙不能。”古今题咏记游之作多达五千篇以上,仍以《徐霞客游记》给人的印象最深。徐霞客曾三次登上雁荡山,首次是在明代万历四十一年(1613),当时才二十八岁。大家最熟悉的他的《游雁荡山日记》常见于古今文选,就是那年四月初九所记。

我们是从钟鼓二岩之间向西北行,进入灵岩景区的。到双珠谷附近,就被徐霞客的白石雕像吸引,停了下来。当然是徐霞客,雁荡山道由他来领路,再适当不过。像高约三米,右手捋着长髯,面带笑意,眼神投向远方,在峰岭之间徘徊,又像入神,又像出神。柳宗元所说的“心凝形释,与万化冥合”,正是这种境界。徐霞客逝于五十五岁,雕像看起来却太老了。他去世后才三年,明朝就亡了,幸而未遭亡国之痛。他未能像史可法一样以死报国,但是明朝失去的江山却保存在他的游记里,那么壮丽动人,依然是永恒的华山夏水,真应了杜甫的诗句："国破山河在。"

沿着展旗峰蔽天的连嶂北行，景随位移，应接不暇，浅窄的眼眶，纤弱的睫毛，怎么承得起那么磅礴的山势，容得下那么迤逦的去脉来龙？到了南天门，拔地而起的天柱峰逼人左颊，似乎要抢占展旗峰的霸权，比一比谁更夺目。岩石帝国一尊尊一座座高傲的重镇，将我们重重围住，用峭壁和危崖眈眈俯瞰着我们。

幸好有一座千年古刹，高门楣顶悬着黑底金字的横匾，"灵岩禅寺"，背负着屏霞峰，面对着峙立争高的天柱峰与展旗峰，而庭前散布的茶座正好让我们歇下来，在茶香冉冉中仰观"雁荡飞渡"的表演。

顺着茶客一齐眺望的方向，我发现一个红点在天柱峰顶蠕动。三四分钟后他已经荡落到山腰，原来是用两条长索系腰，不断调整，并且荡索蹬岩，一路缒下绝壁来的。然后又发现他上身着红衫，下身却着黑裤。终于缒到山脚了，赢得一阵掌声。

小吴说，这功夫是古代的农夫上山采药练出来的。雁荡山产的石斛乃名贵草药，偏偏生在岌岌的险处，采药人被迫冒险犯难，只好千钧一发，委身长绳，学飞檐走壁的蜘蛛。

话未说完，茶客又转过头来，仰对南天门的虚空。这才发现，所谓南天门的两根参天巨柱——天柱峰顶与展旗峰顶——之间，竟有一痕细丝牵连。原来已有一个人影倒悬在钢索上,四肢并用地正在攀缘南天门楣,或起立,或前进,或仰卧,或跳跃,或翻筋斗。突然那身影失足倒栽了下来。说时迟,那时快,他其实并未离索,只是用双脚倒扣住绳索。观众惊呼声定,他已抵达半途,正把树叶纷纷撒下。最后他一扬旗用碎步奔抵展旗峰顶。

顶礼过南海观音,大家又绕到寺后去看方竹。竹笋初生,竿呈圆锥形,长成后竟变四方形,墨绿色泽非常古雅,节头有小刺枝,像是塔层。季珊就近一手握竹一手拍照,可见其枝亭亭挺立,只比她的手指稍粗。我要她们母女多多摄影,备日后游记之用。四百年前徐霞客早在日记中如此记载:“十五日,寺后觅方竹数握,细如枝。林中新条,大可径寸,柔不中杖,老柯斩伐殆尽矣!”他当日所见,是能仁寺中方竹,离灵岩寺不过十里。我握着“径寸”的一截黛绿,幻觉是在和徐霞客握手。有竹为证,我怎能不继他之后,续一篇雁荡游记呢?

沿着灵岩寺旁的石径右转登山,不久便入了小龙湫溪谷,到了湫脚。不出所料,落差六十米的瀑址只有细股涓涓在虚应故事。只有层层岩脉,重重山峦,将一片岑寂围在中间。应该是理想的回声谷吧,我不禁半合双掌于两颊,形成喇叭,突发阮籍之长啸,想必惊动了静定已久的神灵，一时山鸣谷应，余韵不绝。没料到最好的音响效果便是造化，这一声楚狂、晋狂的长啸激起了同游的豪兴，大家纷纷也来参加，简直成了竹林七贤。日迁说，曾经听我在演讲时吟过古诗，要我即吟一首。我便朗吟起苏轼的《念奴娇》来。大家听到"一时多少豪杰"，一起拍手，我乘兴续吟"遥想公瑾当年……"把下半阕也吟完，效果居然不错。近年我发音低哑，无复壮岁金石之声，不免受挫。也许是昨夜睡熟，天气晴爽，又饱吸了山中的芬多精，有点脱胎换骨；更因为初入名山，受了徐霞客的感召，总之那天的长啸朗吟竟然恢复了沛然的元气，顿觉亲近了古人，回归了造化。继我之后，叶坪也即兴吟了一首七绝欢迎我来温州，又朗诵了骆夫人四十年前写给丈夫的一首新月体情诗，引来再惊空山的掌声。

雁荡山开山凿胜，始于南北朝而盛于唐宋。东晋的谢灵运曾任永嘉太守，他癖在游历，又出身豪门，僮奴既众，门生亦夥，出门探胜寻幽，往往伐木开径，惊动官府。不过当时他游屐所及，多在中雁荡山，而北雁荡山之洞天福地还深藏未通。雁荡诸山在远古火山爆发后由酸性岩浆堆积而成，其后又历经流水侵蚀而呈今貌。北宋的科学家沈括早已指出："予观雁荡诸峰，皆峭拔险怪，上耸千尺，穹崖巨谷，不类他山，皆包在诸谷中。自岭外观之，都无所见，至谷中则森然干霄。原其理，当时为谷中大水冲激，沙土尽去，唯巨石巍然挺立耳。如大小龙湫……之类，皆是植土龛岩，亦此类耳。”直到二〇〇五年，联合国才将此山评选为“世界地质公园”。是以今日游客朝山，已得现代建设之便，远非当年徐霞客历险苦攀能比。

从小龙湫的下面可以搭乘电梯直上五十米出来，就接上贴着绝壁的铁栏栈道，下临幽深的卧龙谷，可以指认小龙湫的源头。我攀上栏杆俯窥深谷，害同游的主人们吓了一跳。

下午我们就径去大龙湫，明知隆冬不能奢求水旺，也要去瞻仰那一跃一百九十七米的坠势。先是经过所谓“剪刀峰”，想象步移景换，变成玉兰花、啄木鸟、熊岩、桅杆峰、一帆峰等等的幻象。终于抵达飞瀑注成的寒潭，只见一泓清浅，水光粼粼，可撑长筏。徐霞客第一次来时，正值初夏，“积雨之后，怒涛倾注，变幻极势，轰雷喷雪，大倍于昨”。但此刻，崖顶水势不大，落姿舒缓，先还成股，到了半途，就散成了白烟轻雾，全不负责，要等临到落地之前，才收拾拢来，洒出一阵纤纤雨脚，仍然能令冒雨戏水的季珊和陪伴的女孩子们兴奋尖叫。这镜头，咔嚓之间，全被国荣和日迁快手捉住。我避过瀑脚，施展壁虎功贴着瀑壁的深穴游走，直到路尽才停。日迁也跟下来。不料瀑布鼓动的险风阵阵也贴着穴壁袭来。我戴了毛线红帽，裹着厚实羽衣，仍不胜其瑟缩。

峰高嶂连，虽然是大晴天，暮色仍来得很快。整座湫谷一时只留下我们的跫音，此外万籁都歇。过了伏虎峰，我们一路踏着石径南行，只见千佛山并列的峰头接成迤逦不断的连嶂，屏于东天。晴艳的落照反映在岌岌的绝壁上，十分壮观，把我们的左颊都烘得暖融融的，那排场，好像雁荡山脉在列队说再见。

5

雁荡山有“海上名山”“寰中绝胜”“天下奇秀”之誉，号称“东南第一山”。从北雁荡、中雁荡、西雁荡到南雁荡，盘盘囷囷，郁郁磊磊，这一整座龙脉世家，嵯峨帝国，拱卫了昔日的永嘉，今日的温州，只开放东海之岸，让瓯江浩荡出海。只就北雁荡山而言，山水之错综复杂，景象之变幻无限，就已令古人题咏再三，犹叹其妙难穷。但是在一切旅游图册中，从未见提到晚明的王思任（1575—1646），实在可惜。此人也许不是徐霞客那样的大旅行家，但游兴之高，游记之妙，绝对也是古今罕见。他的文笔汪洋恣肆，匪夷所思，感兴之强烈，即使放在现代散文里，也可夸独特。在《小洋》一文中，他极言山高石密，溪流曲折，有“天为山欺，水求石放”之句。他的长文《雁荡山记》如此开篇：

> 雁荡山是造化小儿时所作者，事事俱糖担中物，不然，则盘古前失存姓氏，大人家劫灰未尽之花园耳。山故怪石供，有紧无要，有文无理，有骨无肉，有筋无脉，有体无衣，俱出堆累雕鑿之手。落海水不过二条，穿锁结织，如注锡流觞，去来袅脚下。昔西域罗汉诺拒那居震旦大海际，僧贯休作赞，有“雁荡经行云漠漠，龙湫宴坐雨蒙蒙”之语。至宋时构官伐木。或行四十里，至山顶，见一大池，群雁家焉，遂以此传播。谢康乐称山水癖，守永嘉，绝不知有雁荡。沈存中以为当时陵谷上蔽，未经洗发。

第一句就很有趣，说此山是大地小时候的玩具，山中每一景都是捏面人所挑糖担子卖的糖制人物，不然就是开天辟地以前无以名之的巨人族，浩劫之前花园中的盆景之类。这两个比喻，前者以小喻大，后者以大喻小，奇想直追《格列佛游记》。“劫灰”一词尤其暗合雁荡山火山地质的身世；“落海水”一句应指余脉入海，形成外岛与港湾；

“见一大池”句释雁荡山名由来；“康乐”指谢灵运封号；“存中”是沈括的字。王思任这篇游记，长三千八百余字，为古来罕见，至于想象之生动，文采之倜傥，更是可惊。直到文末，作者意犹未尽，又夸此山：“吾观灵峰之洞，白云之寨，即穷李思训数月之思，恐不能貌其胜。然非云而胡以胜也？云壮为雨，雨壮为瀑，酌水知源，助龙湫大观。他时无此洪沛力者，伊谁之臂哉。”隆冬入山，山犹此石，但水势不盛，瀑布溪涧的壮观，只能求之于古人的游记。我的温州主人们安慰我：夏天可以再来。

我对温州的年轻游伴们说：温州之名，在台湾绝不陌生，台北市南区的不少街道，久以温州及其所辖的县市命名，其中包括瑞安街和泰顺街。我有不少文坛、学府的朋友，都住在温州街的长巷岔弄。他如青田、丽水、龙泉、永康等街，也都取之于温州的近邻。至于散文大家琦君，名播两岸，更是温州自豪的乡亲。

温州人好客，美味的馄饨常温客肠。我为他们的文联盛会演讲，又去当地闻名的越秀中学访问。他们带我和我存母女先后参观了永昌堡、发绣、瓯绣、瓯塑。我特别向瓯绣的“省级大师”林缇致意，感谢她把我《乡愁》一诗的手迹刺成瓯绣。有一天他们特地带我去参观谢灵运遗址“池上楼”，凭吊“池塘生春草，园柳变鸣禽”的千古名句，并承“博雅茶坊”主人伉俪接待，得以遍尝白糖双炊糕、灯盏糕、芙蓉糖、冻米糖之类的名点。

6

一月十五日，不拜山了，改去朝海。四十多座岛屿组成的洞头县，浮列在东海上等待我们。七座的休旅车上了“灵霓北堤”，车头朝向东南，以高速驶过茫茫的海面，一边与海争地，要填来扩充市区；一边插竿牵网，培育螺蛤之类，养殖海产。没料到海阔堤长，过了霓屿和状元坳，跨越了许多桥后，才抵达洞头岛。当地县政府的邱顾问带我们一行攀上陡峭的仙叠岩，俯眺东海。在苍茫的暮霭中，他向南指指点点，说对面近海的一脉长屿也叫“半屏山”，那方向正遥对台湾，“像和你们高雄的半屏山隔海呼应”；又说洞头县民会讲闽南话，原是福建的移民。此时岩高风急，浊浪连天，令人不胜天涯海角、岁末暮年之感。指顾之间，夕照已烘起晚霞，主人说不早了，便带大家回车，准备去市内晚餐。车随坡转，我恋恋回顾酣熟的落日，才一瞬间，咦，怎么日轮满满竟变成了月钩弯弯，缺了三分之二，唯有金辉不改。惊疑间，过了五秒钟才回过神来。“是日食！快停车！”大家一齐回头，都看见了，一时嗟叹连连，议论纷纷。这才想起，温州的报上已经有预告，说今天下午四点三十七分日环食会从云南瑞丽开始，而于四点五十九分在胶东半岛结束，至于其他地区，则只能见到日偏食，甚至所谓“带食日落”。果然，在我们的车窗外，越过掩映的丛丛芦苇，几分钟后，那艳金带红的“日钩”就坠入暮色苍茫里去了。想此刻，月球上不管是神或是人，一定也眺见地球的“地食”了吧？

温州简称“瓯”，瓯江即由此入海。河口有大小三岛，最里面的最小，叫江心屿，隔水南望鹿城市区，北邻永嘉县界。王思任的游记《孤屿》说：“九斗山之城北，有江枕曰孤屿，谢康乐所朝夕也。屿去城百楫，东西两山贯耳，海潭注其间，故于山名孤屿，而于水又名中川。”临别温州前一日，伴我和妻女共登雁荡的主人，加上文联的曹凌云主席，又伴我们游岛。

天气依然晴艳，像维持了七日的奇迹。码头待渡，我们的眼神早已飞越寒潮，一遍遍扫掠过岛上的地势与塔影。最夺目的是左右遥对的东塔、西塔。左边的西塔就像常见的七层浮屠，但是东塔，咦，怎么顶上不尖，反而鼓鼓的有一团黑影？日迁、国荣、美玲一伙七嘴八舌，争相解释，说那是早年英国人在塔旁建领事馆，嫌塔顶鸟群聒噪，竟把塔顶毁掉，不料仍有飞鸟衔来种子，结果断垣颓壁中却长出一棵榕树，成了一座怪塔。

登上江心屿，首先便攀上石级斜坡，去探东塔虚实。果然是座空塔，一眼就望穿了，幻觉古树老根，有一半是蟠在虚空。江心孤屿，老树还真不少。南岸有一棵，不，应该说一座老榕树，不但主干上分出许多巨柯，每一柯都霜皮铜骨，槎枒轮囷，可以独当一面，蔽荫半空，即连主干本身也不容三五人合抱，还攀附着粗比巨蟒的交错根条。园方特别在其四周架设铁栏围护。如果树而能言，则风翻树叶当如翻书页，该诉说南北朝以来有多少沧桑，诉说谢灵运、李白、杜甫，以迄文天祥如何在其浓荫下走过。园中还有棵香樟，主干已半仆在地上，根也裸露出半截，却不碍其抽枝发叶，历经千春。其侧特立木牌，说明高寿估计已逾一千三百年。

游园时另有一番惊喜，不，惊艳，真正的惊艳，因为它依偎在墙角，毫不招展弄姿，所以远见浑然不觉，要到近处才蓦然醒悟，是蜡梅！树身只高人三两尺，花发节上，相依颇密，排列三层，内层赧赧深紫，中层浅黄，外层辐射成鳞片，作椭圆形。傲对霜雪，愈冷愈艳，真是别树一帜的绝色佳人。我存凑近去细嗅，季珊近距去摄影。我也跟过去一亲芗泽，啊，何其矜持而又高贵，只淡淡地却又自给自足地轻放幽香。那香，轻易就俘虏了所有的鼻子与心。同游有人要我唱《乡愁四韵》，更有人低哼了起来。

岛上古迹很多，除江心寺外，尚有文信国公祠、浩然楼、谢公亭、澄鲜阁等。江心寺壁上有不少题词，王思任《孤屿》文中述及："方丈中留高宗手书'清辉'二字，懦夫乃有力笔。"我对文天祥祠最是低回，在他青袍坐姿的塑像前悲痛沉思，鞠躬而退。祠中凭吊忠臣的诗文不少，我印象最深的是乾隆年间秦瀛所写七律中的两联："南渡山川余一旅，中原天地识三仁。誓登祖逖江边楫，愤激田横岛上人。"

谢灵运被公认为山水诗起源，所咏山水如《登池上楼》《游南亭》《游赤石进帆海》《晚出西射堂》等，多在温州一带；至于《登江中孤屿》一诗，描写的正是江心屿。但这些山水诗中，记游写景的分量不多，用典与议论却相杂，则不免病"隔"。因此像"孤屿媚中川，云日相辉映，空水共澄鲜"之句，已经难得。我常觉得，中国水墨画中对朝暾晚霞，水光潋滟，往往无能为力；西方风景画如印象派，反而要向中国古典诗中去寻求。

二〇一〇年二月

走过洛阳桥

我生于南京，但祖籍是福建永春，应为广义的泉州人，六岁时也曾随父母回去永春，住过半年。两岸三通以来，曾于二〇〇三年和二〇〇四年回去两次，却都未能踏上泉州的千年石梁洛阳桥，深以为憾。小时候常听父亲提起洛阳桥，印象很深。二〇〇四年八月，已经到了古桥南端，不胜孺慕与怀古，却因溽暑难当，放弃横越。上月第三次去泉州，行前扬言，未竟之渡必将实践，所以四月二十二日，也就是返泉次日上午，在媒体热烈簇拥之下，终于踏上了北宋书法大家，亦即当时泉州太守蔡襄所建的洛阳桥。那天薄阴，细雨初歇，正宜放足踏春。尽管人多口杂，镜头焦聚，我却始终慑住心神，不忘计数，抵达北岸的桥头时，大叫一声：“一千零六十步！”

这距离，以我的脚程计算，大约是半公里，长度相当于布拉格的查理大桥（Charles Bridge）和莫斯科的红场。查理大桥和红场在国际上也许更有名，但洛阳桥更贴近我的心，我的梦，一半是因为常听父亲说起，一半是因为名字是洛阳，正如泉州又叫作晋江。

中国之大，有的是长桥、古桥，但其中另有一座同样更直通吾心，连接吾梦，那便是卢沟桥。这三个字压在我心头的重量，等于整整八年的抗战，压扁了我的童年。卢沟桥全以白石砌成，虽然只有四百四十米，但桥宽十七米，雕柱石狮，气象宏伟，难怪马可·波罗要叹为观止，也因此西方人叫它作 Marco Polo Bridge—— 但桥名马可·波罗，却无法直通吾心。

所以桥之为物，不但存在于空间，有其长度、宽度与高度，更存在于时间，有其历史的沧桑。在《桥跨黄金城》一文中我说过："以桥为鞍，骑在一匹河的背上。河乃时间之隐喻，不舍昼夜，又为逝者之别名。然而逝去的是水，不是河。自其变者而观之，河乃时间；自其不变者而观之，河又似乎永恒。桥上人观之不厌的，也许就是这逝而犹在，常而恒迁的生命。而桥，两头抓住逃不走的岸，中间放走抓不住的河，这件事的意义，形而上的可供玄学家去苦思，形而下的不妨任诗人来歌咏。"

二〇〇四年八月，我站在桥头，虽因酷热而未能上桥，却感叹此桥阅人之多而留下了四行绝句。今年果真走完了长桥,就不能只用这四行向泉州人交差了,所以终于将它续完,写成了一首四十行的整诗,了却一桩心愿。当初的四行是:

刺桐花开了多少个春天?
东西塔还要对望多少年?
多少人走过了洛阳桥?
多少船开出了泉州湾?

二○一一年五月十八日

龙尾台东行

壬辰龙年的最后几天,我家有了一次紧凑的台东行,相当意外,比我们一早预期的要有趣。所谓我家,指的是定居高雄二十六年的二老和二女幼珊,加上佩珊来自台中,珊珊和女婿为政来自康州,季珊来自温哥华。至于第三代的飞黄和姝婷,则留在康州上学。

从二〇〇六年起,我们三代同游都是共乘邮轮。海上行宫的宏伟便捷,九人共乘的朝夕相对,加上沿途靠港的异国风光,固然是太平盛世的赏心乐事,但是一再而三,其兴奋也不免递减。“天堂久住亦寻常”,所以这次就改成陆上行了。行程由住在台湾的幼、佩二珊上网敲定,一路都很顺利。

二月四日清早八点三刻,南回火车的风火轮终于为我们推进。一过枋山,便告别海峡,开始进出隧道,像一尾迅猛的穿山甲,不由人不感激当初开山的天兵——不,地兵地将。隧道有长有短,短的一手不能遮天,长的要过很久才肯把天再吐出来。好像东岸的山海太神奇了,一时还舍不得让我们放眼饱享。如此欲展故遮,逗弄了我们半个多小时,一直到大武才揭开谜底。太平洋的浩荡蓝水球,终于豪爽地转向我们。台湾,像一条大鲲终于为我们摆尾转身——这乾坤大挪移我在飞机上也见过,那动感更为壮观。

我们在台东站下车,就去租车行领到预订的日产八人座休旅车,由幼珊驾驶,沿着太平洋岸向西南而行。进了台东大学的知本校区,在人文学院前面的一面大墙旁停下。墙上高悬着烧陶字体的诗碑,展示的是我的诗《台东》,二〇〇九年一月揭幕。典礼上有人要我自诵一遍。此诗共为八段,每段两行,主题是强调台东虽为偏僻外县,远离繁华,却坐拥山海,亲近造化。此处我只引其前三段,以见其诗意之天真,语言之浅易,连小学生也能领会:

城比台北是矮一点
天比台北却高得多

灯比台北是暗一点
星比台北却亮得多

街比台北是短一点

风比台北却长得多

揭幕现场我先自诵一遍，以助暖身。到了第二遍，每段我就只诵前一行，后一行就由台东人齐声诵答，效果很好，主客也都很 high。所以朗诵之道不在配乐配舞，而在临场创意。

下午三点是民宿入住的时间。天色渐晚，幼珊就设定好导航系统，驾着休旅车盘旋上山，去找今晚预订的民宿。这件事，我存与我在英国、苏格兰、法国、西德都前后做过。民宿近年在台湾已渐流行，比起西欧的传统，规模并不很逊色，但立意却不相同。英、法、德各国的民宿都是屋主的子女已长大离家，留下空房，可供旅客当晚一宿，次晨一餐，即所谓 B&B（bed and breakfast）。如屋主空房供宿在六间以内，就可免税；而台湾的所谓民宿，则多为另建旅社，纯为盈利，因此主人有时并未坐镇现场（non-resident）。

我存与我有幸住过苏格兰南部一处 B&B，叫作 Burnfoot Farm。晚间得与女主人在她客厅聊天，并共阅她家人的照相簿；翌晨她又带我们参观她家的牛棚，得识哪一头母牛叫 Mary，哪一头叫 Amy。问她附近古迹，她便热心推荐“哈德良长城”（Hadrian’s Wall），说那是罗马殖民时代哈德良皇帝,为防御北方“蛮族”皮克特人而建的百里矮墙。她家 Burnfoot Farm,其中 burn 乃苏格兰语,意为“小溪”,所以全名可译“溪口农庄”。我们一宿难忘,后来幼珊留学英国,拟去苏格兰一游,我们就郑重嘱她务必去这农庄。她去了,很满意。下次如有机会再游苏格兰,我们一定重去问津,再探这异国的桃花溪口。

话说台东之行,头一天下午将暮,我们的休旅车入山既深,终于抵达知本郊外的“林道客栈”,受到笑带酒窝的女主人欢迎。那是四房一栋的宽敞瓦屋,白墙之上栋梁裸露如筋骨,屋后杂树森森,前院有飘忽的桂香。女主人不住民宿,却和我们亲切聊天,陪了我们很久。一切都颇便利,只有晚餐得下去人间解决。餐后再回山上,刚把车停在屋后坡上,忽然有人叫起来。大家随即仰对冬空,看到人间一切所谓景点都无法提供的壮观。四野光害大减,冬夜以黑绒的衬底展出它无上的珍藏:仰度颇高的东南天庭上,猎户座显赫的家谱闪耀在宇宙的额头,左翼的参宿四闪着红辉,右翼的参宿七耀着青芒。紧追着猎户的,是天狼,诸天最亮的恒星。猎户紧追的,是火眼金睛的金牛。我为家人解释了半天,大家终于不耐颈酸而回到人间。正如乘飞机到了云层之上才悟出:下面的气候多变不过是一层障眼法,上面的晴蓝才是永远不变的。入山夜观星象,才悟出此身常恨被都市所蒙骗。

第二天是大晴天，我们竟二上都兰山。四个女儿听说半山辟有平台，列有十多座诗碑，其中有一座也刻了老爸的诗，有意去参观一下。这一次由佩珊驾车，上坡路半途错过了右转，徒劳无功。下山后还去问派出所，答以不知山上有此地标。后来想起文化处应该知道，乃打手机去问，答以半途右转始能找到。佩珊在陡坡上一番上下曲折，终于抵达。

平台四周及入口附近，具名刻诗的作者，除我之外还包括白灵、陈义芝、席慕蓉、詹澈及胡适的父亲胡铁花。可惜平台四周的八座诗碑大半被蔓草遮蔽，竟要拨草寻径才得见诗，令人相当失望。想是主管机关建设之余，既欠宣传，又无心永续经营。

下午我们去投宿的是“白石牛海景民宿”，地处杉原沙滩，遥望苍黛的都兰山色。入住之后发现阳台正对着绿岛，近得好像海波相接。不久夜色四合，反衬出绿岛变成灯火二三，杉原右侧的小野柳海峡也传来灯火六七——还是渔火呢。贪看夜色，我们餐后就着外面的廊灯下起一种四色争路的新跳棋来。掷的骰子是一块六面方体的海绵，落得不稳常会转面，滚成别的数目，令大家尖叫。玩了一个多小时，赢家是我存，余人也都尽兴。

约好次日一早起身去迎日出，可惜夜间下了雨，次晨是个薄阴天，细雨霏霏，飘忽无定，绿岛方向晨曦偶现即淡，完全够不上朝霞绚烂的日出盛典。失望之中我们还是踱去沙滩，一脚高一脚低地踩过密网罩住的珊瑚礁径，直到早潮拍岸的太平洋边。层积的杂砾诱惑人漂水花。我素来自负漂水高手，有“入水为鱼出水为鸟”六起六伏的可傲纪录。四个女儿不是俯身寻石提供较扁的圆片，就是自拣自地也试漂一番。我连漂了三块，都石沉大海。珊珊供应的几块之中，有一块又扁又圆，比台币五十元要大一圈，而色调深灰耐看。我舍不得漂，就留下了，现在静卧在左岸家中的桌上，像太平洋赠我的一件小礼品，也可充那天日出盛典未能兑现的一个补偿。

白石牛民宿的主人，倒是与客同屋，就住在自家透天三层的顶楼，充分做到 B&B。早饭热腾腾的面包，是女主人前夕所烘焙，饮品有咖啡或茶。我存和我在东莞受寒伤风，仍在服中药，所以我们点了花茶。男主人则布桌送餐，不辞奔走，十分好客。

太平洋波平浪静，海天相接之处牵曳着一条潇洒而抒情的水平线。无论我们从白石牛的阳台，或倚着金樽车站的步道栏杆，纵目所见的太平洋其实水分二色。近岸的港湾，汀渚水浅，呈湖绿色，潮水一阵接一阵卷上沙滩，喷溅白沫，旋生旋息。远处的洋面下，黑潮的暖流潜涌，则一望莫测其深，渺渺茫茫，无非是钴蓝巫蓝更皓蓝。无论从美国乘货轮回台湾，或者乘邮轮去阿拉斯加、挪威、西地中海，载着我的乡愁或游兴的，都是这种诱人的深蓝。

第三天参观了“台湾史前文化博物馆”，觉其甚具规模，展品及说明都见用心。我存久任高雄市立美术馆义工导览，看得自然更留心。

龙尾的台东行，驾车的只有幼珊、佩珊，老爸无须再操劳了，倒令我怀念多年前两度在美，千里缩地，全由我一手掌控。为政、珊珊、季珊没有台湾的驾照，事前也未想到办国际驾照，所以无从轮替。为政是此行唯一的壮汉，所以行李之类的重负都有赖他担当。

同时我也怀念，二十年前初来高雄，南部的名胜，甚至穷乡僻壤的无名之胜，凡车轮能到之处，王庆华都意气风发，为我向导，车轮不到之处，就领着我攀爬。现在他竟也过六十岁了，久矣我们已未同畅逍遥之游。

二〇一三年四月八日

太鲁阁朝山行

1

马蹄踢踏的前七天，我们有一程朝山之行，前后三日。第一日中午飞到花莲，入市内领到一辆七人座 Serena 休旅车，正好坐满我一家七人——飞黄和姝婷留在康州大学，和去年一样，未来。

第一日下午匆匆驶入太鲁阁国家公园，天色已晚，不敢流连太久，便去订好的民宿入住。

夜色中，最先欢迎我们的，是犬吠。主人大声喝止。又换了一只黑纹的花猫来磨蹭客腿。后来主人告诉我们，他家一共有五只狗，五只猫，至于家人，也是五位。这才是真正的民宿：旅舍就是主人的家。

这家民宿是一排整齐的平房，朴素之中不失干净与舒适，最可喜的是灯光明亮，浴室宽坦。我们一家七人，分住三房，地板是陶砖，可以赤脚而行。那天风大，很冷。我们在外面的大草地上，仰见木星，虽极璀璨，却不闪烁。夜间大家在餐厅打一种“猜牌”，其底牌均为名家所绘，多属超现实主义风格，意识乱流，动人遐想。主人的两个女儿，米妮观战，米琪发牌，十分可爱。

入夜更冷，深恐一床羽绒被不够御寒，又向女主人要了一床。不料羽绒果然够暖，就备而未用了。熄灯后，天花板尚有微光，不致全黑。第二天还是大晴天，朝霞艳丽照进室来。这才发现，原来是天窗，十分惊喜。

早餐清淡简单，有大杯豆浆，来配芭乐，煮蛋，香肠，番薯，面包，生菜。大家一夜熟睡，清晨空气又纯净，更吃得津津有味。餐厅墙壁下有长窗，上有两排气窗，当真窗明几净，高轩自有逸兴。壁上大书“乐山”两字。我存抗战时期迁蜀，曾居乐山七年，倍感乡情亲切。主人夫妻却念成 Yue Shan，显然是取仁者乐山之意了。

主人名叫吴廷书，谦逊坦率，有古隐士之风。女主人也安详亲切，与主人天然默契。问吴先生乐山民宿的地理位置，他说属于“太鲁阁国家公园”管辖，但在辖区北境。我又问他治安如何，他笑答说，一向宁静。又问他一个蠢问题，是否也去外国度假。他说没有，要照顾“乐山民宿”,简直没空。

早饭后我们收拾行李,装上休旅车。仰见半轮下弦月,莹白当空,朝阳虽已金艳,仍未减清辉。只可惜市井之人忙得只顾红绿灯交眨,甚至只顾低头收看手机,把造化的神奇天机,竟然都错过了。

主人送我们到车旁,主客话别,有些依依。我问他的隐居究有多大。他潇洒地朝山坡上一挥手,说一直到山顶。顺着他的手势,我瞥见的是满坡的竹林与杂树,几只雨燕正斜斜向上飞去。后来核对地图,推想这一带应该是在清水山下。

2

第一天因为暮色逼人,匆匆来去,第二天上午就专程深入,去探太鲁阁的肺腑和关节。这一探,简直是探险,不仅路窄而弯,下临深谷,而且危石绝壁当空,雨后或逢地震,落石岌岌难防。小落石每是大落石的前兆,毒蛇、毒蜂更是屡见。同时海拔愈高,气温愈低,氧气稀薄,气压降低,易患“高山症”。因此园方沿途设站,为行人发放白漆钢盔。我们错过几站,被迫只凭血肉之躯、赤露之顶去试运气。

车到锦文桥，红柱高擎的牌坊下，车队首尾相衔，东西横贯公路便从此西去，而潺潺夺路的立雾溪，上下游落差一千米，日夜不休，正向东泻来。从此西去，海拔愈来愈高，地势愈来愈险，岩石愈益托大，天空愈益缩小，正是古代画家梦寐以求的奇景绝胜。光有石还不算，得有活水来激发太古原始的静趣。王思任的警句“天为山欺，水求石放”用来形容太鲁阁险中寓美之奇，再真切不过。此情此景，令我又想到我少年时顺流而下的巴东三峡。不过此际正值岁末，雨水不多，立雾溪也不可能漫漫顺谷而下，所以倒可以想象成一串岸促水浅的三峡。当然太鲁阁不闻砧声，也无猿啼，更不会有船夫逆流而拉纤，但是三峡也不会像太鲁阁这样把绝壁凭空凿出了一连串的隧道。有些隧道是传统的首尾贯通，有些在朝向溪流的外侧仅以疏疏的水泥立柱支撑。贯通的该是山的回肠，侧空的就是山的肋骨了。

似乎还嫌山客的眼睛不够忙，隔着中间的涧谷，对面的大幅绝壁，不仅来龙去脉，或纵或横或斜迤，暴露出元气沛然的大斧皴法，更赫然开出了岩洞，大小不一，深浅有异，就是所谓的“燕子口”了。可让燕子像乌衣武侠一般出没的水帘洞，我在巴西的伊瓜苏大瀑布曾见识过，其数却不如太鲁阁之多。

“山从人面起，云傍马头生。”李白的名句忽来唇边，尤其是上一句，最切合太鲁阁了。东西横贯公路是向造化争地，硬讨过来的一线文明，像一条陆上的运河，通车而非通船，贯通了台湾海峡和太平洋。自其虚者而观之，则又像一条曲折的腰带，系在多少皱褶的峻坡甚至绝壁上；若用地图思考，就成了一道几何美学的等高线。

为了打通中央山脉重重的关节，穿越花岗岩顽固的帝国，当年与石争地，牺牲了多少开山的壮士。“地崩山摧壮士死，然后天梯石栈相钩连！”今日安枕在豪华的游览车上，旅客们不但应赞叹造化的神奇，更应向荣民的亡魂默祷致敬。其实道旁虽有低栏防护，毕竟逼近危崖，只见峰回岩转，不知轮托何处。何况头顶岌岌的落石，一时失冲，就会祸从天降。真是一程过瘾的自虐。

东西横贯公路是一把刻骨的雕刀，绝情地向陡坡的筋骨挑剔出来的穴道。“山从人面起”虽为修辞之夸张格，仍不足状其逼迫，因为有些段落的山壁不但逼人脸颊，而且低压在人头顶，不但是绝壁，简直成了倒壁，咬牙切齿，极尽威胁之势。

那天我们受尽威胁。峰回路转，穴闭洞开，惊多于喜。往往一个突转，阴阳乍变，和骤遇的山貌打一个照面，车中人不约而同猛发尖叫。我们把自己都交给车——不，交给开车的佩珊。就这么，一路探到天祥才回花莲。

3

第二天我们投宿的是花莲市西南方寿丰乡的葛莉丝庄园。其地不在海边,也不在山上,却不乏园林之趣。半下午我们入住其中,英国式的下午茶已端上遮阳伞庇荫的圆桌,在等待饥渴的高雄客了。一人份包括一块肉桂香味的松糕,一块爽口甘津的柠檬糕和三种花茶。肉桂糕嫌韧。我吞下了柠檬糕,并佐以薰衣草茶,情调有点像我译过的《不可儿戏》。

庄园大而平坦,水汽沁人的明媚池塘曲折成趣,却容得下两个岛。岛上、塘边树荫绿意不断,白鹭栖息其间,禅意悠悠,一只鸭子往来其间,也俗得可爱。我们两代人:我存和珊珊、幼珊、佩珊、季珊,再加上两个男人(大女婿栗为政和我),终于懒慵慵地或坐或卧,憩息在原色木板铺成的看台上,只等时间到了,去镇上晚餐。

吉安乡、寿丰乡这一带土地平旷,暮色来时,近山巍巍,半已昏暗,但远峰崚嶒仍在受日,不甘沉沦,仍在近山环翠的疏处,露出半顶俯窥着我们。这种野趣,城里人当然是久违了。民宿在台湾各地兴起,一方面固然因为羡慕西欧工业之余犹能享受田园,另一方面在本岛残山剩水的环境里，深愧对不起皇天后土，又渴望重温田园的孺慕，穷中作乐，不，富而不乐，民宿成风，也算是一种怀古悔过的挽歌。

理想的民宿，该是整洁、朴素、自然、健康、方便，而又亲近造化。若是过分舒适，刻意装饰，甚至山珍海味，亭台楼阁，就太五星级了，其罪反如豪宅。

我们在葛莉丝庄园的民宿，颇有亲近自然的风雅品位。设备近于日式：玄关脱鞋，林低近地，纸窗拉门，石池入浴，木架踏脚；后门推出去是窗明几净的水榭敞轩，可以在水光中茗茶下棋。池中颇多锦鲤，夜里偶闻扑刺。

游客有好几家，车辆散停于落羽松间，松针满地，踏之簌簌有声，视之锈红有色。此行就地租车，但真正掌驾驶盘的，仅幼珊与佩珊；她们轮流开车，不在驾驶盘后的一位，就调整卫星图或负责核对地图。美、加回来的三位：为政、珊珊、季珊，既无台湾驾照，又无应付机车经验，就免役了。至于我这位老爸，年轻时曾经载了全家纵横北美洲，近年只开近途，这次就算要抢方向盘，显已不孚众望，遂被架空了。

二〇一四年三月十三日

佛罗伦萨记

唯 美 之 旅

将近两百年前，拜伦去国，自放于欧陆，在意大利流连最久，尤其在威尼斯。其间他两访佛罗伦萨，对文艺复兴的艺术并不重视，却说美术馆中游客太挤，深以为苦。佛罗伦萨游客之多，似乎一直延续至今，因为今年八月，我也在拥挤之列。不过我的心情，进香多于游乐。佛罗伦萨之地，是我的唯美之旅：那许多久仰的绘画、雕塑、建筑，都在中世纪那名城之中。

不到一百年前，徐志摩游学欧陆，把佛罗伦萨的意大利文原名 Firenze 译成"翡冷翠"；大家艳羡不已，认为绝美。其实这译名根本不合真相，因为佛罗伦萨在鸟瞰之下，鳞次栉比，起伏绵延着一片陶红的屋顶，看得人眼热颊暖，根本不冷，更不翡翠。四野的森林倒是绿意怡人，但是整个市区没有现代的摩天大厦来唐突中世纪，或冒犯文艺复兴，真不失和谐典雅。

八月初我和家人从各地飞去意大利，在里伏诺上了邮轮“交响乐号”(Sinfonia)，在西地中海漫游了七天，停靠的港口包括蒙地卡罗、瓦伦西亚、伊比沙、突尼斯、卡塔尼亚、那不勒斯，最后仍在里伏诺上岸，去佛罗伦萨小住一星期。我们预订的一家所谓“公寓旅馆”，不偏不倚，正在怀古念旧的市中心。门高厅敞，二楼瓷砖铺地，挑高略如当代的三楼，却有古色古香双扉开合的电梯辘辘可乘，否则也有宽坦的铁梯三十八级可上。我们(亦即二老)和季珊住的套房，楼中有楼，上面的一半悬空，另有楼梯可扶缆索而上。上面的半楼又房中有房，可住三人。季珊好奇，挑了上楼；我们就住在下楼：长桌上有一大盘，累累盛满了苹果、葡萄、李子、水蜜桃、葡萄柚。青葡萄饱满新鲜，粒粒可口。紫透的李子熟而不酸，出人意料。水蜜桃则软硬适中，汁味俱胜。满盘丰收，视觉上是西洋画理想的“静物”。满口甘冽，味觉上令饕餮客有身如牧神之感。这一盘口福，三人在早餐前先尝，足足享用了三天。

除此之外，桌上尚备 La Badessa 白酒一樽，高脚的玻璃杯一对。

壁灯辉煌,设计别致,有巴洛克风。壁高而宽,各挂人物油画,为文艺复兴体,眼神灼灼,有意无意地随我们转瞳。豪华亮丽的窗帷长垂直落,高可三人。衣橱、书柜之类,不但坚厚,而且顺手。钥匙应手开关,毫不迟钝;体贴的是,为防客人遗失,还系上了流苏花穗。下楼主卧室一隅通厨房,面积不大,却玲珑紧凑,炉灶、冰箱、微波炉、洗碗机、高脚凳,一应俱全。杯壶盘碟,刀叉匙勺之类,各有抽屉,不但成套成组,而且都有烙记,一时我们喜出望外,醒悟这里原来应是钟鸣鼎食之家。准此,则当年美第奇望族必更豪贵,可想而知。

更高兴的是,我们的长巷 Via dei Servi,一端朝着西南,尽头有楼巍然矗起,天为之窄,视觉的印象是耐看好看的低调橘色,那便是远近共仰、出现在一切封面上的 Duomo 大教堂了。

米翁晚作

我们不远千里来游佛罗伦萨,志在乌菲齐美术馆,不过珊珊从美国预约的入场是在八月十日,所以到佛城次日,我们便就近去参观大教堂了。Duomo 的全名是 Cattedrale di Santa Maria del Fiore,大圆头顶上更有拔起的顶阁（cupola）独领风光，全名为 la cupola di Filippo Brunelleschi。排队等候进场的长龙令人裹足，我们就退而求其次，买票进了大教堂对面的珍藏美术馆，所谓 Opera Museum，发现里面的展品出乎意料的丰富。

在一楼转上二楼的半梯平台上，供着米开朗基罗晚年的杰作，也就是镇馆之宝"圣恸"像（The Duomo pietà）。这一组雕像不像梵蒂冈也名为 pietà 的那尊那么广为人知。梵蒂冈那尊是米翁二十六岁的少作，线条柔美，韵律流畅，圣母与耶稣的体态都很年轻，母子同命之情简直赋白石以心肠。但是他晚年的同题之作却哀沉得多，不但耶稣的面容布满沧桑，垂头丧气，四肢无力，而且右边来相扶的是抹大拉的马利亚，左边来相托却半隐于背景的才是圣母。更特别的是，站在耶稣背后，黯然俯视着他的老者尼哥底母（Nicodemus），原是法利赛人，后来皈依，并协助耶稣的丧葬。据说米开朗基罗将尼哥底母的面容雕成自己的相貌，原意是用这件雕像来做自己的镇墓之宝。米翁晚年自伤老去，常陷入深沉的忧郁，对这件苦雕了八年的力作竟感力不从心。他面对这块大理巨石，发现不但太硬，而且质地不纯，凿刀一攻坚，火星就四溅，终于挥锤痛捣，灰心放弃。此刻岌岌然充塞我眼前的未完成作品，注意看时，才发现耶稣已无左腿，而臂也有两截是断后重接。圣母的面容也尚未雕好。据说是事后，另一雕刻家班第尼（Francesco Bandini）与米翁徒弟卡加尼（Tiberio Calcagni）合力修补而成。

馆中所展艺品当初都是大教堂及乔托钟楼外壁的饰物，后来才收来户内珍藏。其中有浮雕五十四件：六边框者二十六件，菱形框者二十八件，琳琅四壁，印证的全是古希腊的文化生活。所有浮雕都以人像为主，其姿态或背景则表示其发明或贡献。

例如六边框的一、二、三号，主题便是上帝造亚当，再由亚当肋下抽出夏娃，于是亚当耕田，夏娃织布。第四框是牧人的祖师雅八（Jabal）。第五框是弹琴乐人的祖师犹八（Jubal）。第六框是铁匠始祖土巴该隐（Tubal Cain）。第七框是农人始祖诺亚（Noah）。文明一路展开，乃有十四号代达洛斯（Daedalus）创始的飞行与科技，二十号是雕刻的始祖菲狄亚斯，二十四号是逻辑与辩证的开山祖柏拉图与亚里士多德，二十五号是乐圣或诗圣俄耳甫斯，二十六号是几何与算术的大师欧几里得和毕达哥拉斯。

菱形框一号的浮雕是希腊神话第一代的农神萨顿（Saturn）；二号至七号则分别是朱庇特，却穿着基督教僧袍，手持十字架与高脚杯，象征信仰；战神 Mars 状若骑士；日神阿波罗戴上金冠，手持权杖与日轮；爱神维纳斯掌控着一对恋人；众神之使者墨丘利（Mercury），带着黄道的双子宫；月神就座于海潮，右手托一座喷水池。其他菱形的主题则有些与六边形重复，有些是表扬美德，例如信仰、慈悲、谨慎、正义、节制、坚决、忏悔、婚姻等。

圣母抱圣婴的画像或雕像，该是西洋艺术最普遍的主题了，但是圣婴往往显得不够稚气，甚至有些老气，难称可爱。大教堂美术馆此室门楣上半圆拱形的浮雕，皮萨诺（Andrea Pisano）的作品 Madonna col Bambino 所雕的圣婴却稚态可掬：圣母用右手食指在他胸口呵痒，他的双手却作势要把她的手推开。这温馨的一景予我莫大的惊喜。神圣的场面未必要排斥欢悦。同样地，馆藏波迪贾尼（Pagno di Lapo Portigiani）的《母与子》，耶稣依偎在年轻而满足的母亲怀里，手捧白球，憨稚可哂。母子的面容都流露着幸福的光采，似有似无的含着笑意。我仰瞻久之，不忍离去。

馆中另有一间巨室展出两大雕塑家同题的杰作：德拉·罗比亚（Luca della Robbia）与多纳泰罗（Donatello）的连环浮雕，半依半靠在高壁上，叫作“唱诗班”（Cantoria）。掩映在廊柱之间，载歌载舞洋溢着喜悦的，或是成群的丽人，或是一伙孩童，唱着奏着圣经《诗篇》第一百五十首，传为大卫王所作：呈现的古乐器也即《诗篇》所述的长号、竖琴、箫瑟、铙钹。其中德拉·罗比亚所作以柔美完整取胜，多纳泰罗所作以粗犷不羁见长，形成阿波罗与戴奥耐塞斯对立的风格。两种风格我都欣赏，但是多纳泰罗更引我联想，因为法国现代的“野兽派”一名与他有缘。当时马蒂斯、弗拉曼克等在一九〇二年“秋季沙龙展”的画作，中间有一件悦目的雕品，被评论家认为“多纳泰罗为百兽所困”，乃有此恶名。

啊，乌菲齐

乌菲齐美术馆乃西洋艺术的一大宝藏，展品以绘画为主，雕刻为辅。包罗的时代始于十三世纪，终于十八世纪，而以文艺复兴最为鼎盛。馆在老皇宫与阿诺河之间，与河上的老桥（Ponte Vecchio）偏斜相对。八月十日，到佛罗伦萨第四日，我与家人终于持预订票列队于人龙，非常兴奋。古人过屠门而大嚼，聊以自慰，我们今天却能入屠门而大嚼，喜悦之情，唯二十年前在荷兰看梵高大展能相比。

馆藏文艺复兴画最富，其中又数波提切利（Sandro Botticelli）所作最多，近二十件。波提切利在佛城之全盛期，正当达·芬奇离开佛城去了米兰，而波拉尤奥洛（Pollaiuolo）与韦罗基奥（Verrocchio）也相继而去，最后他的靠山，美第奇家的劳伦佐（Lorenzo de Medici）又告逝世。其间他以“圣母与圣婴”为题的作品风行一时，但是他赖以传后迄今的，却是以异教希腊神话为主题的两大名画：《维纳斯的诞生》与《春之寓言》（*Primavera*）。

《维纳斯的诞生》取材于意大利诗人波利齐阿诺（Poliziano）之作品，画的是维纳斯自浪花诞生，踏着贝壳，一路随波涛漂到塞浦路斯。图左有男女相拥，正是吹她到岸的西风之神泽费罗斯（Zephyr）和微风女神奥拉（Aura），看得出两仙都口吹灵气。于是玫瑰缤纷漫天飘落，和千层叠浪的动感相应，形成轻快的节奏。图右有一丽人在岸上展开华衣迎接；她自己穿的是缀满花朵的银袍，可能就是高雅三女神（the Three Graces）之一。中间的主角当然就是爱神，丰浓而迤逦的金发一路披肩而下，一手护胸，一手掩私，正是含羞的肢体语言，天人合一得恰到好处。

《春之寓言》简称为《春》，是一幅巧组人体的群像，也是灵与肉、神与形互为表里的哲理抒情诗。画中有六女二男，加上一位不分性别的天使；人体与真人大小相当，因此观众的临场感也更真切，害得我们时而近视，时而远观，进退为难。密密的金橘林中，被春之气息所召，西风之神柔拂自天而降，正俯身要抱克罗丽丝（Chloris），后来就娶了她，赋她以催花之力。她回望风神，果然口吐野花。她左边的丽人披着银袍，颇似《维纳斯的诞生》里在岸上迎接的那一位，应该就是花神 Flora 了。满地点缀的杂花野菌，和树上的累累金橘相映成趣。

画面正中央，头向右侧，左手按裙右手召唤的丽人，该是爱神：不但神情悠然自得，不像在《维纳斯的诞生》中那么惘然若失，还带羞涩，而且显得高出其他神仙，简直君临仙界。其实她只是立足点较高，但仔细看时，林中地面却是平的。所以画中竟有两个平面：上面的树顶保持水平，下面的地平面却向观众倾侧过来，好让爱神站得高些、显些。此外，爱神的眉眼，左右其实不齐，不过观众并不觉得。如果我们头向右侧，就不会觉得有何不妥；但是如果我们向左歪头，就会惊觉她右边的眉眼高出左边许多，简直怪相！原来艺术能补现实之不足，所以李贺敢说："笔补造化天无功。"

画面真正的焦点、亮点，是在左边的三人舞：高雅三女神，面貌姣好，神情从容，体态高挑而富弹性，兼具丰盈与修颀之美，薄纱轻掩之下，肌肤仍不失冰清玉洁，白皙晶莹。倒是腰身并不强调纤细，反而有点富余。其实这倒是文艺复兴时期的美感，在拉斐尔、达·芬奇笔下也是如此。三女神的舞姿也多变化，手势高举则越首，平举则齐胸，低扣则过腰，真是婀娜而不乱，转侧而不失呼应。画面极左是天帝朱庇特的使者墨丘利，戴帽佩刀，脚穿带翼筒履，却背着众女神，只顾举着卡杜锡魔杖，去钩树顶的金橘。

《维纳斯的诞生》与《春之寓言》已为全世界的艺迷与观众所宠爱，说明意大利的文艺复兴已为西方的人体美下了定义，立了典范，使人惊艳而又艳羡。这典范比好莱坞的丰乳纤腰或是时装展的高挑偏瘦，又不相同，因为从早期的圣母与爱神一直到近期的雷诺瓦或莫迪利亚尼画面的世间女子，腰身大半是偏于富余。至于文艺复兴与美之典范的温婉端庄，也不同于好莱坞的轻佻或伸展台的冷傲。另一方面，男性的刚毅与俊美也由绘画与雕刻来立像：上帝的威仪、耶稣的悲苦、墨丘利的倜傥、大卫王的坚毅，无论在教堂、画廊、广场或卡片上，都到处可见。在佛罗伦萨最常见的四张脸，是耶稣、大卫、维纳斯、但丁。

另一现象使我感到惊讶，便是以文艺复兴之高雅，竟有许多名作以暴力为主题。波提切利早年创作了一套双折的绘画，主题是犹太女侠朱迪斯（Judith），为救自己被围攻的危城，夜入敌营，把亚述大将赫罗弗尼斯（Holofernes）斩首，提回城去。左图示亚述王尼布甲尼撒（Nebuchadnezzar）发现大将身首异处，大惊失色。右图示女侠得手后持刀而回，女侠头顶赫罗弗尼斯的断头在后追随。另一佳例是切利尼（Benvenuto Cellini）的铜雕杰作《珀尔修斯》（*Perseus*），显示希腊英雄屠妖之后，左手高举妖头，右手执着宝刀，身姿非常英武。又一佳例仍是雕品，便是著名的"拉奥孔"（*Laocoon*）主题，取自荷马与维吉尔的史诗：据说拉奥孔是特洛伊的祭司，力劝本城不可将希腊人留下的木马拖进城去，又把镖枪掷入木马的肋下。此举得罪了智慧兼艺术之神雅典娜；当时拉奥孔正率领两个儿子在祭拜海神波塞冬，雅典娜便派遣了两条巨蟒上岸来，将父子三人一起缠住，窒息而死。那件雕品要表现的，正是父子临难奋死挣扎的神情；西元前二世纪由三位艺术家（Agesandrus, Athenodorus, Polydorus）用一整块大理石雕成，直到一五〇二年才在罗马出土，引起极大轰动，后来由梵蒂冈收藏，更导致艺评家温克尔曼（J. J. Winckelmann）与莱辛（G. E. Lessing）的不同诠释。我在乌菲齐意外发现这件名作，十分兴奋，瞻仰久之，奇怪观众竟然没有争相围观。后来才知道那只是佛罗伦萨雕刻家班第尼的仿制。

乌菲齐的馆藏岂容一日匆匆览尽？波提切利的作品独占五室，观之犹未尽兴，全馆四十多间展室，名家名作多达五百多件。艺术家绝大多数是意大利人;来自他国的,如埃尔·格列柯、伦勃朗、戈雅、鲁本斯、维拉斯凯斯、德拉库瓦等,往往只得一幅。镇馆之宝大半是意大利文艺复兴的名画名雕,全靠美第奇家族订制于前,捐赠于后。这许多代的政经豪门,不但财力雄厚,而且品位高超,始能建立乌菲齐不朽的传统。不知台湾的亿万金主,亦有志见贤思齐否?

仰攻穹顶

欧洲各地的大教堂、博物馆、宫殿、古堡,自中世纪以来蔚为大观、壮观、奇观,往往有赖宗教的信仰。这许多大建筑,从精心设计到辛苦完成,往往旷日持久,不是始建者生前能够竣工。例如科隆的双塔大教堂,从十三世纪起建,一直到十九世纪完工,断断续续,竟拖了六个世纪。“成事不必在我”,小我的信仰令个人以有缘能够共襄盛举为幸。科隆的大教堂雄镇全城,就名 Dom。佛罗伦萨的“百花圣母大教堂”也简称 Duomo,来自同一语根。

Duomo 始建于一二九六年,到圆穹上面的顶阁 (cupola) 完工,已是一四三四年。其间参与工程的名家有好几位,包括画家乔托。顶阁则由文艺复兴早期最杰出的建筑兼雕刻家伯鲁乃列斯基(Filippo Brunelleschi)建造。整座大教堂的风格兼有罗马式与哥特式的特色,而最夺目的八边形圆顶,土红的底色用八道白弧瓜瓣一般地把穹隆等分,远望很像皇冠,则有文艺复兴崇尚理性的气象。

既有穹顶又有顶阁,当然有梯级可通,怪不得 Duomo 外面的广场上总是排着有意登高的人龙。第三天我也加入了这条缓游的长龙。进入了大教堂,有一道边门引游客上阶,开始四百六十三级的攀登。我喜欢登高,在爱丁堡登过两百英尺两百八十七级的司各特纪念黑塔,在中山陵登过三百九十二级的陵阶,在泰山曾从南天门攀到绝处的玉皇顶,在乐山也自大佛的脚趾仰跻到佛头。登高,是响应风云的号召,接受地心引力的挑战,是要高攀神话和传说。登高,是测验自我的体能和意志,唯一的奖品是望远,把天涯逼到地角,逼地平线一再让步,报复它不懈的紧囚。

高雄市区左岸大厦我的寓所在八楼,而西子湾文学院的研究室则在五楼。早在减碳运动之前,我已习于攀阶,不乘电梯,久之也不气喘了。不过脚下这四百六十三级天梯却不容我一鼓作气,过了百级就不免一再停步小驻,让脚力更健的“登友”匆匆超越。我发现自己稍息时并不喘气,只是脉搏加速呼吸转促而已。倒是越我而上的不少中年游客,听得出已经累得嘘嘘咻咻,不由自已。一家七口,女婿为政、四女季珊、外孙飞黄、孙女姝婷,一路陪我共攀,直到穹顶。我存和珊珊到了这里,就止步不再上去。穹顶是狭窄圆径,俯视是大教堂的正厅,只见点点黑头,仰视则壁画四合,如升天国。

不过此刻气喘汗沁的登高队伍,却无心细赏内穹,只想再接再厉,鼓其余勇,冒出户外,去重见天日。全佛罗伦萨在外面,不,在下面等着呢,爬吧,这最后的一程!

石级步步,越高越窄,同时也越陡,考验当然也越严。更要命的,是转折也越多,变成螺旋回升,简直步步都得向立体的褶扇辐辏狭柄去找落脚——啊——托趾之点。真是步步为营,只准踏实,不堪踩虚。一步之虚,就成大错。三代同游之壮举,势必草草收场,无穷的烦恼,怎么能善后?这种险境,大概芭蕾舞女的脚尖舞才可以过关吧?此刻必须全神贯注,不但落趾要准,而且两臂还得左支右扶,巧加配合。

奇迹一般,我终于摆脱了踉跄,投入风吹日丽的户外,深呼吸开敞无阻的空间。纵目所及,整座佛罗伦萨城匍匐在我们脚底,没有僭越的摩天楼在唐突风景,只见砖红低调的密集屋顶,半覆在复窗千眼的白墙之上，缓缓起伏如层层叠浪。脚酸之苦，此刻，用眼畅来补偿。登高所以望远，望远所以怀古，这是时空忽然恣享的豪奢。所以这就是托斯卡纳啊，那下面曾经是文艺复兴，千门万户，那些纵街横巷，辐辏广场，曾响过达·芬奇、乔托、波提切利的步音，美第奇家车过的轰动。

高攀塔楼

Duomo 内腑（nave，俗称本堂或正厅）南侧外，嵯峨矗起一座钟楼，状如没有尖顶的方尖塔，名为"乔托之塔"，意大利人叫作 Campanile di Giotto。塔高八十四点七米，建筑上是佛罗伦萨的哥特体，一三三四年由乔托亲自设计并监工，只建到第一层的飞檐。乔托身后由名画家皮萨诺（Andrea Pisano）等人接手，终于在一三五九年竣工：一切均按乔托的设计，包括三层拱顶细柱窄框的长窗，只有塔顶不照原定的尖顶而改为方正凸边的平顶，更显得典雅庄重。

乔托之塔也有梯可爬，共四百一十四级，比 Duomo 穹顶只少四十九级，怎能放过不登呢？如果不登，岂非厚伯鲁（乃列斯基）而薄乔托？在来佛罗伦萨之前，我但知世有乔托而不知有伯鲁乃列斯基，因为“乔托之圆”太有名了。据说当年教皇要找一位艺术家来装饰教廷，派人向乔托讨一件他作品的样品。乔托当使者之面用红漆随手画了一个圆圈。使者惊问：就这点么？乔托说：带去好了，且看教皇能否参透吾意。钱锺书在《围城》里就用过这典故。

于是两天之后，又鼓余勇再度登高。这次只有女婿为政一路陪我了。虽然石级较少，登者也不像爬 Duomo 的那么热门，但地心引力（也就是城隍菩萨了）也并不缺席，照样扯人后腿。同样也是越到高处，阶级越窄越陡，螺旋的隧道也越逼迫。更要命的是如此透天乌道并非单行，而是双向，不但登者力攀欲上，还有既登者踉跄寻路要下来，真的是摩肩接踵而且是狭路相逢，不能鲁莽撞人更不能糊涂让人撞。落趾要慎，正如下棋落子要慎，却由不得你沉吟。

好在乔托之塔有三层敞窗，可以在平台上憩息片刻，喝口矿泉水。就在这时，一个广东人赞我“好勇”，又有一斯文中年人亦操粤音，前来问我是否“余教授”，且说三十年前在中文大学修过我的“现代文学”，交的报告经我详批，如何得益云云。说罢更招太太和两个男孩来“认师”。又问为政是谁，为政笑答：I'm his sonin-law。

再登绝顶,环绕一周,接受风景迢递的奖赏,脚力赚来的,由馋眼享受,深感此登不虚。帅呀,向伯鲁乃列斯基和乔托都致敬过了,对得起文艺复兴的天才了吧,回去台湾也有吹牛的本钱了。高台多长风,汗已吹凉,不如下去会合家人吧。

但丁故居

佛罗伦萨对文艺复兴的贡献,并不限于艺术,而也包括文学,因为广义的西方现代文学(相对于拉丁文的罗马文学),正是由但丁——佛罗伦萨之子——率先推动的。是但丁,在一般作家仍习于用拉丁文写作的传统下,把他的母语佛罗伦萨的方言提炼为诗的载体,写出灵魂在人性与神性之间历经地狱、炼狱到天国的挣扎、奋发与得救,成为现代最伟大的史诗。一入佛城,但丁博大的精神、鹰隼矍铄的面貌便处处可见,不但大理石像高供在圣克罗切的广场和乌菲齐画廊的中庭,而且《神曲》的名句也处处立牌钉在《神曲》中提到的地点,包括《炼狱》第八章涉及的老桥(Ponte Vecchio)和《天国》第十五章涉及的但丁路一号（Via Dante Alighieri Ⅰ），竟达三十二处。

到佛城第二天下午，我们按着地图，在卵石砌成的巷弄中找到了但丁的故居（Casa di Dante），地址是圣玛格丽塔街一号（Via Santa Margherita Ⅰ）。当地的传说是但丁的出生当在这一带的某一座屋里，但是今日所谓的故居其实是建于一八七五年，原址本为中世纪的一座古塔；到了一九一〇年，佛罗伦萨市政府为要营造中世纪街景的风味，又再加以修复。专家争论不已，唯一的共识只能确定就在这一带而已。耸立在游客面前的是一幢三层砖屋，临街的墙上悬着方正的海报旗，红底上的白圆圈里有但丁的侧像，下面供着但丁的半身铜像。在巷中遇见一队游客，为首的向导高扬着领旗，却不是来拜但丁。我不由得想起多年前在德国的吕贝克，和黄维梁参观托马斯·曼的纪念馆，观众寥寥；我告诉维梁或能得诗，第一行就是："所谓不朽，就是礼拜三只来了三个游客……"

那一天在但丁故居见到的游客倒并不寥寥，但也不算济济。《神曲》三卷各为三十三章，加上序诗共为百章。论观点则其中的宇宙论、天使论、神学均以托马斯·阿奎纳的系统为据；论人物则不但引述古罗马史，还包括意大利近代史与当代史，甚至涉及但丁自己的朋友与敌人。但丁认为他那时的教会已经违背了神旨，简直就是"娼妓"，因此《地狱篇》的途中他竟见到七位教皇。所以《神曲》所述虽然是灵魂神往上帝的历程,应该以天人合一为主题,实际上由于刻画生动,却十分人间世,于世道人心,颇着墨针砭。然而但丁绝对不仅是志在移风易俗的道学家,更是正视人生洞察人性的艺术家,所以艾略特强调:“但丁与莎士比亚平分天下,无人堪居第三。”

我们在故居的陈列馆中低回了大约一小时。那地方规模不大,收藏也欠丰,只能称陈列馆,难称博物馆。陈列馆共有六间,依次是但丁当年的佛罗伦萨、但丁的早年、但丁在佛城的政治生涯(1301—1311)、但丁的流放生涯(1311—1321)、但丁的图像、但丁的遗物。

诗人的遗物不仅在佛城,还因为他被故乡放逐,二十年不得归来,死在拉韦纳(Ravenna),也就葬在他乡。我逐室参观他的文物,一面怀念诗人黄国彬——三大卷《神曲》的中文译者。三十多年前他为了要译这部伟大的史诗,曾从香港去意大利留学一年,一面学习意大利文,一面亲近但丁的遗迹余韵。穷二十载之功,他终于用中文为但丁招魂。

佛罗伦萨既为文艺复兴之古都,兼又气候晴美,风景绝佳,自然吸引北方的作家,尤其是苦于肺病的一些。十九世纪初,英国女诗人巴莱特(Elizabeth Barrett)与勃朗宁(Robert Browning)便常住在此城，巴莱特更在此逝世，有墓地可以凭吊。小说家劳伦斯也奔赴晴爽的南国来此，并写成名著《阿伦的杖杆》（*Aaron's Rod*）。另一位女作家乔治・艾略特也两度来佛罗伦萨，不但同情意大利人的复国悲情，还写出像《罗慕拉》（*Romola*）这样的以十五世纪的佛城为背景的历史小说。最有名的也许是雪莱了：他盛赞此城为"流亡之都"（Capital for Exiles），其实这称呼也可含负面的意义，因为当年放逐但丁，而且不准生前还乡的，正是此城。雪莱的名诗《西风颂》也是他住在此地时写成的，采用的三行一节连锁体，就地取材，正是取自但丁的《神曲》。雪莱自述其灵感来自"佛罗伦萨近郊阿诺（the Arno）河畔之森林，当天刮起狂风，气温又暖又爽，水气汇集，下注而成秋雨"。

回望名城

八月十二日，临别佛城的前一天，在飞黄建议下，一家七人带着依依不舍的心情，搭乘公共汽车去东北郊外的菲耶索莱（Fiesole）。晨风凉爽，蝉声迢递，二十分钟后便抵达小镇的车站，正当坡道的起点。冒着响晴天的艳阳，沁着微汗，我们凭直觉循着盘旋的坡道一路朝上攀登,希望能到绝顶,去恣览脚底那名贵而高雅的文艺古都,好把深心的记忆停格在美的焦点。在两处三岔路口都选对了捷径,我们一边艰苦地盘旋,一边间歇地停步,越过松杉的阴影,夹竹桃、绣球花的艳姿,怯怯窥望隐士居一般的庭院与楼窗,暗暗叹羡,是谁家的神仙眷属,竟能高栖在佛罗伦萨中世纪的红尘之上,偶睁天眼俯视人寰?我心中有一丝奢望:也许衔环铜兽睥睨的高门会忽然敞开,好客的楼主会笑迎我们进去……于是一段奇遇就展开了,说不定竟是美第奇豪门的支系呢。

菲耶索莱在西元前原是伊比利亚、然后又是罗马帝国的重镇,后来因为佛罗伦萨兴起,在十二世纪渐告衰落,直到十五世纪才因美第奇家族的支持与本镇艺术家的奋发得以新生。在远古时代,它早已受到希腊文化的影响,尤其是间接从意大利南部的希腊属地所传来,所以镇上的考古博物馆迄今仍展示希腊的陶罐与铜雕。至于罗马的遗迹则见于博物馆后已废千年的半圆形露天剧场(Teatro Romano),二十二排的弧形石座可容三千观众。我一路逐排纵落到坡下的圆心,对我存母女喊话,共鸣撼耳仍非常罗马。

最后我们攀上了坡顶,走到了深庭大院的疏处,篱树铁栏的缺口,可以一览无阻地俯眺佛罗伦萨。比起三天前在圣母百花大教堂穹顶的高瞻远瞩，此刻我们的眼界又超越得多了。但见好几公里下面，除了身影魁梧头角峥嵘的几尊大教堂、宫殿与塔楼之外，其他一律四五层建筑的橘顶白壁，起伏不大却波阵壮阔，直觉上只仿佛白瓷盘里盛着琳琳琅琅的琥珀和玛瑙，映着艳阳，令人目迷而神驰，不能收心。其间蜿蜒隐现的一带钝绿，该是阿诺河了，上面数得出六座桥来。河水向西流，要过比萨才出海。排楼尽处，沿河北岸郁郁，应该就是雪莱当风得诗的森林了。

脚下这美丽而高雅的名城，也曾历经浩劫与危难，并非一直娴静如此。在中世纪它历经了战乱，包括诸侯与党派的内战，加上与邻邦甚至教廷的斗争。一三四八年的黑死病更难幸免：薄伽丘的名著《十日谈》，讲的就是当年有十位贵公子与淑女，为避瘟疫逃来郊外的菲耶索莱，在山上十日，每日每人讲一个故事，共得百篇之多。尽管如此，佛罗伦萨，文艺复兴的名城故都，仍旧挺过来了，而且挺立得那么壮丽而安稳，只因它是全人类文艺的宝库，那么多伟大的艺术家、建筑家、作家、诗人，用天才和毅力支撑着、簇拥着它，不让它散掉，不容它倒下。更可贵的是美第奇望族，富而有品，贵而下士，一代接一代，为天才的火炬加油添薪。

二〇一一年一月

第三辑　杂话

为梵高招魂

半世纪来，进出我家的客人不计其数，偶尔也有长谈甚至留宿的，但是没有谁会长住下来，更不会因为住得够久，竟变成了家人。倒是有几个“非我族类”的外人，天生有缘，先是单来看我，不料来得久了，日渐熟稔、亲切，宾主不分，终于住定下来，成了家人。不过户口簿上没有他们的名字，而左邻右舍也从未发现他们的踪迹。

这种有缘来归的另类家人，各有各的触机，各有各的因缘，滴水穿石，终成正果。这种归化的家人不远千里而来，有时反而汇入一个家庭的“文化背景”，对于那家的下一代，耳濡目染，不言而喻，在身教、言教之外，另有默化之功。出入余宅的古人不少，可是大半是专来访我，于我家人不算陌生，却也不很亲近。例如李白、杜甫、李商隐、苏轼，只能算是我的贵宾，还不足以被家人认亲。对我私交颇久的李贺与龚自珍，她们最多点头微笑而已。外国诗人如济慈、叶芝等，她们也不过以礼相待。华兹华斯是一例外，我家的二女儿幼珊和他比我更熟，但其他三姊妹并不如此。真正得我全家热烈欢迎、视同家人的，不会很多，但至少包括梵高、披头士、王尔德三位，不，六位。

梵高来我家最早。我早已知道他，但真正认识却是因我存之缘。那时我们尚未结婚，她家里正好有伊尔文·斯通所著的《梵高传》原文，还有三两种梵高的画册。冯至的一首十四行诗即名《梵高》，写得不算很传神，给我的印象却非常深刻，只是当时看不到梵高的画，无从印证，还是隔了一层。其实当时我连印象派都不清楚，甚至印象派这名称，还是在季羡林的文章里初次见到。

我读罢斯通的传记，大为震撼，竟然决定要译成中文。正是一九五五年，我从台大毕业才三年，翻译的成果不过是三四十首英诗与海明威的《老人与海》。要译一整本画家的传记，不但得懂他的画风，更得略知他前面和周围的其他画家。这三十多万字的传记，我是在身心俱疲的困境中发奋译成的，也就是说，我对梵高的认识，从初遇到深交，是逐句、逐页、逐章，图文参照，琢磨发展的。我的译文横写在白报纸上，初稿改正后经我存直书誊清在有格稿纸上，才由我送去大华晚报社逐日连载，几乎忙了一整年。后来这译本屡经修订，由最初的重光文艺出版社到大地出版社，再到今日的九歌出版社，我存一直都参与校对。从一九五七年《梵高传》初版到现在，梵高的灵魂一直和我们常相左右，俨若家人。

一九五八年，我去爱荷华读书，除了参加诗作坊之外，还选修了两门课：美国文学与现代艺术。美国文学是我本行，至于现代艺术，则是对于梵高兴趣的延伸。那一年长女珊珊诞生，其后七年，她的三个妹妹也相继而来。在她们成长的岁月，我家的书架上，总有《梵高传》的译本，封面虽有变换，但文森特那忧郁而深思的眼神，朝夕都灼灼俯对着她们。同时家中的画册也逐年增多，其中多册当然是梵高的作品，“眼熟能详”。带她们出国，美术馆中只要有梵高的原作，当然也不会错过。日后珊珊留美主修艺术史，和家庭背景自然有关。最盛大的一次“朝圣之旅”，可想而知，是一九九〇年不远千里去阿姆斯特丹，参观梵高逝世百年大展，在梵高美术馆饱览了一整个下午，意犹未尽，又去小村奥特罗，在枫林深处的库勒·穆勒美术馆回顾梵高的素描与早年的油画。最后又和我存带了幼珊、季珊和痖弦的女儿景苹，去巴黎北郊的奥维，像踏进梵高的梦土一般，去看那崇人的教堂，那满田灿艳的向日葵，丰盈的麦穗，更在文森特与提奥的双墓前低回怀古。

一九九〇年该是我家的“梵高年”，除了远征荷兰去朝拜“圣文森”(St. Vincent)之外，行前我还为台北市立美术馆与荷航合办的梵高百年展专辑写了长文《破画欲出的淋漓元气》，并以《寂寞的火山》为名在北美馆发表演讲。行后回台，又就此行的观感写了另一篇长文《壮丽的祭典》。前后两文都收入了《从徐霞客到梵高》一书。迄今我就梵高之画已写过四首诗加上七篇文章，演讲梵高恐怕也已近十次。隔了百年加万里，我竟一再为梵高招魂，招来我家，成了家人。

二〇〇九年十二月十二日

梵高光临台湾

梵高的画生前没人看得起，死后没人买得起，但他的身后盛名也并非突然鹊起。先是巴黎发现了他，但要越过大西洋在美国引起轰动，却要等到一九三五年——已经是他死后四十多年了。在东方展出则始于日本，时为一九五七年；次为韩国，在一九七九年。至于华人世界的首展，则由台北的“史博馆”隆重揭幕。

这次台北的梵高大展，正值梵高逝世一百二十周年，所展作品除《蓟花》一幅是日本 POLA 美术馆提供之外，其余的九十七幅都由荷兰的库勒·穆勒美术馆借来。近百幅的作品之中，多为早期所画，大半都是素描，偶尔也有油画。另有九幅油画，则属于中期的巴黎与后期的普罗旺斯。如果扣掉临摹德拉克罗瓦的《撒马利亚的善人》与笔法潦草的《疗养院花园中绽放的玫瑰丛》，则正式的油画只得七幅。其中最耐看的,该是《圣瑞米疗养院的花园》《橄榄树丛》《普罗旺斯夜间的村道》三幅,精彩不逊于观众熟悉的梵高杰作。

行家端详早期的梵高

有些观众可能有点失望,原因不外:第一,看不到他们最熟悉的名作,例如《向日葵》《星光夜》《夜间咖啡馆》。第二,认为素描只是草稿、习作,不算正画。第三,认为荷兰时期的作品尚在摸索,失之鲁拙、阴暗,不算璀璨夺目的代表作。但是比较内行的人,且不提心存艺术史的行家,面对库勒·穆勒的丰富收藏,就会把握这难得的机会,仔细端详大画家早期之作,包括素描与草稿,来追踪他是如何苦心临摹,现场观察,自我锻炼,不断修正,而终于修成正果。“行百里者半九十”,前面的九十里仍是非常重要的挣扎。一分神来,仍然是来自九分汗下。

苦涩孤寂中透出清甘

当然，九分汗下也未必就能保证一分神来。梵高大智若愚，大巧若拙，天性浑厚而朴实，传教失败之余，满怀的宗教情操，民胞物与，转化专注在画布之上。早期他素描的人物，论职业则多为农民、农妇、织工、矿工，论年龄则多见老人，论相貌则不避丑陋；后面两项近于他的荷兰前辈伦勃朗，两大画家前呼后应，均能化丑为美，将腐朽提升为神奇，令人感动。他笔下操劳的女人，不是在雪地弯腰负重，就是坐在户内削马铃薯或缝衣。这次所展的缝衣妇，就有七幅之多，都很动人；简静惠最爱脚下有花猫陪伴的那一幅，我则欢喜坐在窗边半侧着脸右手引针拔线的老妇那张，并曾在《捕光捉影缘底事》一文中拿来和李可染水墨勾勒的《白描老人》比较。早期的人像画中，例如《戴防雨帽的渔夫头像》与戴着头巾两手交握的《坐着的妇人》半侧像，都能在苦涩或孤寂中透出清甘，值得细味。

赏油画，如在桌上快嚼美肴。看素描或草稿，却像走进油香火旺的厨房，深入现场去观察大师傅如何切肉炒菜，备感亲切。无论如何，史博馆这次的梵高盛宴，不管是席上或灶边，都值得好好体会。

二○一○年一月二十九日

人本大师毕加索

迎毕加索特展

为庆祝毕加索诞生一百三十周年,联合报系即将在历史博物馆举办他的特展,其盛况当会比美一年前轰动台湾文艺界的梵高大展。

半世纪前我曾发表《毕加索——现代艺术的魔术师》长文,介绍二十世纪最伟大的这位艺术家,并以 God proposes, Pablo disposes 为副题。这句话套用的是西方的成语 Man proposes, God disposes (相当于中文的“谋事在人,成事在天”),我把它倒过来说,意为“谋事在天,成事在人”。人就是 Pablo,毕加索之名,也就是说,造化当前,只等毕加索来安排。好像这么推崇还嫌不足,我在文章一开头就更强调:“上帝第六天造人,第七天休息,第八天造毕卡索。”

毕加索在现代艺坛是一位焦点人物，不但承先启后，而且影响深远。他是西班牙人，自然而然继承了本土的传统：华丽、凝重、悲沉，加上西欧艺术在十七、十八世纪那种神奇、怪诞、过分装饰的巴洛克风。此外他更吸收了希腊罗马的神话、非洲的原始艺术、北欧的歌德精神，以及文艺复兴以降直到库尔贝的自然主义。他转益多师，左右逢源，更像一位眼明手巧的“神窃”，善于转化古人的名作为自己的创新，先后将维拉斯凯斯、戈雅、大卫、德拉克罗瓦、马奈等各家的作品脱胎换骨，简直像“用典”一样。

另一方面，毕加索对西方艺术的影响也十分深远，尤其以画面的结构为然。远有塞尚用立体几何的井然秩序来重整被莫奈捕光捉影、只追求瞬间印象所解构了的自然，近有马蒂斯等野兽派那种耽于官能、放纵线条与色彩的失衡和反智，毕加索与布拉克把视觉世界解构为分析的立体主义，然后又把残山剩水重新组合，成了综合的立体主义。这种新视觉令人联想到中国水墨画“造山运动”的各殊皴法，影响了整个欧洲艺坛，未来主义、纯粹主义、构成主义、光谱主义，甚至抽象主义等，都多少受其启发。就连浪漫而神秘的夏加尔，也向它习技。

毕加索如此成功，首要当然出于自身的天赋与努力，但也有赖九十二岁的长寿。从小他就流露画才;他父亲也是画家,早在他十三岁时就把画笔交给了他,表示传下了衣钵。他的夙慧显现在早年的作品,虽然只是写实,却已很有把握,不下于罗特列克的少作。二十三岁那年他开始定居于巴黎,从此渐渐融入了巴黎画派,终于成为艺坛的领袖。他的创作时间,从少年到耄耋,约为梵高的七倍,所以画风的变化历经蓝色时期、玫瑰时期、原始时期、立体主义时期、铅笔画像时期、古典时期、变形时期、表现主义时期、田园时期等阶段,不但多变,而且多产,作品当在两万件以上。

从六月十八日起在史博馆开幕的"毕加索特展",虽然不见他的名作《亚维农的姑娘》《少女照镜》或《格尔尼卡》,但入展的六十二件中仍有《扮丑角的保罗》《持尖刀的女子》《朵拉玛尔画像》一类的精品,值得台湾有幸的观众把握史无前例的良机去仔细欣赏,大饱眼福。

人本大师毕加索

联合报正在"历史博物馆"举办的毕加索特展,吸引了唯美的千万观众。许多评介的文章都说毕加索是最伟大的现代画家。这地位当然是众所公认的，但是何以他最伟大，却值得我们思索。何以这头衔不献给梵高、塞尚、马蒂斯或者巴洛克呢？老实说，我对梵高的喜爱胜过对毕加索，但是艺术史认真的评价不能全凭个人的品位，还应落实于承先启后、质量兼顾的各种条件。

毕加索从小就敏于写实，基本功十分厚实，罗特列克、德加、库尔贝、安格尔、埃尔·格列柯、塞尚等先后都启发过他。他消化了塞尚的立体几何观念，与布拉克等先后开发了分析立体主义与综合立体主义，在重整视觉世界的构图上几乎影响了后来所有的派别或主义，简直把莫奈“唯光是从”的解体世界重新组合，把直感的视觉提升到认知的程度。西方现代艺坛上，能像他这样既集大成又开风气的大师，更无他人。

毕加索晚年回顾前人的名画，常会化古为今，转旧为新，创造出古今对照的妙品：例如德拉克罗瓦的名画《阿尔及尔的女人》，他就会戏拟出十四幅不同风格的变奏；大卫的名画《赛宾妇人之被辱》也被他戏笔调侃；至于他后期的《韩战之屠杀》，那左右对立的肃杀布局显然是取法戈雅。这一切近乎用典或变奏的技巧，说明毕加索无施而不宜的“神窃”功力，有异于张大千能够“乱真”的临摹。

如果用西洋绘画题材的三分法——“人物、静物、风景”来评价毕加索，则风景一项不免显得稍欠。不是毕老不擅风景，而是他志不在此。西洋的风景往往是宗教、神话、历史绘画的背景，即使后来在透纳或康斯特布尔的画里，也往往不离人世的活动。毕老的所谓风景画，其实不是 landscape，只是 townscape，只算街景而已，例如《鲁瓦扬的咖啡馆》。

至于静物，毕老的画中却是常见，在立体主义时期尤然。户内的场景，尤其是桌上的杯、瓶、乐器、报纸、烛台、头像、烟斗等，甚至加上一些剪贴，都可用几何形体来处理。

但是最动人最多变的题材，却是人像。从早期的贫民、小丑、艺人、友人到中期的硕妇和画家身边的少妇、少女、孩童，真是多彩多姿，层出不穷。在这些人像上最能感受到画家的深情。风格则从写实到古典到变形，不一而足。其中最有贡献的该是女面甚至女体的变形——其实不全是变形，而是俯仰转侧时并列的动态。一般绘画是要用二度空间来虚拟三度空间，毕老却要捕捉时间来呈现四度空间。他也擅于雕塑，恨不得把平面的画变成立体，让观者得以“面面观”。你如果能看出诀窍，就会看见一女子的侧面，但一出神又觉得她回过脸来正对着你。

不只是这些世间女子，就连希腊的神仙、牛魔、马鬼，甚至动物世界的鹰与枭，猴与羊，鸽、狗、鸡与龙虾，在毕加索的笔下莫不生趣盎然，谐趣可掬。这一切有情的生命都绕着老画家——不，老顽童的魔指旋转。毕加索，诚然是人本主义的大师。

毕加索画中的牛马

毕加索一生的产量极其丰富，但他的画题绝少涉及基督教，却多取材自更古老的信仰：希腊神话。他的名作之中，颇有一些在画面上出现一种妖怪，其状半人半兽，常令观者骇其丑恶，很不舒服，却又难认其来历。毕加索的画面也常出现半人半羊（faun）或半人半马（centaur）的异物，那是取材自希腊的田园传统（the pastoral），其状并不狰狞，有时还吹笛起舞，十分抒情可爱。

令人骇其凶恶的，是牛妖（Minotaur）。其来源颇为复杂，故事大要是：海神波塞冬遣一牡牛上岸，明示米诺斯（Minos）当为克里特岛国王。米诺斯未将该牛献祭海神。海神不悦，乃使王后帕西法厄恋上此牛，竟生下牛妖。米诺斯遂命巧匠代达洛斯在岛上建一迷宫，囚住牛妖，并迫雅典定期贡献童男童女各七人入其中以饲牛妖。其后雅典英雄忒修斯

(Theseus)得米诺斯之女阿里阿德涅之助,借一线球得出迷宫,遂杀此牛妖。克里特岛民更相信所谓圣牛,即是国王米诺斯之化身。

牛之为物,除了希腊神话的集体潜意识之外,更有西班牙特色的"国斗",对毕加索也有影响。斗牛场上,牛当然难免一死,但长矛手助斗士(picador)所骑的马,往往也会被抵得肚破肠流,惨不忍睹。后来改进,才在马背上加盖厚达三英寸的压缩棉胎作为护障。

早在一九一七年,毕加索就在巴塞罗纳用铅笔素描了一幅《开肚出肠之马》,只见垂毙之马前肢半跪,引颈向天哀嘶,可悲之至。一九三四年的油画《斗牛》,用立体派的几何构图,表现马被牛抵,倒地仰嘶,眼神惊骇,张口露齿,也十分惨烈。

毕氏一生众所公认的杰作是《格尔尼卡》(*Guernica*),挂在巴塞罗纳的普拉多美术馆,一九八五年我曾坐地瞻仰很久。格尔尼卡是巴斯克一小镇,一九三七年四月二十八日遭纳粹战机投掷夷烧弹,死去二千多人,举世震惊。当年五月,毕氏就完成此一巨制,以示抗议。140 厘米 ×312 厘米的油画,浩劫的场景上赫然出现垂毙之马和狰狞的妖牛。其实前此数年他这妖牛主题已经营再三,到此,在悲愤的压力下,他更加以重整而且聚焦。

一九三四年他素描的《盲牛妖》,示一牛头人身的妖物左手摸索伸前,右手拄杖于后：画面已有少女抱鸽，少男坐观，渔父欲逃等状。一九三五年蚀刻的《斗牛》，篇幅虽然不大，构图的成分至少有一半与《格尔尼卡》相似，也有破肚出肠的马和持灯来照的少年，最特别的是马背上跌下来的斗牛士竟然是女性（一九五四年的《女投枪手》亦然）。一九三六年的钢笔画《妖牛搬家》也有奇趣，因为妖牛用双轮拖车辛苦搬运的，原来是眼神涣散，嘴歪齿斜，后蹄朝天，绑在架上的一匹死马。一九三九年另一幅墨汁画《牛妖拖垂毙之马》，牛的蛮悍和马的惨状都丑极而美，高明之至。画面不但有蒙纱少女，更见山洞黑处伸出双手，极富象征。

这一切似乎预言的酝酿，到了一九三七年纳粹施暴的悲剧，终于爆发成杰作《格尔尼卡》。画面紧凑，人兽交错，黑白对比，将三小时半的轰炸压缩在一个平面，聚焦在一个瞬间，像一场噩梦的高潮。垂毙之马即将踣地；已倒的战士一手握着断剑，另一手已破裂，身首早已异处；妖牛面前，一母亲抱着死婴，仰对苍天哭喊；有人自窗外探头伸手，送来一盏灯；另有一女子倒在破门上，徒然向天高举双臂。用神话和寓言来诉说的艺术，已超越单一的历史事件，直通永恒。比起毕加索的杰作来，一切泄露直接的恨之表白，就算加上几句脏话和咒语，也只能沦为漫画，成为政治宣传的消耗品吧。

二〇一一年八月四日

谈文论剑

今日华山论剑，实为华夏论文之盛会，海内海外来了许多学者、作家，他日想当传为美谈。不过盛会开在西安，却又令我不能心安，因为从远古以来，这一带冠盖云集，从镐京到咸阳，从咸阳到长安，从丝路的起点到战争的终点，多少英雄都在此兴衰起落。真不愧杜甫的名句“秦中自古帝王州”，苏轼的感叹“一时多少豪杰”。

其实豪杰之多，岂仅限于一时。政治、宗教、战争、文化，无论立功立言，都不断有豪杰出现，令我们——至少令我——自愧不如。仅以文学一项为例，唐玄宗为纪念玄奘而建的慈恩寺，天宝十一载有杜甫、高适、岑参、储光羲、薛据五位诗人联袂游寺，并登寺塔。这也可称盛会了。当时五人都题了诗，杜甫更和了高适诗体，简直有点比赛的味道。

过了半个世纪，长安的文坛由韩愈领导，从昌谷来京兆的二十岁少年李贺以诗拜谒，韩愈读到《雁门太守行》中“黑云压城城欲摧，甲光向日金鳞开”之句，赏其雄健，和皇甫湜一同去看他，并当场要他作诗。李贺援笔立就如素构，成诗《高轩过》，中有“笔补造化天无功”之豪句。

其实李贺写诗，经常苦吟，并非对客挥毫之敏，他骑驴觅句，投之锦囊，回家才连缀成篇的习惯，在文学史上是有名的。诗话中另一苦吟的诗人贾岛，马上构诗，究竟该说“僧推月下门”还是“僧敲月下门”，沉吟不决，结果冲撞了京兆尹。韩愈帮他“推敲”，认为还是“敲”好。

如果说，只有诗人还不够热闹，那长安多的是酒徒。苦吟而清醒的杜甫就把他们封为“八仙”，说其中一位潇洒美少年，皎如玉树临风。其他七仙之中，还包括贺知章、张旭、李白，加上汝阳王李琎和左相李适之。癫狂的草圣张旭偏偏“脱帽露顶王公前，挥毫落纸如云烟”。就中李白的酒名最盛，竟称“古来圣贤皆寂寞，唯有饮者留其名”；又说“但使主人能醉客，不知何处是他乡”。最可爱的是他的《月下独酌》(其二)之句：“三杯通大道，一斗合自然。但得酒中趣，勿为醒者传。”李白的“醉中乐”与屈原的“醒中忧”形成对照，但看得开的李白与看不开的屈原同样不朽。拙作《寻李白》如此描写李白：

树敌如林，世人皆欲杀
肝硬化怎杀得死你
酒入豪肠，七分酿成了月光
余下的三分啸成剑气
绣口一吐就半个盛唐

汉唐之所以动人，当然还因为有英雄。我第一位想到的就是李广。司马迁笔下的李广面对强敌骁勇善战，对部属却后饮后食，宽缓不苛；如此良将，竟不得封侯。后来出师不利，不甘对刀笔之吏，竟引刀自尽。如此一生，诚为一大悲剧，甚且祸延其孙。汉廷之待功臣，实在也太苛了。可悲的是，如此英雄也不免杀戮太过：霸陵是一例，一日坑八百降卒又是一例。所以我在《飞将军》一诗中说：

两千年的风沙吹过去
一个铿锵的名字留下来
他的蹄音敲响大戈壁的寂寂
听，匈奴，水草的浅处
脸色比惊惶的黄沙更黄

他的传说流传在长安

谁不相信,灞桥到灞陵

他的长臂比长城更长

胡骑奔突突不过他的臂弯

柳荫下,汉家童子在戏捉单于

太史公幼时指过他背影

弦声叫,矫矫的长臂抱

咬,一匹怪石痛成了虎啸

箭羽轻轻在摇

飞将军,人到箭先到

举起,你无情的长臂

杀,匈奴的射雕手

杀,匈奴的追兵

杀,无礼的亭尉你无礼

杀,投降的羌人

杀,白发的将军,大小七十余战

悲哀的长臂,垂下去

英雄似美人，不许世间见白头。有时候大将军无力平定匈奴，还得靠美人来维持和平——这正是我写《昭君》一诗的用意：

一出塞无奈就天高地邈
一把慷慨的琵琶
凭她纤纤的手指
拨拨刮刮
能弹压几千里的飞沙？
羊群细啮的黄昏？
马前掠过了多少雁阵
鞍上的官人一路回首
为何蹄印尽处
不见了长安的蜃楼？
卫大将军与霍嫖姚
高盔厚甲都承受不了
那样沉重的边恨与乡愁
却要这一对娥眉弯弯
在风暴将到的向晚
哦，独自去承受

我写这些远古情景，只是缅怀当时的诗人、饮者、英雄、美人而已。生为南方人，我小时候一直是在长江流域，要到一九九二年才有机会来到北方。但是写北方的诗却是在身历北方之前，甚至有首长诗《黄河》也是在见到黄河之前所写。

媒体惯于称我为“乡愁诗人”，这名称该是肯定之词。乡愁是一切民族共有的情感，但并非限于地理。对于读书人也好，知识分子也好，乡愁应该是立体的，不仅是美食的满足，方言的亲切吧，更包括历史的背景，文化的意义，所以乡愁不止于“同乡会”。我的《乡愁》《乡愁四韵》等作，藉教科书与歌曲之助，流传颇广，但是我还有不少诗，咏的是古人、古事、传说，虽未直指乡愁，而所抒之情仍是一种婉转的怀乡。例如怀念古代诗人之作，李白、杜甫、陈子昂、苏轼、李清照等我均有题咏，李白更多达四首，屈原甚至一共写了九首。诗人以外，我也写了历史上或传说里的人物：范蠡、荆轲、李广、昭君、史可法、林则徐、女娲、夸父均在其列。至于咏物诗，古人写过不少。此体既要状物真切，又要寄托深远，并不易写。我咏物的对象也包括了白玉苦瓜、翠玉白菜、橄榄核舟、唐马等。

二〇一四年八月十六日

笔耕与舌耕

以前朋友见面,会对我说:“前几天读到你一篇文章。”近年朋友见面,却对我说:“前几天看到你上电视。”我听了不晓得该高兴还是悲哀。

一个人文章刊多了,就会有人来请你演讲。如果写文章是笔试,演讲就是口试了。不过写文章虽为笔试,却可以从容作答,还可以查字典、翻书、修改;演讲之为口试,灵不灵却是当场考验,念了别字,误引经典,或竟然忘了下文,或发现前后矛盾,都驷马难追。若是麦克风临时故障,就得硬碰硬,以血肉之躯作狮子之吼。当然还有所谓“魅力”的问题。台下几百双眼睛灼灼向你,像一匹千眼兽等你去驯服,去唤醒其注意力,令其侧耳、倾心,甚至哄堂大笑。有时候去某校的周会上演讲,校长会苦笑警告,说孩子们并不很乖,听讲时若是交头接耳，请多多包涵——意思是，看你的魅力了。

至于上电视，又不同了。观众不在眼前，人数不知多少，反应不得而知。倒是现场打灯，既眩又烤。麦克风穿肠挂肚，咬在你贴心的某处。你的家具和满架书籍会被移山倒海，导播会命令你做各种动作，装各种姿态。你成了临时演员。至于你到底说了些什么，老实说，谁也不在乎，包括观众。反正一切都是浮光幻象，十分钟就过了。所以朋友说看到你上电视，不过表示他有一个印象：你近来颇不寂寞，或者只是不甘寂寞。

在这“变变变，不晓得要变成什么的时代”，电视上的风光只有十分钟，讲台上的魅力不过两小时。倒是一篇文章，一本书籍，作者经过从容的沉思，精心的运笔，读者经过从容的阅读，细心的领受，能够保持十年、百年的价值。

二〇〇八年五月

不朽与成名

在唐朝的诗人之中，杜牧的成就当然不能比肩李白、杜甫，但是他的好几首七绝，李白、杜甫也未必写得出来。其中《寄扬州韩绰判官》："青山隐隐水迢迢，秋尽江南草未凋。二十四桥明月夜，玉人何处教吹箫？"是我的最爱，小时候一读就已倾心，直到现在。若问我什么原因，却又说不出来，只直觉诗境自远而近，远景空阔，近景透明，到了诗末，更有余音袅袅。以"隐隐""迢迢"的双叠起句，更以"尽"呼应"隐隐"，以"凋""桥""教""箫"再三呼应"迢迢"，韵感十分充沛。小时候读唐诗，不耐烦细看注解。二十四桥究竟是哪二十四座呢，不少版本都详列了出来，令人扫兴极了——知道那么多桥名，对诗意有什么帮助呢？七年前我在扬州游瘦西湖，当地人才告诉我，所谓二十四桥其实只是一座桥，就叫"二十四桥"，又名"红药桥"。我听后大失所望。小时初读，还以为真有二十四座桥，月色无边，桥影遥遥相接，每座桥上有一美人，在风流的韩判官调教之下，箫声此起彼落，呼应有致，凌波而来呢。原来桥仅一座，玉人却有二十四位，当然全是歌伎，也就是“楚腰纤细”的青楼中人，而所谓“玉人”也可以是称判官而已。

不过，诗意虽然如此迷离，意境却是极美的。就像“雁声远过潇湘去，十二楼中月自明”与“南朝四百八十寺，多少楼台烟雨中”一样，有一种迷幻不定之美。说来说去，真正的赢家还是韩绰，在月色箫声之中，他的风流形象一直传到今天。他，不朽了，美名永不磨灭。不过他的不朽并不等于成名。成名的是杜牧，但韩绰跟着不朽。常人要不朽，绝非易事，但诗人的朋友什么都不必做，就可以随着诗人传后——天下竟有这么上算的事情。可是，同样列名于名诗，也不一定总是这么风光。例如綦毋潜，虽然上了《唐诗三百首》的篇名：《送綦毋潜落第还乡》，不管王维写得多么委婉，却再也摆不脱“落第生”的负面印象了。

中国古典诗中，朋友赠答之作特多，反映诗人公开的活动空间是一男性社会，但不便公开的异性关系，就得隐藏于“无题”“有赠”之中。同性文友之间，常称对方为某家老几。例如李白、高适就称杜甫为杜二，意即杜家排行老二：乃有李诗《鲁郡东石门送杜二甫》，高诗

《人日寄杜二拾遗》。同样地，王维诗《渭城曲》原名《送元二使安西》，也即元家老二之意。不过杜甫昵称杜二，人人皆知；元二是何许人，却不知其名。《渭城曲》太有名了，元二也因此不朽。但是元二的不朽却与韩绰不同，因为只知他是元家兄弟，却未得其全名，所以并非"成名"，只算半隐半现的不朽。杜甫也有《送元二适江左》一诗，但是适江左梓州是东行，渭城去安西却朝西远征，相距太远，所以这两位元二恐非一人。

杜甫有名的五古《赠卫八处士》，其中的卫八也不知全名，所以也只算一半不朽，不算成名。我不禁想起，如果是王家的老八，又该怎样称呼呢？果然在《全唐诗》中找到高适有一首诗，叫《赠王八员外》。这太好笑了，因此也可推论，骂人王八，该是唐朝以后的说法。

白居易的五绝名作《问刘十九》："绿蚁新醅酒，红泥小火炉。晚来天欲雪，能饮一杯无？"酒香诱客，友情感人，这位刘十九最终有未应召，并不重要，但他收到的召饮简讯，却是千古无比的重礼，令天下的馋肠垂涎至今。白居易温了酒，送了诗，却成全刘十九诗、酒并享，而且永垂不朽，羡煞了天下的诗友、酒伴。

不过，并非人人入诗皆成不朽。必须诗先不朽然后入诗的人才能跟着不朽；至于无名的诗、平庸的诗，更别提歪诗、劣诗了，即使有所题赠，也不会令受者扬名传后。就连大诗人的作品，也未必篇篇众口竞传。李白再三赠诗给岑勋与元丹丘，不但见于《将进酒》，还见于《鸣皋歌送岑征君》与《西岳云台歌送丹丘子》等篇，真是够交情了，却仍不及韩绰判官在“二十四桥明月夜，玉人何处教吹箫”句中那么风流可羡。倒是“烟花三月下扬州”的孟浩然，与“桃花潭水深千尺”的汪伦，形象生动难忘：孟浩然自己本已有名，无须仰赖谪仙以传，可是“烟花三月下扬州”的酷态，才能教孟夫子“风流天下闻”，而孟夫子自己的诗却无如此洒脱。受益更多的恐怕还是汪伦，本身原来不足传后，只因招待的是李白，外加到岸边踏歌送行，轻轻松松，就流芳千古了。至于一饭有恩的老太婆（《宿五松山下荀媪家》），一醉难忘的老头子（《哭宣城善酿纪叟》），根本想不到什么朽与不朽，却因谪仙感恩题诗，竟以漂母、杜康之姿传后了。

另一种情况是：诗人的朋友虽然有幸被题咏入诗，但诗中所咏未必是恭维，甚至不幸是嘲弄。例如光、黄之间的隐士陈季常，在苏东坡的《方山子传》中是一位亦儒亦侠的性情中人，但入了东坡的诗《寄吴德仁兼简陈季常》，就变成一个惧内的丈夫。东坡说他“龙丘居士亦可怜，谈空说有夜不眠。忽闻河东狮子吼，拄杖落手心茫然”。从此“季常癖”竟成了怕老婆的婉词。

最不幸的，是做了诗人的敌人，因而入了他的讽刺诗，永以负面形象传后。例如三流诗人沙德韦尔（Thomas Shadwell）入了德莱顿的讽刺诗《麦克·佛莱克诺》（*Mac Flecknoe*），就成了庸才麦克·佛莱克诺亲点的继承人，去接荒谬帝国的王位。又如桂冠诗人骚塞（Robert Southey），不但得罪了少年气盛的拜伦，抑且对精神失常的英王乔治三世歌颂太甚，终于落入拜伦的讽刺长诗《审判的幻影》（*The Vision of Judgement*），为助乔治三世进入天国而诵颂诗，竟使众魂掩耳逃难，而自身也被推落湖区，为天下所笑。这样的受辱难谓"不朽"，更非"成名"；绝非"流芳"，只算"遗臭"。骚塞当然不是大诗人，但他的诗倒也并不是一无是处，他的散文作品如《纳尔逊传》更不失为佳作。骚塞之失算在于低估了拜伦的才气与脾气，便贸然在歌颂乔治的长诗（题目也是《审判的幻影》（*The Vision of Judgement*））中先向拜伦挑战，把他和雪莱称为"恶魔诗派"，反而激起了拜伦的豪气，即沿用骚塞原题挥戈反击，令骚塞在神鬼之间诵诗出丑。拜伦此诗传后至今，已经公认为一篇杰作，与《唐璜》共同奠定拜伦讽刺大家的地位。骚塞原诗却已无人问津了。两诗角力，赢的是好诗。骚塞成了一大输家，灰头土脸，比韩绰判官和刘十九，逊得多了。

二〇〇八年九月

粉丝与知音

1

各地的交流日频，中文的新词也就日益增多。“作秀”、“埋单”、“打的”，早已各地流行。这种新生的俚语，最近在台湾的报刊也十分活跃，甚至会上大号标题。其中有些相当伧俗，例如“凸槌”“吐槽”“劈腿”“嘿咻”等，忽然到处可见，而尤其不堪的，当推“轰趴”——其实是从英文 home party 音译过来，恶形恶状，实在令人不快。当然也有比较可喜的，例如“粉丝”。

“粉丝”来自英文的 fan，许多英汉双解辞典，包括牛津与朗文两家，迄今仍都译成“迷”；实际搭配使用的例子则有“戏迷”“球迷”“张迷”“金迷”等。“粉丝”跟“迷”还是不同：“粉丝”只能对人，不能对物，比如你不能说“他是桥牌的粉丝”或“他是狗的粉丝”。

Fan 之为字，源出 fanatic，乃其缩写，但经瘦身之后，脱胎换骨，变得轻灵多了。Fanatic 本来也有恋物羡人之意，但其另一含义却是极端分子、狂热信徒、死忠党人。《牛津当代英语高阶辞典》（*Oxford Advanced Learner's Dictionary of Current English*）第七版为此一含义的 fanatic 所下的定义是：a person of extreme or dangerous opinions——想想有多可怕！

但是蜕去毒尾的 fan 字，只令人感到亲切可爱。更可爱的是，当初把它译成“粉丝”的人，福至心灵，神来之笔竟把复数一并带了过来，好用多了。单用“粉”字，不但突兀，而且表现不出那种从者如云纷至沓来的声势。“粉丝”当然是多数，只有三五人甚至三五十人，怎能叫作 fans？对偶像当然是说“我是你的粉丝”，怎么能说“我是你的粉”呢？粉，极言其细而轻，积少成多，飘忽无定。丝，极言其虽细却长，纠缠而善攀附，所以治丝益棼，欲理还乱。

这种狂热的崇拜者，以前泛称为“迷”，或叫作“追星族”，嬉皮时代把追随著名歌手或乐队的少女叫作“跟班癖”（groupie），西方社会叫作“猎狮者”（lion hunter）。这些名称都不如“粉丝”轻灵有趣。至于“忠实的读者”或“忠实的听众”，也嫌太文，太重，太正式。

粉丝之为族群，有缝必钻，无孔不入，四方漂浮，一时啸聚，闻风而至，风过而沉。这现象古已有之，于今尤烈。宋玉《对楚王问》曰："客有歌于郢中者，其始曰《下里》《巴人》，国中属而和者数千人 …… 其为《阳春》《白雪》，国中属而和者数十人。"究竟要吸引多少人，才能称有粉丝呢？学者与作家，能号召几百甚至上千听众，就算拥有粉丝了；若是艺人，至少得吸引成千上万才行。现代的媒体传播，既快又广，现场的科技设备也不愁地大人多，演艺高手从帕瓦罗蒂到猫王，轻易就能将一座体育场填满人潮。一九六九年纽约州伍德斯托克三天三夜的露天摇滚乐演唱会，吸引了四十五万的青年，这纪录至今未破。另一方面，诗人演讲也未可小觑：艾略特在明尼苏达大学演讲，听众逾一万三千人；弗罗斯特晚年也不缺粉丝，我在爱荷华大学听他诵诗，那场听众就有两千。

2

与粉丝相对的，是知音。粉丝，是为成名锦上添花；知音，是为寂寞雪中送炭。尽管杜甫说过"文章千古事，得失寸心知"，但真有知音出现，来肯定自己的价值，这寂寞的寸心还是欣慰的。如果知音寥寥，甚至迟迟不见，寸心的自信仍不免会动摇。

所谓知音，其实就是“未来的回声”，预支晚年的甚至身后的掌声。梵高去世前一个多月写信告诉妹妹维尔敏娜，说他为加歇大夫画的像“悲哀而温柔，却又明确而敏捷——许多人像原该如此画的。也许百年之后会有人为之哀伤”。画家寸心自知，他画了一张好画，但好到什么程度呢，因为没有知音来肯定、印证，只好寄望于百年之后了。“也许百年之后会有人……”语气真是太自谦了。《加歇医生》当然是一幅传世的杰作，后代的艺术史家、评论家、观众、拍卖场都十分肯定。梵高生前只有两个知音：弟弟提奥与评论家奥里叶；死后的十年里只有一个：弟媳妇乔安娜。高更虽然是他的老友，本身也是一位大画家，却未能真正认定梵高的天才。

知音出现，多在天才成名之前。叔本华的母亲是畅销小说家，母子两人很不和谐，但歌德一早就告诉做母亲的，说她的孩子有一天会名满天下。歌德的预言要等很久才会兑现：寂寞的叔本华直等到六十六岁，才收到瓦格纳寄给他的歌剧《尼伯龙根的指环》，附言中说对他的音乐见解十分欣赏。

美国文坛的宗师爱默生收到惠特曼寄赠的初版《草叶集》，回信说："你的思想自由而勇敢，使我向你欢呼……在你书中我发现题材的处理很大胆，这种手法令人欣慰，也只有广阔的感受能启示这种手法。我祝贺你，在你伟大事业的开端。"那时惠特曼才三十六岁，颇受论者攻击。苏轼考礼部进士，才二十一岁，欧阳修阅他的《刑赏忠厚之至论》，十分欣赏，竟对梅圣俞说："老夫当避此人，放出一头地。"众多举子听了此话，哗然不服，日久才释然。

有些知音，要等天才死后才会出现。莎士比亚死后七年，生前与他争雄而且不免加贬的本·琼森，写了一首长诗悼念他，肯定他是英国之宝："全欧洲的剧坛都应加致敬。／他不仅流行一时，而应传之百世！"又过了七年，另一位大诗人弥尔顿，在他最早的一首诗《莎士比亚赞》中，断言莎翁的诗句可比神谕（those Delphic lines），而后人对他的崇敬，令帝王的陵寝也相形逊色。今人视莎士比亚之伟大为理所当然，其实当时盖棺也未必论定，尚待一代代文人学者的肯定，尤其是知音如本·琼森与弥尔顿之类的推崇，才能完成"超凡入圣"（canonization）的封典。有时候这种封典要等上几百年才举行，例如约翰·多恩的地位，自十七世纪以来一直毁誉参半，欲褒还贬，要等艾略特出现才找到他真正的知音。

此地我必须特别提出夏志清来，说明知音之可贵，不但在于慧眼独具,能看出天才,而且在于胆识过人,敢畅言所见。四十五年前,夏志清所著《中国现代小说史》在美国出版,钱锺书与张爱玲赫然各成一章,和鲁迅、茅盾分庭抗礼,令读者耳目一新。文坛的旧观,一直认为钱锺书不过是学府中人,偶涉创作,既非左派肯定的“进步”作家,也非现代派标榜的“前卫”新锐;张爱玲更沾不上什么“进步”或“前卫”,只是上海洋场一位言情小说作者而已。夏志清不但看出钱锺书、张爱玲,还有沈从文在“主流”以外的独创成就,更在四十年前美国评论界“左”倾成风的逆境里,毫不含糊地把他的见解昭告世界,真是智勇并兼。真正的文学史,就是这些知音写出来的。有知音一槌定音,不愁没有粉丝,缤纷的粉丝啊,蝴蝶一般地飞来。

知音与粉丝都可爱,但不易兼得。一位艺术家要能深入浅出,雅俗共赏,才能兼有这两种人。如果他的艺术太雅,他可能赢得少数知音,却难吸引芸芸粉丝。如果他的艺术偏俗,则吸引粉丝之余,恐怕赢不了什么知音吧?知音多高士,具自尊,粉丝拥挤甚至尖叫的地方知音是不会去的。知音总是独来独往,欣然会心,掩卷默想,甚至隔代低首,对碑沉吟。知音的信念来自深刻的体会,充分的了解。知音与天才的关系有如信徒与神,并不需要“现场”,因为寸心就是神殿。

粉丝则不然。这种高速流动的族群必须有一个现场,更因人多而激动,拥挤而歇斯底里,群情不断加温,只待偶像忽然出现而达于沸腾。所以我曾将teenager译为“听爱挤”。粉丝对偶像的崇拜常因亲近无门而演为“恋物癖”,表现于签名、握手、合影,甚至索取、夺取“及身”的纪念品。披头士的粉丝曾分撕披头士的床单留念;汤姆·琼斯的现场听众更送上手绢给他拭汗,并将汗湿的手绢收回珍藏。据说小提琴神手帕格尼尼的听众,也曾伸手去探摸他的躯体,求证他是否真如传说所云,乃魔鬼化身。其实即便是宗教,本应超越速朽的肉身,也不能全然摆脱“圣骸”(sacred relics)的崇拜。佛教的佛骨与舍利子,基督的圣杯,都是例子,东正教的圣像更是一门学问。

“知音”一词始于春秋:楚国的俞伯牙善于弹琴,唯有知己钟子期知道他意在高山抑或流水。子期死后,伯牙恨世无知音,乃碎琴绝弦,终身不再操鼓。孔子对音乐非常讲究,曾告诫颜回说,郑声淫,不可听,应该听舜制的舞曲韶。可是《论语》又说:“子在齐闻韶,三月不知肉味,曰:‘不图为乐之至于斯也!’”这么看来,孔子真可谓知音了,但是竟然三月不知肉味,岂不成了香港人所说的“发烧友”了?孔子或许是最早的粉丝吧。今日的乐迷粉丝,不妨引圣人为知音,去翻翻《论语》第七章《述而》吧。

不惜歌者苦，

但伤知音稀。

粉丝已经够多了，且待更多的知音。

二〇〇六年十月

年寿与坚持

——“余光中八十大寿学术研究会”致词

吴校长、蔡教务长、王院长、陈所长、各位学者、各位贵宾：

今日研讨的盛会如此隆重，参加的人如此踊跃，令我感到荣幸。目前人类平均年寿提高，八十岁的老人并不罕见。古人大惊小怪，说什么人生七十古来稀，可是现在八十也不稀奇了。不过一个人到了八十岁还在写诗，写了诗还有人看，甚至有兴趣要来讨论，就不很平常了。所以这几天我不免翻翻文学史，看看究竟有多少重要诗人，到八十岁还在写诗，至少还健在人世。结果令我颇为失望。次要诗人且不深究，大诗人中只找到王维、韦应物、杨万里、陆游、刘克庄、袁枚等几位。其实刘克庄、袁枚恐怕都不算大诗人；清代以来的名家像钱谦益、朱彝尊、沈德潜、赵翼等，都年逾八十，沈德潜甚至九十六岁，但都不足与屈、陶、李、杜相提并论。中国真正的大诗人如屈、陶、李、杜，都在五六十岁上下；宋朝的大家，例如欧阳修、王安石、苏轼、黄庭坚等也在六十六岁左右。

台湾的现代诗人长寿的不少：纪弦、钟鼎文已过九十岁，但作品已少见；周梦蝶今年八十七岁，诗兴不减；和我同年的诗人还有洛夫、蓉子、罗门、向明、管管，大都尚未放下创作。尽管如此，九十年来大陆与台湾地区的新诗，恐怕还不能跟绘画相比，而尤其可惊的，是现代的绘画大师几乎都年过八十岁。王维不但是大诗人，也是大画家，更是南宗水墨的始祖。在他之后，历代大画家年寿达到八十岁以上的，尚有贯休、李唐、黄公望、沈周、文徵明、蓝瑛、董其昌、曾鲸、石溪、朱耷（八大山人）、王时敏、王翚、吴历、黄慎、蒲华。这份名单已很显赫，而进入二十世纪，八十岁以上的大师出现更频：九十岁以下的有吴昌硕（1844—1927）、张大千（1899—1983）、钱松喦（1899—1985）、蒋兆和（1904—1986）、李可染（1907—1989）、陆俨少（1909—1993）；九十岁以上的还有齐白石（1864—1957）、黄宾虹（1865—1955）、黄君璧（1898—1991）、朱屺瞻（1892—1996）、林风眠（1900—1991），盛况真是空前。

同样地，西方现代艺坛的大师，得享八十岁以上高寿的，也比比皆是：莫奈（1840—1926）、马蒂斯（1869—1954）、毕加索（1881—

1973)、科柯施卡(Oskar Kokoschka, 1886—1980)、夏加尔(Marc Chagall, 1889—1985)、基里科(Giorgio de Chirico, 1888—1978)都是佳例。其中只有莫奈与马蒂斯不满九十,其他均逾九旬,夏加尔甚至接近百岁。这盛况,与中国画坛东西交辉。何以如此,值得艺术史家好好研究。

中西的现代大画家,有这么多位老而益醇,实在可佩。当然,夭亡的名家也是有的,例如拉斐尔(1483—1520)、梵高(1853—1890)、罗特列克(1864—1901)、莫迪利亚尼(1884—1920),非常巧合,竟然都逝于三十六七岁。其中梵高二十七岁才开始创作,只有十年可以发展,但是死前两年杰作迸发而出,如放烟火,而且在人像、风景、静物三方面都有成就,一生为艺术殉美,给后世的震撼,恐怕也不逊于长寿的毕加索。毕加索十五六岁一出手就直追罗特列克,令人吃惊,加以创意不竭而又长寿,可供挥洒的岁月至少七倍于梵高。二十世纪西方现代的画派,到抽象主义为止,几乎全都是绕着他的画室旋转的。此翁能有如此的大格局,固然由于矿藏丰富,开采有方,但是长寿仍是必要的条件。如果他也像梵高一样在三十七岁夭亡,那就来不及发展他中年以后的风格:一生成就便少了古典时期的安详厚实,变形时期的人像重组,表现主义时期的不平之鸣,田园时期的恬淡谐趣，更不用说后期的雕塑与陶艺。也就是说，若非长寿，毕加索的一生艺术就不能从容开展，水到渠成，臻于至善。

前述中国现代大画家能够充分发挥自己的天才，与寿登耄耋当然有关。其间也有幸与不幸，大半取决于政治环境。例如齐白石与黄宾虹，都在五十年代逝世，政治对他们的晚年影响不大。黄宾虹前半生致力于临摹，五十至七十岁恣游山水，对景写生之稿据说多逾万件，一生创作的高潮竟在八九十岁之间出现，真是大幸。

且容我再回顾年寿与诗人的关系。英国大诗人中，年逾八旬的只有三人：华兹华斯、丁尼生、哈代。华兹华斯的杰作几乎都在三十七岁以前写成，四十五岁以后虽然作品络绎不绝，才气却逐渐衰退。分量最重的代表作《序曲》，虽然一直修改到七十多岁，但主体的初稿却早在三十五岁已底定。他的灵感主要来自童年的回忆，难怪浓度会渐远渐淡。丁尼生的情况却不然，虽然有论者认为他在四十二岁出版思念亡友的长诗《追悼》(*In Memoriam*)之后，即已江郎才尽，但他的后半生仍然可称丰收，一大原因是他对当代的问题仍颇敏感，而对未来不无关切，甚至处理过女权与科技的主题。哈代的演变又异于两位前辈：三十岁以前他已经是诗人，但小说更受欢迎，从三十二到五十六岁，二十多年他一直以小说为文坛推崇。小说《无名的裘德》(*Jude the Obscure*)出版后,恶评不断,指摘他主题颓丧淫乱。哈代从此重拾久疏的诗笔,除了抒情短诗以外,还以拿破仑战役为主题,完成了格局庞伟的《群王》(*The Dynasts*)史诗剧,赢得论者的肯定,认为他的诗可与小说比美。

三位诗翁的一生长征各不相同:华兹华斯开高走低,由强趋弱;丁尼生发展平稳,未见如日中天,但晚霞也不全输朝阳;哈代则晨曦虽淡,夕照却明丽西天。

叶芝的历程应该是最可羡的了。二十世纪英语世界的两大诗人,虽然不算特别长寿,却都年逾七旬,有充分的时间可以从容写作。艾略特享年七十七岁,比叶芝多了三年,却称不上多产,从早年的幻灭到中年的怀疑而终于探讨时间与永恒,变与常之间的关系,全部诗作不过四千行。他的晚成大器《四个四重奏》是一组苦思冥想的哲理诗,构思十年而成,乃五十五岁之作,其实不怎么算"晚作"了。叶芝的历程则大不相同,从早年追随"前拉斐尔派"的唯美,到中年挣扎于社会与政治的现实,与失恋的无奈,到老境的逼人,灵肉的消长,他的诗艺一直锲而不舍,困而更进,老而愈醇,一生的开展像不断上升的拔高(crescendo)。像《青金石》《班伯本山下》《长脚蚊》之类的杰作,都在他死前一年内写成。

对我而言，叶芝的创作成就超过艾略特。艾略特关注的人性，趋于圣人与罪人的两个极端，叶芝面对的人生却比较宽广。艾略特用典较僻较晦，叶芝用典浑不费力。艾略特的语言在文白之间出入，叶芝的语言简洁而有力，深入而浅出，令人吃惊，怎么能够说得这么直接而又透彻。艾略特对我的启示，在他高瞻远瞩、条理清畅、文笔典雅的评论，远多于他的诗。当年我断然告别现代主义而向新古典另找出路，全亏了他的启发。叶芝对我的启示，则全在他的诗本身；至于他自创的迷信系统，我根本用不着。艾略特的贡献，至少有一半在他的评论：他有一半是“但开风气”的作者，另一半却是“为师”的学者。我们不能说叶芝没有学问，可是只能承认他主要是诗人，而最多十分之一是学者，跟布莱克相似。

由此我又想到中国现代的三位小说家，沈从文、钱锺书、张爱玲。在中国改革开放之前，他们都上不了文学史，因为全非“进步”作家。七十年代中期我去香港，在中文大学授“现代文学”，却把他们的《边城》《围城》《倾城之恋》列入教材，日后证明我当年“这三城”的选择是对的。当然，夏志清的《中国现代小说史》对三人的推崇，当年也加强了我对他们的信心。三人之中，沈从文与张爱玲都非当行的学者：张爱玲曾译过《老人与海》《鹿苑长春》等书，也译过爱默生与梭罗的少数诗篇，但是并不写评论文章。钱锺书则大不相同，是真正学贯中西兼通古今的大学者，虽然在长、短篇小说与小品文三方面的创作均有成就，但产量太少，还不能和沈、张相比。

现在回顾文学史，三人之为杰出小说家，有一点是相同的：既不是左派肯定的“进步”作家，也非新派批评家标榜的“前卫”作家；既无意识形态的斧头要磨，也无现代主义的实验要做。艾略特与叶芝也是如此：艾略特早年曾经锐意“前卫”，并得庞德指点，叶芝也从庞德领悟诗艺，但后来他们都回归秩序与传统，“在稳定中求进步”，被激进作家视为“保守”，甚至“反动”。

回顾一生，如果要为自己定位，勉强可以说我有三分之二是作家，三分之一是学者，迄今我出版过的诗集与散文集，有三十三本，当然应该列在作家名下。至于评论集与翻译专书，也已有二十本，则可列在学者名下。译者是没有创作的作家，不写论文的学者，但对文学的贡献也很重要。如果译书前有高明的序言，后有踏实的注释，那就更像学者了。如果我是政大校长，而玄奘与鸠摩罗什竟来求职，同时来申请的还有几个不大不小的作家，我会毫不犹豫先聘译学大师。今天在场的彭镜禧和单德兴两位学者，就是这样杰出的翻译家。我在香港有一位诗人朋友黄国彬，为了翻译但丁的三部《神曲》，足足花了二十年的苦功，而且加上前序后注，做尽了学者的本分。

颇有一些评论家，对我经营几种文体且竟各有收获，表示赞许。其实古人多见诗文双绝，苏东坡更擅书画，而这一切都是在案牍劳形之余所完成。西湖的游客，谁不羡苏堤、白堤呢？白居易也是一生做官。更不用说欧阳修了，做官则入赞中枢，出牧州郡，修史则兼顾唐书与五代，写作则兼擅古文与诗词。这样的功业岂是我们所能奢望？当代做官的人很少能写文章，而作家与学者最好也别去做官。

早上我接受名誉博士学位，曾说“行百里者半九十”，希望还有十年的机会，能够认真写作诗文，经营评论与翻译。可是别人会说，你都已经八十岁了，还不交功课吗？对呀，我早该交作业了，早该把诗交给杜甫打分数，把散文交给韩愈看是否及格，把评论交给刘勰，把翻译交给玄奘。听说这四个人开过一次会，玄奘说他译的是梵文，又不是英文，韩愈皱眉说：“他老提什么缪斯，究竟是什么意思？”大家都觉得很烦恼，后来听人说政大文学院正要开一个这样的研讨会，如释重负，就决定让研讨会的众多杰出学者来代劳了。希望这个会还值得一开，谢谢大家。

二〇〇八年五月二十四日

从悲悯到博大

五四以来的新文学作家中，生活经验遍历中西兼跨海峡两岸者，或许应该首推许地山了。他祖籍是福建龙溪，一八九三年生于台南。次年甲午战后，他的父母不甘留在台湾受日本统治，举家迁回福建。后来他去广州读书，并毕业于燕京大学。留学的经验则包括美国的哥伦比亚大学和英国的牛津大学。回国后历任燕京、北大、清华的教授。一九三五年他南下香港，任教于港大。一九四一年病逝于香港。

许地山笔名落花生，以散文、小说及宗教等论著闻名。在新文学作家中不算显赫，也很少卷入意识论战，但其小说在人性与神性之间颇多探索，充溢着温馨宽厚的悲悯。这在左翼作家的笔下倒是少见，令人联想起沈从文来。夏志清在《中国现代小说史》中指出，许地山小说的艺术未必高超，但其中的悲悯却真切动人。夏志清盛赞《玉官》

为许地山的代表作，我则认为较短的《商人妇》同样感人，并在中文大学授现代文学课时指定为必读之作。

现实主义的作品，尤其是乡土文学，一定要强调阶级对立甚至斗争吗？我授课时，既选了鲁迅的《药》与《肥皂》，也选了沈从文的《边城》与《萧萧》。后面的两篇都不够“反封建”，简直充满“妥协性”。《边城》太有名了，读者已多。《萧萧》知者较少，非但没有演成封建的悲剧，反而变为伦理的喜剧。故事是写湘西的穷乡，村姑萧萧和长工花狗相爱，有了一个私生子。照例未婚生子，萧萧之罪应该“沉潭”，但婴儿实在可爱，族长们也都不忍心把年轻的母亲处死。后来花狗逃走了，萧萧另嫁了人也生了小孩。故事结束，长大了的私生子竟领着新生儿在一起玩耍。

乡土文学不一定要写悲情，不写乡土的文学也不一定就是不爱乡土，其显例不一定限于文学。端午节才过了不久，不妨举屈原为例。屈原去国怀乡，自沉汨罗。湖南人不因他所怀的是湖北的郢都而怪他不爱汨罗。二〇〇六年我应湖南卫视之请去汨罗参加祭典，并在屈原投江的现场领着六百童男童女，向汨罗两岸龙舟大赛的三十万观众，朗诵我新写的《汨罗江神》。

苏轼是中国文化史上最多才的诗人、词家、文宗、书家、画家。他的诗句已成为民族日常引用的成语:“雪泥鸿爪”“不识庐山真面目”“河东狮吼”“但愿人长久,千里共婵娟”“春江水暖鸭先知”“青山一发是中原”等,引用率一直居高不下。可是他的名作,写的几乎全不是四川,而是赤壁、西湖、金山寺、澄迈驿…… 难道四川同乡会要排斥他吗?

梵高也是一样。他早年的杰作《吃马铃薯的人》(*The Potato-Eaters*)画的是比利时矿工人家。后期的杰作所画的花,不是荷兰的国花郁金香,而是法国南部田里的向日葵。他病得忙得来不及画自己亲爱的弟弟,和他身后为他奔走展画终于使他成名的弟媳妇。

巴黎成为欧洲艺都,正是因为它“有容乃大”,不拒西班牙来的毕加索,意大利来的莫迪利亚尼,俄国来的夏加尔,美国来的惠斯勒和卡萨特(Mary Cassat)。第二次世界大战时的纽约也是如此。

二〇一一年六月二十七日

句短味长说幽默

有不少聪明人认为辞典是拿来查的,不是拿来读的。此言未必尽然。辞典当然是拿来查的,但是查辞典毕竟跟查火车表、电话簿不一样,不是一瞥之后就可以放开,因为本来并不想查的字会纷然杂陈,闪进眼界里来,不知不觉你就会一路扫视下去。字是静的,句却是动的,那许多例句都是语言活生生的样品。普通人和天才都查辞典,只是普通人是为了确定常态,以便守法;而天才是为了寻找常态之外如何变法,如何变通。

英文越好的人,读辞典越有趣味。而诸多辞典之中,最有趣味的该是谚语、格言、警句、名句的辞典。这一类书英文里很多,编得也很好,索引更是条例分明,非常方便。至于被引的作家、名人,只要看他们名下的页码多寡,便可知他们的锦心绣口有多流传。照例培根、蒙田、爱默生、歌德、尼采、叔本华、萧伯纳、王尔德等名家项下，被引率最高。他们一开绣口，全世界都侧耳倾听。也有一些例外，像夏莎尔 (Malcolm de Chazal)、托克维尔 (Alex de Tocqueville)、桑塔耶拿 (George Santayana) 等人，在奥登与柯能伯格 (Louis Kronenberger) 合编的《费伯警句辞典》(*The Faber Book of Aphorisms*) 之中频频被引，但到了葛若斯编的《牛津警句辞典》里，不是缺席，便是少人问津。足见品味一事，难有定论。

作家与哲人的著作等身，难以遍览，就算是挑选经典的代表作，也非一般人所能精读。但时间另有折中的安排，那就是其中的名言警句，不但当时流行，而且后世传诵，历久不衰，成了成语、格言。而无论是格言或成语，都必然是短小精悍，言近旨远，言简意赅，发人深省，耐人寻味。带这么一部丰富而隽永的名言辞典去旅行，无论在车上、船上、机上，每读一则辄能令人深思熟味，像心灵在嚼口香糖，甚至含了一枚橄榄。

其实这一句句的名言妙语，隔着茫茫的时空，正是古来伟人奇士发给我们的简讯。

去年简讯征文的得奖之作似乎情胜于理，偏于抒情。其实过于抒情便成了滥情。在情与理之间，应该还有个平衡点，便是趣。这趣，该是静观自得的妙悟、妙趣,与现实人生保持适度美感距离的一点谐趣,亦即幽默感。这种妙悟,倾向感性的可称情趣,而接近知性的可称理趣。放眼现代作家,梁实秋、潘琦君、张晓风似乎较富情趣;钱锺书、吴鲁芹、王鼎钧似乎较富理趣;林语堂、董桥则游于其间。不过情趣与理趣也往往交流,难于抽刀断水。

理趣的佳例很多,其中常有普遍的真理,故具哲意。情趣的佳例则常见生动的描述,故具诗意。例如威尔斯之言“言辞尖刻是幽默生病”(Cynicism is humor in ill health.)该是理趣。巴特勒(Samuel Butler, 1835—1902)之言“如果巴哈只是蠕动,则瓦格纳就是打滚了”(If Bach wriggles, Wagner writhes.)就是十分的情趣了。同样地,英谚所谓“幽默乃浪漫之死敌,正如解释乃幽默之败笔”(As humor is deadly to romance, so is explanation to humor.),意为人有幽默就不会滥情,而笑话出口无人领会,竟需一再解释,就等于自讨没趣了。这句话大有道理,但无关生动,所以属于理趣。相反地,斯威夫特之言:“老人和彗星受人崇敬,出于同理:都有长胡子,而且自命能预见世变”(Old men and comets have been reverenced for the same reason: their long beards and pretenses to foretell events.),因为形象生动,应该归于情趣。以下再举数例,让看官们自行归纳吧。

1. 一部艺术史，无非复兴史。（The history of art is the history of revivals. ——Samuel Butler）

2. 幽默乃紊乱之情绪，在心平气和时追忆而得。（Humor is emotional chaos remembered in tranquility. ——James Thurber）

3. 强盗要不到钱就要你命，女人呢两样都要。（Brigands demand money or your life, whereas women require both. ——Samuel Butler）

4. 我的语言是人人都可招的娼妓，必须把她还原成处女。（My language is a universal whore whom I have to make into a virgin. ——Karl Kraus）

5. 我喜欢干幽默。卓别林太淋漓了。（I like humor dry. Charles's splashes. ——C. P. Snow）

6. 那女人会说十八种语言，可是不会用任何一种说"不"。（That woman speaks eighteen languages, and can't say No in any of them. ——Dorothy Parker）

英国作家马格里奇（Malcolm Muggeridge）曾说："幽默几乎是英国人唯一认真的东西。"这句话本身就是矛盾的调和。英国小品文最讲究的就是 wit。此字含义颇广，可以解为一般的聪明才智，也可解为风趣、幽默、急智，更可引申为三寸不烂之舌，妙思无穷之笔，亦可径指才子雅人。从培根到约翰逊到王尔德,英国作家的唇枪舌剑,斗智逞能,大半都在搏得 wit 一字。在伊丽莎白时代与浪漫时代之间,文坛的主流几乎尽在于此。但是要能享受英式幽默,英文的修养必须够高,因为不少妙趣乃是成语或名言转化而来,所以如果不知所本何自,只看字面,就领略不到那种累积或衍生的机心。在这方面,现代美国才女作家,诗文兼擅的帕克女士 (Dorothy Parker, 1893—1967) 能提供不少佳例:

You can't teach an old dogma new trick. 这句话可译成"老教条学不会新招",但是其妙处来自古谚:You can't teach an old dog new tricks. (老狗学不会新把戏。) Dog 长尾巴变成 dogma,简直妙不可译。

Salary is no object. I only want to keep body and soul apart. 可以译成"薪水不在乎。只求灵肉相安"或者"…… 只求灵肉不混","…… 只求灵肉分明"。意思是不要穷得苦了肉体,拖累了灵魂。原来的成语是 keep body and soul together (灵肉合一,也就是勉维温饱)。

One drink more and I'd have been under the host. 事缘帕克女士参加鸡尾酒会,人家问她其乐何如,她说"再喝一杯我就会滑到男主人下面去了"。原来 under the table (滑到桌下) 是喝得烂醉之意。把 table 换成 host,不但更醉,而且可能"乱性"了,由女人说来,加倍敏感。不过帕克女士最有名的双行小诗却是：

Men seldom make passes.

At girls who wear glasses.

钱锺书在《围城》也曾引用。两行写得流畅而又自然，可以译成“男人不常来勾搭／戴了眼镜的女娃”，或是“女孩子戴了眼镜，／少有男人来调情”。下面的七绝《履历》（*Resume*）也是她的名作：

Guns aren't lawful

Nooses give.

Gas smells awful

You might as well live.

显然，这是在调侃要寻短见的人，俏皮之中含了悲哀无奈。可以译成：

用枪只怕是犯法，

上吊担心会松掉，

瓦斯闻起来可怕；

你还是活下去好。

简洁、风趣、武断，该是妙语警句的要求。所谓“武断”，就是干脆，不得拖泥带水，一再修正；也是呼应“简洁”。谚语格言，必须一口咬定，一锤定音。人必自信，而后人信之：哲人、先知、革命家，莫不如此。简讯的高手们，不妨一试。

二〇〇八年五月十五日

心猿意马，意识乱流

所谓传后，最简单的考验就是作家能否“留言”。一位作家一生究竟出过多少本书，百年后并不重要，只要有一句话令人不忘，也就算不虚此行了。

王尔德说一个人一生最长的罗曼史就是自恋，一语道破人性，胜过弗洛伊德的巨著浩繁。所以在企鹅版的《国际名言词库》里，弗洛伊德的名言只选了十八句，而王尔德的咳金吐玉却超过七十五则，多得《词库》在他的名下放弃详列引文的页码，而与蒙田、歌德、爱默生、萧伯纳、莎士比亚等量齐观。

当代的名家这么多，有多少读者背得出他一则警句呢？

台湾每年出书，动辄数万，其实有一本书早应该出，就是当代作家或名流的妙语警句集锦，不但便于一般作者引述印证，而且销路必然可观。出版界不妨动动脑筋。

平时写文章，不免要讲究命题、结构。其实即兴下笔，一任意识乱流，自由联想，妙思最多，也更自然。以下且容我心猿意马，任笔所之。

1. 辜鸿铭学贯中西，乃民初保守派之怪才，在马来出生，去欧洲留学，娶日本太太，并任职北洋政府。他的自述只有十二字："生南洋，学西洋，婚东洋，仕北洋。"

2. 梵高一生潦倒，默默无闻，死后却名满天下，富可敌国。这反讽的落差令人不胜感慨，所以我在演讲时曾说："他的画，生前没人看得起，死后没人买得起。"这句话，王尔德也会羡慕吧？

3. 我也调侃过王尔德的。在我中译本的《不可儿戏》后记中，我曾模拟他的口吻对译者的我说：So you have presented me in a new version of Sinicism? It never occurred to me I could be made so Sinical. 王尔德好用双关语，我也用以还治其人。Sinicism 意为"中国风味"，但与 cynicism（愤世嫉俗）完全同音。料这位唯美才子也未必能针锋相对回我嘴吧？

4. 披头士的领袖列侬也有王尔德的绣口。一九六三年末，披头士参加慈善综艺表演，在演唱《扭又叫》一曲之前，列侬上台对着麦克风说:“最后的一曲要请大家帮忙。廉价座位的听众请鼓掌好吗? 其他的人不妨摇响你们的珠宝。”(Will the people in the cheaper seats clap your hands? And the rest of you, if you'll just rattle your jewelry.)当时皇太后与玛格丽特公主也在场,引起哄堂大笑。

5. 一九七〇年圣诞节,叶珊和钟玲都去丹佛参加“现代语文协会”的年会,晚上三人共烛聊天。我和叶珊笑论诗友作品的风格,说纪弦所使乃“佯狂计”,洛夫是“苦肉计”,某女诗人是“美人计”,某难懂诗人是“空城计”。钟玲听得笑声格格。现在回想,不妨再加“借箭计”(痖弦)、“托钵计”(周梦蝶)。这些当然纯属无厘头,如果有人挖苦我,说我复古求新是借尸还魂,所以是“还魂计”,我也会一笑受之。不过此计又像在说梦蝶。

6. 近年书市虽然不振,文艺活动却层出不穷,演讲、评审、庆生、访问、座谈、写序、同意书、研讨会等,总之不让你潜心读书,从容写作。所以四分之三的时间我都在做“余光中的秘书”,只剩下四分之一勉强做自己。

7. 近十多年来在两岸三地我又出了许多书,迄今共达近八十种,不但亲自末校,而且得提供各种资料,包括照片、年表、新序等。书出之后，不但“无地自容”，家里和校里都再难“安插”，而且又要包装寄赠文友，不胜其烦。结论是：“我就像一个古老的帝国，终将被众多的殖民地拖垮。”

8. 年轻时得奖，应该和老头子一同得，表示你已成名。年老时得奖，应该和年轻人一同得，表示你未落伍。至于中年人，中年人不会得奖，因为多已江郎才尽。

9. 记者说：“有人又在电视上骂你了。”我说：“是吗？太感动了。这么多年了，还没有忘记我，可见我的世界已没有他，而他的世界不能没有我。”

10. You may wish me well./Or you may wish me ill./But, for God’s sake./Don’t take me for a fool!

11. 欧阳修有一首七绝，题为《再至汝阴》，虽不很有名，却巧具匠心，每一句起头都是颜色。诗曰：“黄栗留鸣桑葚美，紫樱桃熟麦风凉。朱轮昔愧无遗爱，白首重来似故乡。”黄栗留即黄莺。朱轮一句是自谦没能留下政绩。四句形成两联，合成天衣无缝。

12. 颜色可以成为短诗的结构，数字也可以。张祜的《何满子》四句就以数字支架：“故国三千里，深宫二十年。一声何满子，双泪落君前。”柳宗元的《江雪》四句更以数字领头：“千山鸟飞绝，万径人踪灭。孤舟蓑笠翁，独钓寒江雪。”千、万乃数字之至大，孤、独乃数字之至小，更相对成趣。诗要有趣，必具机心。就连短信，麻雀虽小，也得五脏俱全。

13. 古诗之妙，往往在善用地名。李白《峨眉山月歌》：“峨眉山月半轮秋，影入平羌江水流。夜发清溪向三峡，思君不见下渝州。”四句诗中连用五个地名，却妙接天然，不嫌其多。

14. 绝句以短为贵，但有趣的是，只要安排巧妙，在那么有限的空间，仍然能重复取胜。例如李白的《静夜思》：“床前明月光，疑是地上霜。举头望明月，低头思故乡。”二十个字里，“明月”与“头”各重复一次。元稹的《行宫》：“寥落古行宫，宫花寂寞红。白头宫女在，闲坐说玄宗。”“宫”字出现三次，而“寥落”和“寂寞”也是意重。李商隐的《夜雨寄北》：“君问归期未有期，巴山夜雨涨秋池。何当共剪西窗烛，却话巴山夜雨时。”其中“巴山夜雨”和“期”皆重，也就是二十八字中重了十字。妙在“巴山夜雨”第一次出现，是当下即景，第二次出现却已是回忆了。莫小看了这七言绝句，比现代电影的蒙太奇竟早了十一个世纪。

15. 我自己也写过不少迷你小品。三十多年前，柯达公司推出一份精美的月历，请我逐月为照片题诗，有这么三首，加起来还不满七十个字。

水

水是一面害羞的镜子

别逗她笑

一笑,不停止

海峡

早春的海峡

那么大的一块蓝玻璃

风吹皱

秋暮

黄昏黄昏你慢慢地烧

落日落日你慢慢地沉

天高高

地冷冷

雁在中间叫一声

二〇〇九年七月一日

长未必大，短未必浅

孟德斯鸠曾说："演说家深度不足，每用长度来补偿。"这就苦了无辜的听众了。其实以短取胜，并不限于演讲，更包括不少需要急智的场合，例如答问、题词、解嘲、说笑话等。近年去各处访问，往往被迫当众题词，而游罢名胜古迹，亭台楼阁之间，也每每要面对文房四宝，骑虎之势，不得不当众挥毫，因此登临的快意不免扫兴。事前固然可以稍做准备，不过常常不合现场的真相，倒是临时即兴，却每得佳句。这可能就是所谓"厚积薄发"吧。

最轻松的一次，是在闽侯的"冰心纪念馆"。我题了四个字："如在玉壶"。观众不料题词这么短，但很快就悟出是取自王昌龄的"一片冰心在玉壶"，乃报以由衷的掌声。

常德在沅江的堤岸上设有诗墙，上刻古今名诗，长达二点七公里。

洛夫、郑愁予和我的作品亦在其列。主人索题，我大书“诗国长城”四字，意犹未尽，又添了两句副题：“外抗洪水，内御时光”。观者再度鼓掌。

桂林东北有灵渠，秦始皇为进攻百越而下令开凿，既便舟楫，又兴水利，乃有湘漓同源之说。我讨巧题了一句“一点灵犀通灵渠”。近日游客回台，告诉我还见到这题字。

成都的武侯祠，我是这样题的：“魏王无庙，武侯有祠，涕泣一表，香火万世。”近日报载：曹操还是有庙的，可是遭人盗墓，显得凌乱，枉自算尽机关。

今年端午，秭归邀我参加祭吊屈原的盛典。萧萧、游唤、陈宪仁及明德大学的汪大永校长、罗文玲院长也参加了文化论坛。我在典礼上朗诵了为这场合新写的第七首颂屈之诗：《秭归祭屈原》，诗长八十六行，六分钟才诵毕。事后又去宜昌的三峡大学演讲。校方安排我和流沙河、李元洛参观博物馆的古文物。流沙河题：“楚人失之，楚人得之。”我用其意而稍加曲折，题为“楚人失之者，湖北人得之”，把大家逗笑了。

国内许多报刊访问过我，当然也向我索题。题得太多，大半都已忘记。印象较深的是为河南《寻根》双月刊所题：“根索水而入土，叶追日而上天。”今年端午，为《三峡商报》题的是：“商道唯诚，报导唯真。”“报导”当然也暗喻“报道”。为武汉的《楚天都市报》，我的题词是："愿汉水长流，楚天更阔。"

不少景点的主管索题，我往往就写："最美丽的辖区，最风雅的责任。"这两句话简直可以通行天下。至于为观众签名，如有坚持索讨题句，近年我常写的是这样的美学："曲高未必和寡，深入何妨浅出。"有时偷懒，就题："文以会友，诗以结缘。"较长的题句也包括："唯你的视线无限，能超越地平线的有限。"如果写信给高中生，就会有这样的句子："中学乃学问之上游，上游清则下游畅。"近日朋友的女儿考取艺术大学，朋友要我赠句勉励。我欣然题下："以身许美，从艺而终。"

我在"中山大学"已有二十五年，为学校题句无数，马克杯上、骨瓷杯上、磨砂杯上、铅笔上、运动衫上、伞上，甚至薪俸通知单上，都有我的题句。骨瓷杯上那首《西湾黄昏》已经收入诗集《高楼对海》。磨砂杯上，从左到右有两句连环成诗："这世界待你向前推动，像杯子旋转在你掌中。"诗读完了，杯子也在你掌中转了一圈，不无创意吧？二十周年校庆正值二〇〇〇年，运动衫上乃有我题的："二十岁的活力，两千年的新机。"伞上题的小诗必定会逗路人一笑，全是短句："撑伞，是出发／收伞，是到家／带伞，是先见／掉伞，是常情／借伞，是借口／还伞，是有心／共伞，跟谁呢？／当心，是缘分！"

我文章里的一句话："蓝墨水的上游是汨罗江"，湖南人常常引用。二〇〇五年端午汨罗市的街上，到处有红底白字的跨街布条，用这句话向屈原致敬。

星云大师展出他有名的“一笔书法”，我以一联相赠：“一笔贯日月，八方悬星云。”于右任一百三十冥诞纪念，陆炳文嘱我题句，我报以“遗墨淋漓长在壁，美髯倜傥犹当风”。泉州新建“闽台缘博物馆”，展出我的《乡愁》一诗，并向我索题。我报以“香火长传妈祖庙，风波不阻闽台缘”。

现实生活有时候激发了灵感，不待纸笔，就口占了出来。一九九四年和高天恩、欧茵西、隐地等去布拉格，会后沿街选购水晶精品，兴致越来越 high，但也有人这件嫌贵，那件嫌重，沉吟不决。我随口编了一首劝购歌鼓舞士气，歌曰：

昨天太穷
后天太老
今天不买
明天懊恼

同伴传诵之余，也就不管悭囊之轻，行李之重，尽兴买下去了。

有时候成语活用或是改编，也颇有趣。这种因旧生新，化凡为巧的戏拟体，也不失为锻炼想象。例如讲学归来，平添了许多赠书与厚礼，说是“满载而归”，其实行李超重，打包不易，应该叫作“积重难返”。又如“朝秦暮楚”，不必专指反复无常了，也可以移来形容空姐吧。若嫌秦楚格局太小，不妨改用“欧风美雨”。以此类推，“杞人忧天”也不必是负面之词，反而有正面的环保先见了。美国前副总统戈尔不正是今之杞人吗？他如“近墨者黑”一词，常令我联想到猫王普雷斯利演唱时的肢体语言，是来自从小习于黑人的蓝调，尤其是学查克·贝里的“抖膝功”。“麦克雄风”则是我将麦克风扭曲得来。许多人演讲，不懂如何对待麦克风，一味凑近去猛吼，还自以为雄风震耳呢。

我自己的文章里，不时也有一些片段，可以独立于上下文之外，有自己的生命。这些句子都不超过七十个字，合于“短信”的规格。例如：“光，像棋中之车，只能直走；声，却像棋中之炮，可以飞越障碍而来。我们注定了要饱受噪音的迫害。”又如：“善言，能赢得观众；善听，才赢得朋友。”

二〇一〇年六月

翻案文章，逆向思维

——回顾四年来的 myfone 简讯文学

回顾四年来"myfone 行动创作奖"[1]的简讯文学得奖作品，当会发现，大概有一半是扣紧了手机短信的科技功能，并且反映了台湾当代社会的人际关系；而另一半则表现了不凡的文采与普遍的哲理，除了迷你的篇幅之外，和一般的文学创作其实差异不大。这样的结果实在也很自然，并无多少偏差。myfone 既是十分流行的当红传媒，自然要投用户，尤其是年青一代之所好。但在另一方面，它又是影响广阔的传达方式，也不妨，甚至应该，提升年青一代的语文程度，提醒他们文字的修养乃是文化的载体，不可任其无视规范，而自命是在创造火星文体。我深感，四年来此奖对文化界的影响，是相当

1 "myfone 行动创作奖"，由台湾大哥大基金会首创于 2007 年，主要为鼓励年轻人用新的媒介方式纪录生活，表达个性。

正面的。

前面我分析出来的前一半得奖作品，例如“我不在你心里，我在你家楼下”；又例如“请问，你愿意把‘我’加值成‘我们’吗？”；还有“老公：我们之间出现第三者。两个月了。”这些都说不上有多少文采或哲意，但是都有简讯的急迫性和临场感，很能扣紧当下的台湾社会。而前析的另一半得奖作品，则比较具有普世价值，能赢得其他社会的共鸣，同时由于文采不凡，句法耐人寻味，也具有文学风格。例如“君子之交淡如水，小人之交浓似酒，而掺了水的酒，就是朋友”；例如“右手掌握现实，左手酝酿想象，击掌吧！”；例如“你（母亲）背着我上山，我扶着你下山。”又例如“蝉叫、蛙鸣、露滴严重缺货，已被建商的广告搜购一空。”这些都是我认为很有文化和伦理的上品，才情不够的人写不出来。

* * *

这一届我想对参赛者建议：古人的智慧、民族的经验，一代代传到我们的面前，早已浓缩为短小精悍的简讯。每个民族的成语与格言，正是文化上最宝贵的遗产，而且是现学现用的现金，绝非博物馆中柜封的文物。且容我从英文及中文的成语中举些例子来说明，并提醒参赛者不妨运用逆向思维来写翻案文章。

其一：Nothing venture, nothing gain. 直译是“没有风险，何来成功。”意译相当于“不入虎穴，焉得虎子”。但也有人逆向推理，加以解构，成了 Nothing ventured, nothing lost. 意思是“不冒风险，必无所失”。

其二：The early bird catches the worm，意为“早起的鸟儿有虫吃”。其翻案文章为 but it's the second mouse that gets the cheese，“第二只老鼠才吃到起司。”前一句强调要勤快，后一句加以修正，强调要谨慎。

其三：There is nothing new under the sun. 阳光之下无新事，中国人也会说了。但是反过来说，难道月光之下也一样无聊吗？为何不能说 There is nothing true under the moon，或者 All things look new under the moon?

其四：Man proposes, God disposes. 相当于中文的“谋事在人，成事在天”。我有一文推崇毕加索，副题却是 God proposes, Pablo disposes. 意为“造化再大，得听毕加索的话”。

其五：王尔德的名言：I can resist anything but temptation. 意为

“什么我都能拒绝，除了诱惑”。这真是赖皮胡扯，令人扑一个空。他又如此损萧伯纳说：Shaw has no enemies, but all his friends don’t like him. 这真是先赞后贬，令人防不胜防，正在得意，忽告中箭。

其六：If the sky falls we shall catch larks. 就算天塌下来，也有云雀可捕。意思近于“塞翁失马，焉知非福”。忧天的杞人听到，会释然而笑吗？此语实在有点“无厘头”，但是想得有多美啊！

其七：The good is the enemy of the best. 意思近乎“够好，是完美的死对头”。因为太容易满足，就不会立志追求止于至善。倒过来说，法国的文豪伏尔泰却强调 The best is the enemy of the good. 意即“至善者，善之敌也”。因为凡事追求尽善尽美，就不甘心接受普通的够好。其实伏尔泰之言也可解为“徒具野心却无毅力，则连次善也修不成”。

其八：Fire is a good servant but a bad master. 可译“火虽健仆，却是恶主”。说得更清楚，该是“火若听话最有用，但火势失控则成大祸”。中文的成语“水能载舟，亦能覆舟”，正是此意。

其九：吃得苦中苦，方为人上人。这是激励人要上进，但是未免太苦了吧 —— 何苦呢？倒过来不也言之成理么？“不做人上人，免吃苦中苦。”我常觉得，孙悟空太辛苦了，倒便宜了唐僧，不如猪八戒那么较近人情，也较富人性。

其十：病从口入，祸从口出。就是劝人凡事要谨慎。我却想到，果真如此，则赴宴的人太危险了，一面吃得太多，容易生病；一面说得太多，言多必失，真是险上加险啊。我总觉得酒宴席上，一张嘴又要狼吞虎咽，又要笑语联欢，就像进出口的码头，简直是忙坏了。倒不如学学夫子的"食不言，寝不语"。

二〇一一年六月十三日

与杜十三郎商略黄昏雨

自古作家最怕的一句咒语，就是“江郎才尽”。此事说来神秘：相传是郭璞托梦给江淹，对他说：“我有笔在卿处多年矣，可以见还。”江淹探手入怀，果然得五色笔，就还给了郭璞，但从此不复能诗。其实哪有这么简单。作家才尽，不出二途：一是对生命不再敏感，所以题材枯竭；一是对语言不再敏感，所以风格僵硬。两者有一，就成才尽；两者并现，就没救了。

可是杜十三郎比较幸运：迄今他一直左右逢源，活水不断。有人守株待兔，等不到兔，因为聪明的兔总有三窟。我们赞人多才，说他“有两把刷子”。学院的术语叫作“跨领域”，大概是来自 interdisciplinary 吧。陈之藩、张系国都各跨一脚在电子科学。杜十三则像林泠、吴望尧、白灵，读的专业是化学。常见的现象是：混血种有奇异的综合之美，而合金的功用远大于纯金属。我常幻想，如果自己能懂一门科学，当能写出更好的作品。我当然也可称“跨领域”，不过所跨的还是人文、艺术的领域，只算“敦亲睦邻”。

杜十三像孙悟空，也像希腊神话的Proteus一样，十分善变。他的领域包括诗、散文、小说、戏剧、绘画、歌曲、设计、造型艺术等，而发表的方式则兼及出版、展览、演出、企划；在台湾的文艺界，他认真创作，积极推展跨领域活动，并且调和当代科技和社会关怀，在古典的背景上引导同侪和受众向未来世界前进，可谓中坚分子。与蒋勋、白灵、鸿鸿等并驾齐驱，杜十三恨不得把一辈子化成好几辈子来用，又要创作，又要启蒙，又要合纵连横，简直要成为当代具体而微的“文艺复兴通人”。他是相对于周梦蝶的另一极端，令人想起现代主义的庞德。

这么不遗余力的千面人、九命猫，今年竟然也到了耳顺的六十岁了。《杜十三主义》体系庞大，野心勃勃，该是他庆生的自放烟火。书里所收的文章，篇幅有长有短，分量或重或轻，有的是概论，有的是杂文，显得不太平衡。第四部是作者访问各行的名家，第五部是九位作家与学者对杜十三的论评。前三部通论从文化谈到艺术与文学的跨领域现象，但各篇之间分量之轻重相当悬殊。大致而言，杜十三的立论有文学史的回顾与现代科技的前瞻,有意在精神文化与器用文明之间寻求互动与调和。他把诗艺的演变分成“口唱阶段”“笔墨阶段”“印刷文字阶段”“后期印刷术阶段”四步,并且顺着麦克卢汉的说法:“媒介即信息”(The medium is the message),预感文字(即杜十三所说的“笔墨”)不但会被媒体放逐靠边,甚至恐怕会被取代。这也是隐地和我和许多“有心人”共同的忧虑。

许多“读书人”都已变成“有机人”“开机人”,甚至“机奴”了。许多读者都已变成了观众、听众。杜十三几乎以布道者的赤忱,千方百计要用新科技与多元媒体来诱引,来召回走失的读者,当然有其功效。台北的公车上展出诗句,要把文学生活化、现场化。近日杜十三向诗人征集名句,遍列在文化大学的校园。高雄“中山大学”附中也在校园里设立了“余光中诗园”。这些都值得做,也各有不同的效果。

但是文字在当代社会的角色,仍是十分重要的。三年来台湾大哥大举办手机短信创作比赛,对文字的精炼也不无提倡之功。其实要恢复诗教,不但要乞援于科技媒体,也应该在教育制度,包括课程与课本,甚至语文教师的进修与教课方式上,注意调整。台北县政府近年聘我为语文课程总顾问,在我的建议下,曾编出一套中小学的韵文教材,免费供给四十万学童。

科技虽然无所不在，无远弗届，但是人本的精神仍有其驰骋的空间。近年我在各地演讲，最后常朗诵现代诗。《民歌》一首特别成功，因为语言透明，段落清楚，叠句不少。我先念一遍，到第二遍时就请听众合诵。例如第一段：

传说北方有一首民歌
只有黄河的肺活量能歌唱
从青海到黄海
风也听见
沙也听见

我独诵到“风”，数百听众就齐声应以“也听见”，再诵到“沙”，又应我“也听见”。台上台下立刻共鸣，近于民歌手的演唱会。去年台东大学把我的《台东》一诗，用我的手稿放大，展示在校园墙上。揭幕时要我自诵一遍，我要求学生和我合诵。例如前两段：

城比台北是矮一点
天比台北却高得多

灯比台北是暗一点
星比台北却亮得多

我只诵第一行“城比台北是矮一点”，第二行“天比台北却高得多”则由台东人来朗诵，好像是他们自豪的答复。这么一来，台上台下就密切呼应，合成一体。所以最理想的诗教，应该提供机会让观众或听众也参加演出，化“受众”为“施众”。这种交流、互动倒不一定要借重科技，反而要靠诗人的魅力与随机应变。先决条件是诗要雅俗共赏，受众才会心悦诚服，充分配合。最近我为听众题字，就常题这两行：

曲高未必和寡
深入何妨浅出

诗运不振，跟诗艺不精有关。过分晦涩玄虚的作品，对推展诗运其实是帮倒忙。这种诗可供学者去解谜破码，成就研讨会的论文，但是只能使困惑的读者更加离心。因此不管杜十三主义鼓吹什么，他的诗本身如果站不住，那就是买空卖空，白说了。他的诗我未及通读，但《石头悲伤而成为玉》里我却读到不少佳篇。书名本身就是警句。杜十三的一些好诗,尽管超现实,却和现实有径可通,至少在意象上有迹可循,不像有些自命超现实之作,其实只能算自闭症。例如《轮椅》一首,左脚右腿的意象或许受了痖弦的启发,但加入轮椅的意象后,形象就更加生动、曲折,诗意也就转深了。《风》把池上的涟漪吹成脸上的皱纹,也是一招绝妙的蒙太奇。《桥》的剧台只有桥、岸、河三个道具,却用匪夷所思的辩证演出一幕多生动的喜剧:

他把一句谎话吐在地上
变成一座桥
架在两岸之间
河水不相信
从桥底下走过

二〇一〇年六月五日

愿昆曲芬芳长传

桃花扇上的桃花点点，原来都是鲜血染成。那血，艳红而夺目，是由李香君贞烈的额角溅出。在象征的意义上，那血，也是由史可法忠烈的心中飞迸而出，更是由南明惨烈的喉中喷吐而出。孔尚任生的时候，明朝才亡国四年。侯方域死的时候，孔尚任才六岁。明亡的惨痛，对他的上一代人该是切身的感受，对少年孔尚任当然是余痛未消。他是至圣先师六十四代的后人，对春秋大义当然是刻骨铭心的。以他的才情之茂，岂能放过这一幕悲剧的史鉴题材？于是以民族苦难为背景，用爱情离合来穿针引线，将文苑、青楼、宫廷、沙场、江湖编织成动静对照、刚柔互补的一幅巨图，孔尚任完成了他的旷世杰作。桃花扇上的点点鲜红，也是他一腔心血的象征。

《桃花扇》取材于历史而聚焦于爱情，但毕竟是戏曲而不是历史，为了成全艺术,并不拘泥史实。侯方域是浊世公子,末代名士,文采有余而风骨不足,难称英雄,所以也不是主角。《桃花扇》真正的主角,真正撑得起那把名扇扇骨的,当然是李香君。侯方域未能峻拒阮大铖于前,又不能放弃试场于后,孔尚任舍其晚节不计,写到国亡就算曲终。这就是艺术,必须四舍五入。科学才保留小数点后的零头。

《桃花扇》的本事始于秣陵,终于秣陵,顺理成章,当然应由南京的江苏省昆剧院来演出。早在十年前苏昆就曾演出此剧的改编版。今年三月在北京保利剧院盛大演出的《桃花扇》,由著名话剧导演田沁鑫精心执导,不但保持了孔尚任原著的文本与精神,而且在舞台布景、灯光设计各方面融入了西方当代剧场的新技巧,乃使孔尚任的杰作以新的时空观念重新为南明的悲剧招魂。

在编剧上,田沁鑫从原剧的四十出中,选出《访翠》《眠香》《却奁》《闹榭》《抚兵》《哭主》《守楼》《骂筵》《誓师》《入道》《余韵》等十一出,更加浓缩为六出,才能一个晚上在三小时中把戏演完。如此一来,浓缩版的节奏始于静态,变成动态,又归于静态。另一方面,文场的风雅与武场的壮烈,也取得了平衡。

在舞台的布置与照明上,苏昆也请到韩国、日本与中国的专业高手来助势,效果十分动人。传统的出将入相失之平面、单调。田沁鑫灵活运用亮丽的红框，经营简洁的矩形空间，来模拟亭台楼阁、洞房、兵营、宫殿，不但分割了空间，而且并列了场地，透明之中还呈现了层次。最高明的安排是将仇英所绘的《南都繁会图》放大，与舞台的三面长墙等高，人物进出都沿图而行。仇英的长卷展现六百年前南京的繁华，有“明代清明上河图”之称。人物在画前络绎走过，乃予人回廊曲折或江湖路远之感。

江苏省昆剧院为演出今年浓缩版的《桃花扇》，隔海聘请我担任文学顾问，我欣然接受。当年我初读此剧，也在南京，刚进南京大学的前身金陵大学，身在石头城下，秦淮河边，对南明亡国之恨，侯郎与香君爱情之苦，感受很深。那时我只是纯情的少年，只会耽读孔尚任的清辞丽句，根本想不到五十多年后竟然有缘，会在北京聆赏昆曲的妙音。我不过是一个昆曲的“读者”，岂敢忝列演出的顾问？好在我于昆曲虽非周郎，在文学上为之从旁鼓吹，来吸引外行如我者之注意，总还可以。何况我生于南京，理应继承南京文化的这一笔遗产。

三月中旬我果然去了北京，首演的第一夜和第三夜都凝神坐在保利剧院里，让一唱三叹的昆腔，悠扬婉转的丝竹，让无动不舞的身段，沧桑赋尽的词采，将我历史的乡愁带去三百年前的故国，神游于仇英笔底的《南都繁会图》。

梁启超当年在清华演讲“中国韵文里头所表现的情感”，提到《桃花扇》时，忘情地吟诵左良玉忽接崇祯自缢的急报，所唱的《哭主》一段：“高皇帝，在九京，不管亡家破鼎。哪知他圣子神孙，反不如飘蓬断梗。十七年忧国如病，呼不应天灵祖灵，调不来亲兵救兵。白练无情，送君王一命。”接着又诵史可法在《沉江》一出悲呼的：“撇下俺断篷船，丢下俺无家犬。叫天呼地千百遍，归无路，进又难前。那滚滚雪浪拍天，流不尽湘累怨。胜黄土，一丈江鱼腹宽展。摘脱下袍靴冠冕。累死英雄，到此日，看江山换主，无可留恋。”不知道饮冰室主当年引诵时有没有流泪，但我少年时初读这两段，是流了泪的。半世纪后，那两晚坐在台下听忠臣败将慷慨悲歌，仍令我怆然涕下。想必三世纪前孔尚任写到此处，国恨锥心，更是泪水与墨水共流吧。

近年中国有意重振传统剧艺，昆曲多次在台湾演出，不但安慰了怀古的老耳，即便在年轻的耳朵之间，也赢得不少知音，成了昆迷。白先勇奔波于两岸，鼓吹这种最风流婉转的戏曲，不遗余力，更进而策划青春版的《牡丹亭》在各地演出，十分成功。江苏省昆剧院推出刚柔兼胜的新版《桃花扇》，在杰出导演田沁鑫别具匠心的安排下，更为昆迷添了眼福。继三月北京的首演之后，新版《桃花扇》又曾在北京与南京登台；今年秋天还要去韩国，参加“中日韩戏剧节”，明年初更将在香港上演,并远征瑞士。

《古诗十九首》有句云:“不惜歌者苦,但伤知音稀。”那样贴心而又餍耳的昆曲,应该成为我们文化生活的现金,而非深锁博物馆里的古币。杜甫诗云:“绛唇珠袖两寂寞,晚有弟子传芬芳。”愿张继青芬芳长传,愿胡锦芳、石小梅的绛唇珠袖永不寂寞。我期待更多的知音,更热烈的昆迷。

二〇〇六年八月二十二日

千古南音侧耳听

这些年来，五百多岁的昆曲返老还少，在海峡两岸颇不寂寞，但比他更加长寿而艺术也并不逊色的南音，却显得有些冷落了。昆曲起于昆山，南音起于泉州，但两者的艺术并不限于地域。南音始于东晋南迁，而大盛于南宋南渡，以泉州为中心，一路传去香港、澳门，遍及南洋，包括星马、菲律宾、印尼的华人社会。后来又随闽南人传来台湾，成为南管，又称弦管。另一名称是“郎君乐”，因为奉祀者孟府郎君正是后蜀主孟昶。

元朝统治汉人，推行蒙文为“国语”。泉州坚守汉语，南音得以弦歌不辍。在宋、元时，泉州是国际贸易大港，正是海上丝路之起点。也因东晋南迁，所以城名晋江，河称晋水。城北有小镇亦名洛阳，后来北宋的蔡襄在洛江上更建了石砌的大桥，即名洛阳桥，千年长桥通行迄今。

民俗学者认为,大约在西晋怀帝之朝,贵族士绅远离中原,避难闽南,得以安居泉州,南音乃能传承。其乐舒缓闲雅,古朴之中含有细腻,风流倜傥,令人神驰。由于此乐多管弦而少锣鼓,大众觉得用于庆典不够热闹,知音不多,但近年在西方各国演出,评价却高。

南音之表演有几个术语。“排场”是正式演出,“指”又称奏指,是序幕,“曲”是唱曲,“谱”则是器乐。南音之发展当在一千八百年左右。《唐诗三百首》末,李白的《清平调》三首,据说就是南管散曲。其他名曲还包括《韩熙载夜宴图》与《陈三五娘》等。

我第一次听南音,是在厦门大学读书的那一学期。其时我正醉心西方的古典音乐,实非南音知音。后来聆赏的机会也不算多。上一次是两年前应台南“国家文学馆”之邀,得聆赏“王心心南管乐坊”之精彩表演,深感其唱腔与器乐之交融,如中土感性文化传来远古的芬芳,其风流蕴藉何输于《桃花扇》《牡丹亭》?

南管在台湾弦歌未绝,是许多有心人合作维持的功劳。我的叔叔余承尧,不但把永春故乡的“铁甲山水”用网皴的手法画出了名,而且赞助“台北中华弦管研究团”历三十载之久,对南管之不辍亦多贡献。

王心心女士生于泉州之南管家庭,四岁即得父亲教导,后来因表演杰出多次得奖。一九九三年来台定居,曾加入“汉唐乐府”担任音乐总监;后于二〇〇二年在台北创立“心心南管乐坊”,亲任艺术总监,不但曾与林怀民合作演出《琵琶行》,而且多次远征国外,在欧美亚各地表演,遍得好评。由她自己编曲、演奏、演唱的古典作品,包括《清平调》《静夜思》《下江陵》《将进酒》《独坐敬亭山》《望庐山瀑布》《登鹳雀楼》等,诗、歌相得益彰,为盛唐的宏音招魂。

心心女士不但有心维护古乐,而且有志贯彻古今。在台南文学馆演出的那次,她还匠心独运,把我的两首作品——《乡愁》与《洛阳桥》,谱成南管,纳入表演节目,一新听众的感受。此举未必一蹴即成,但其开拓新疆的重大意义,应该可比李泰祥、杨弦首创以现代诗入民歌、摇滚。五月二日晚上,心心女士即将率乐坊南下,在高雄市“中山大学”的逸仙馆演出。这一次的节目,用我的诗谱曲的,除《乡愁》《洛阳桥》外,又添了《昭君》《小小天问》《夜饮普洱》三首。欢迎南部的粉丝,甚至中部、北部的知音,都来聆赏。

二〇一五年四月三十日

《百年佛缘》赞

星云大师口述并由佛光山众弟子记录的《百年佛缘》皇皇十五册,即将推出。我有幸先睹为快,读了其序《人间佛缘,百年仰望》及其部分菁华篇章,十分感动。

大师生于一九二七年,长我一岁,但他一生的经历,始于贫困与动乱而臻于晚年的建设与成功,远非我所能及。不过,我仍庆幸与他有缘。

首先,他早年出家,受戒于江北江南,尤难忘栖霞寺的修炼;我则生于南京,直到九岁才逃难离去。

其次,大师初来台湾,在各地弘法,但是要到高雄之后,才能深根厚植,将佛光照亮台湾,继而传播海外。正好我也从香港迁来高雄长住,开始我晚年的修炼。

第三，大师在高僧之中，与文艺界最为亲近，不少作家都是他的老友；因此我有缘接受南京栖霞寺之邀，和他与会同座，又接鉴真图书馆之请去扬州讲学，《人间福报》访问过我，也刊登了我好几篇文章，终于在二〇一一年将“全球华文文学星云贡献奖”亲自颁赠给我。而最近，在今年一月底，大师读了拙作《行路难》，更在《人间福报》上发表唱和之作，婉劝我当今两岸文化交流正畅，不用妄叹行路难，令我非常感动。

星云大师在《百年佛缘》的序诗中，自述一生经历与老来心愿，涉及的先是盘古、女娲、唐尧虞舜、老子、庄周，继而追忆北伐、抗战、内战、居台弘法，终于展望四海一家，有志致佛光山于人间天堂，俾佛光普照，法水长流。足见其胸怀之大，寄托之远。他晚年的“一笔书”法，遍受欢迎。我曾作一联以赠如下：

一笔贯日月

八方悬星云

二〇一三年二月二十六日于高雄西子湾

壮哉山河

今年夏天台湾唯美族的眼福实在不浅，不但西画有毕加索与夏卡尔的展览，而且国画更有两大杰作相互交辉。更有意义的是，这四大展览的视野，不但横跨了国际，而且纵贯了两岸；不但惊艳于新奇，而且神往于远古。

《富春山居图》与《清明上河图》形成多重的异同，像对联一样，巧合得妙。首先，两者都是长卷的名作，边展边卷，各有天地，同时也都是好几百年前的作品，传到我们眼前，也都历经了沧桑，不是火劫余生，就是诬为赝品，甚至遭到御笔亲批，好在都是命大，终与我们有缘。另一方面两者同中有异，也形成许多有趣的对比。《富春山居图》的作者黄公望乃艺术史上的大家，甚至高居元代四大家之首；《清明上河图》的作者张择端却无盛名，除金人张著的几句跋文外，几不可考。《富》卷所画是江南的山水，《清》卷画的却是北国的古都。《富》卷始于浑厚华滋，终于平淡悠远，留白甚多；《清》卷则由淡而浓，始于郊野，终于闹市，几无冷场，全不留白。简而言之，《富》卷高蹈出尘，乃典型的文人画；《清》卷随缘入世，乃典型的民俗画。

《富春山居图》不但比《清明上河图》宽 8 厘米，而且更长了 108 厘米。如果把它分成六段，则主峰突起之势有三处，分配在首段之首，二段之中及五段之末，其他部分则调门放松，放低，成为洲渚错落，矶石散布，或是远岸迢迢，近坡缓缓，加以淡墨之上着以浓点粗勒，披麻皴上施以干擦，于是画面风起水漾，而有了灵动的韵味。

黄公望的杰作当然不凡，但是在中国画史上也未必空前绝后，因为文人画中的山水实在变化无穷，可说太发达了，连他自己的《天池石壁图》与《快雪时晴图》也都算不上是不凡的上品。倒是张择端的《清明上河图》，在咫尺之间竟然为北宋帝国的汴京裁出如此真切、亲切而又生动感人的巨幅横剖面，让我们在正史、话本、旧小说、京戏、地方戏，甚至《东京梦华录》之外，能够深入民间，亲睹百业之兴旺，市井之拥挤，漕运之辛苦，人畜之相赖。旁观的我们似乎随着驴队进城，一路逛到虹桥，和着看热闹的人群吆喝船夫加油，更挤进城门楼去，几乎和骆驼商队擦身而过，到香药铺里去选购檀香。街角的说书人也许正在说“三国周郎赤壁”，但要听《水浒》恐怕还早呢。半路也许会见到周邦彦，至于王安石和苏轼那一代，已成古人了。

人像画在中国古代似乎并不怎么发达，而且多为宗教和宫廷的主题。至于多人入画的群像，从《洛神赋图》《明皇幸蜀图》《韩熙载夜宴图》一直到《康熙南巡图》，也罕见描写平民的日常生活。能偶见赵干的《江行初雪》之类，就已经令人十分感动了。文人画更志不在此，所以《清明上河图》能流传至今，除了如此专注于平民百姓，而且在工整细腻的界画背景上更注入了谐趣与关爱，虽非赫赫名家，却也不堕匠气，太难能可贵了。

历来名家，常好挥洒“长江万里图”，我们缺少的却是张择端这样的“故都百姓图”。这次的大展能使平面的静态活动起来成为立体，夜市更亮起温馨的灯光，营造宋词的情景，真是最有意义的全民教育，当可治疗我们久患不愈的历史冷漠症吧。

二〇一一年八月二十六日

文心雕龙

菲华文坛重镇林忠民先生不幸于今年四月十三日病逝于马尼拉，实在是海外华文世界的重大损失，无论是文友或读者都深深哀悼。他生于一九二八年，与我同庚，皆为龙子。他一生拥抱民族，维护文化，雕龙从不后人，不期消息传来，文心竟成凋龙。

自从一九六一年我随二王（王蓝、王生善）去马尼拉菲华文艺营讲学以来，半世纪里菲华文坛已历经沧桑。其先早有杜若、芥子、亚薇三杰之丧，近日又伤朱一雄、月曲了、本予之失。半世纪以来，林忠民一直都是菲华文化界的中坚，不但献己之才，抑且成人之美，在工商界，他有儒商之誉。在体育场，他是篮球选手。在文坛上，他是诗文兼擅的作家。在海外，他是不遗余力的华文文运的推手。对于五四以来的新文学运动，他有强烈的使命感，饮水思源，不胜孺慕，二十年来一直以“亚洲华文作家文艺基金会”董事长的身份，领团在海峡两岸向文坛前辈慰问致敬；我也忝为受者之一。

林先生生前和我见过好几次面，令我印象深刻。他倜傥英俊，衣冠楚楚，举止却低调而寡言，从未见他夸夸自诩。二〇〇二年，“东南亚华文文学研讨会”在厦门大学召开，邀我去发表主题演讲《离心与向心：众圆同心》的，正是林先生。后来同样性质的研讨会又在台北圆山桥下的剑潭举行，林先生和夫人陈若莉仍然是一起与会，和我亲切交谈。这一对伉俪所到处，总是令人瞩目，羡为一对璧人。那两次林先生还很健硕，略无病容。

诗文兼擅但发表不多的林先生，小而对待亲友，大而及于民族，笔下莫不情深意切，不愧性情中人。他的《文字因缘，千里同心》一文，用柯灵信中之语为题，对新文学前辈的孺慕感恩，令人共鸣。我曾说过一句话：“蓝墨水的上游是汨罗江”，令湖南人十分共鸣。林先生在《文字因缘，千里同心》一文中，为了强调文学史的传承不可趋新排故，如此安慰前辈作家：“文学究竟不是‘后浪推前浪’，而是‘夕阳山外山’。”活用成语，真是十分中肯。

二〇一二年七月二十日

笔力如砥

近年每逢收到笔会新出版的季刊《当代台湾文学英译》,厚重敦实的一册,不但封面醒目,而且内页丰富多彩,插图多帧与文字并茂,托在手头,喜在心头,真为我们的笔会感到自豪。

我的自豪既长且深。笔会第一任会长,正是开拓北大气象推动五四摇篮的蔡元培,他的秘书正是胡适。我忝任笔会会长长达八年(1990—1998),前任会长包括罗家伦、林语堂、姚朋、张兰熙,后任会长包括朱炎、彭镜禧,不但前有古人,抑且后有来者,绝无陈子昂的寂寞。尤其是现任的彭镜禧会长,不但对外参加国际笔会,而且对内发展许多小众而又高档的活动,使我们这百人笔会远攻之余兼顾近交,贡献之大,非我能望其项背。

我们的这本季刊,定期出版,愈编愈大,在国际笔会众多分会之间实为最持久最有分量的期刊。其主编兼资助人最早是张兰熙会长，后来把她的“baby”托孤于齐邦媛教授，所译介的台湾文学作品，不分文类、省籍与意识倾向，包容极广。其后又历经高天恩、梁欣荣两位教授精心主编，致有今日令人赞美的分量、质量、多彩。历年为本刊翻译的高手，无论是华籍或外籍，资深或新秀，都认真称职，经本刊多年来的罗致与借重，堪称已成译界的中坚。

笔会的会员人才济济，尤其是理监事。至于历任秘书长，也大致称职，只有我，在张兰熙会长任内是例外。最称职也最有贡献的秘书长，应推欧茵西教授。她服务笔会，热心而又精明，同仁一致赞美。笔会财务之稳定，是她多年努力的成果。

传家之宝

自从二十世纪初五四运动以来,中国人就一直在终极理想与急功近利之间,左顾右盼,饱受压力。至于中国文化的悠久传统,则与所谓封建混为一谈,贬为陋习。

近几年来,国家顺从民情,将清明、端午、中秋三大节庆改定为公假。两年前,屈原故乡秭归的县长,早在端午的前两个月来西子湾拜访,请我务必去秭归参加该年的祭屈盛典。我为此更新写了第七首吊屈的诗,长八十六行,在典礼上朗诵。其实在此之前,我已经两度应邀,去成都的杜甫草堂诵诗祭吊诗圣。

天下大势,往往因政治而分,因文化而合。都江堰水利迄今,换过了多少朝代,但其为民之福不变。任祥女士编著的一套四册的巨书《传家》,以"中国人的生活智慧"为副题,就是要传承历久不绝的中华文化，但其方式不是徒托圣贤之空言，而是要落实于日常的生活，印证于静态的观念、动态的节庆，当能赢得雅俗共赏。

书以“传家”为名，就是希望她的读者以家庭为人伦的单位，以传统为家当、为遗产，一代代传之后人，而其传承，不止于修族谱，盖祠堂，分家产，完正嫡，更在于要有历史的担当，民俗的共鸣，文化的意识。这样的传承，才能及于思想与感情。但是脑与心一起投入还不够，因为民族的归属感还有一条捷径，那便是入之于口而到于胃的味觉。所以书中“以食为天”的篇幅很大，而“生活札记”一章里也时常会写到厨灶的艺术。此外，“岁时节庆”、“齐家心语”等章还追述民俗的由来，人伦的意义。例如《秋》册便解释中元、中秋的习俗；而“齐家心语”一章更描写了自己的双亲和公公，这便是当代的孝道了。

《传家》四册对古代传统的解说实在包罗万象，几乎是当代家庭生活艺术的小百科全书，随时查阅，必多惊喜，这对一家之长或家庭主妇真有帮助。例如春夏秋冬二十四节气，例如中药、占卜、风水、面相，以至于食物热量、血压记录、度量衡换算、出国旅行备忘录等图表，真是体贴入微。

任祥女士，青衣祭酒顾正秋的女儿，国际建筑名家姚仁喜的妻子，走出自己一条温馨的乡愁之路。不愧是生活艺术的通人，家庭文化的美学家。

二〇一二年十一月

横槊酾酒

——男厕所的联想

如果说厕所是公共场所，有时甚至是社交场合，一定会有人嗤之以鼻，斥为不经。其实厕所往往是会场的“转移阵地”，会场里说不出口的话，到厕所却找到了出口。厕所里传播男人的小道消息，正如发廊里交换女人的珍贵秘密。厕所里人来人往，川流不歇，当然是公开的；但同时各就各位，各洒各的，又似乎相当隐私。

厕所就是这么公而不开私而不隐的暧昧场所。最常见的是会议散场，内急的人群拥进，各就各位，一字排开，有如众马同槽。这时人人面壁而立，目不斜视，深恐所视非礼，左右近邻除水声淙淙之外别无动静。水旺的人开关自如，一阵泻瀑之后，就退位让贤了；留下细水涓涓甚至滞涩的人，就会成为长龙之首，不但无水可喷，而且龙尾越变越长，越加扭动不安。龙头也不见得摄护腺有问题，不过一时紧张，远水更不听话而已。如果宾主并列，又非熟友，这种相持不下的局面就更加尴尬。有一次我在比利时带四岁的孙子飞黄上公厕，他急流泻瀑之后，好整以暇，竟好奇地由下而上，一一浏览其他溺客的水势，令大人们无法逃避，不知所措。

英文有 pissing-while 一词，可以译成“一泡溺的工夫”。一泡溺究竟要多久呢？我的孙子应该不出十秒钟吧。有些人恐怕就需要半分钟以上了。英文有不少成语与溺有关。The more you cry, the less you'll piss.（泪多则溺少）乃是戏言。Piss in the sea.（滴溺注海）意为略尽绵力，精卫填海。Piss when one can't whistle.（不能吹口哨，只好撒溺）意指接受吊刑。Piss more than one drinks.（喝酒还不如撒溺多）也是戏言。西方人认为酒能催溺，所以把酒店之类叫作 piss-factory，又把酒徒叫作 piss-maker。

从厕所清洁与否，可见一个家庭，甚至一个社会的生活品质。要看一个家庭，不能只看面子的客厅，还得深入厨房与厕所，尤其是厕所。中国近年经济发展，生活品质确实提高不少，但直到一九九〇年代后期，我还在边远的地区，被迫在公路旁厕所的踏板上“蹲坑”，简直不敢俯视。在西方旅行，不洁的厕所倒极少见。在英国中北部，我曾两度参观查茨沃斯庄宅（Chatsworth Mansion），最令我惊艳的不是璨璨华厦与荫荫园林，而是堂皇大餐厅所附的厕所。置身其中，四顾壁上镶嵌的瓷砖，精致典雅，梳妆台上的装饰与插花，也有高贵的品位，比起许多客厅来，更令人游目怡神。厕所竟已如此，其他推想可知。

这样的厕所虽雅，却不令人感到不安。令人惊其豪奢而犹豫不敢妄入的，是石崇接待贵宾的香厕。石崇是晋武帝时的豪吏，富逾君王。他家的厕所常备置甲煎粉、沉香汁以解秽，又有绛纱帐大床，茵蓐华丽，还有十多位婢女侍列，据说许多宾客羞得不敢如厕。他和王恺比阔：王府用饧糖和饭拭锅，石府就用蜡烛来烧饭；王府用赤石脂涂壁，石府就用椒泥；王府用紫丝做步障四十里，石府就用锦绣做步障五十里以应。有一次晋武帝赐王恺一枝珊瑚树，枝柯扶疏，高二尺许。王恺拿去给石崇看。石崇看了，立刻用铁如意敲碎，王恺大怒。石崇乃命仆人拿出更高更艳的珊瑚树六七株赔他。石崇有爱妾绿珠，孙秀收捕石崇，为夺绿珠，绿珠坠楼以殉。这似乎是一件凄丽的美谈，杜牧甚至写了一首七绝来咏叹。但知道了如此刚烈的美人所殉的，竟是如此富而不仁的豪吏，那美感就很难保持了。

报上说，台湾有富豪之家，浴缸的水龙头是金做的——只有低级趣味的人才会艳羡今之石崇吧。三级贫民户一旦当权，就把钱穿在身上，戴在头上，其病恐怕不全在法律或道德，更在品位。

二〇〇六年十一月十九日

错从口出

近年学习华语的西方人愈来愈多，但是英语仍然是地球村最流行的语言。很有趣的现象是：英语虽然征服了全世界，但也在许多国家惨遭“本土化”——几乎在每个国家或地区都被当地的口音扭曲变调，离所谓“君王英语”（King's English，即“标准英语”）或“总统英语”（President's English，即“标准美语”）颇远。例如，新加坡的华人就发展出了所谓 Singlish，并不遵守重音的规定，而且常把字尾的子音吞掉。开始我不懂什么是 argité，后来才悟出原来是 architect。我曾遇见一位黑人教师，对我说不必太理会白人的语文霸权，讲英语只要能大致达意就好了。不过要学会一种外语，原则上还是要求“道地”，总不能说错了就推给“反霸”的大义。吊诡的是，学得太道地时，反而成了方言。正如京片子虽然可羡，但普通话能说好其实就不错了。

第二次世界大战时，一名美国伤兵在澳洲住进医院，护士问他：Did you come today? 美国伤兵大吃一惊，因为听来像是 Did you come to die?

西方语文之中，英文的文法，尤其是动词的时态，算是最简单的，但其发音，包括重读，却最多变。英文的发音往往英、美有别。英文作品里也不时会遇见欧陆各国的文字，所以要读对一篇英文作品，有时也会开口为难，终于沉吟不决，或含混过去。这情形，不但见于我班上的研究生，偶尔也会见于一般英文教师。

其实，遇见欧陆的专有名词，只要肯查字典，尤其是附有注音的大字典或百科全书，就能知道如何发音，久之也会归纳经验，发现希腊人名末尾字母如果是"e"，一定是要发音，例如 Aphrodite、Euridice、Psyche、Ariadne，依次就必须读足 4、4、2、4 音节。又如希腊三大悲剧家 Aeschylus、Euripides、Sophocles，就应读成 /es'kilus/、/uri'pidees/、/'sofoklees/。亚里士多德（Aristotle）的重音应落在第一音节，我却听过不少教师把重音放在第三音节。Da Vinci 应译"达·芬奇"，当今流行的译名"达文西"不合意大利文发音。意大利文遇见"gl"，则"g"不发音，所以 Modigliani 应译"莫迪利亚尼"。

英国的人名、地名也有一定的读法，不能望文生音。例如剑桥（Cambridge），第一音节应读如 came，不可读成短音。泰晤士河（The

Thames）有“ame”，却要读成 e 的短音。Derby 在英国要读成 Darby。Clerk 在英国应读 Clark。Berkeley 在加州读“伯克利”；在英国，哲学家 George Berkeley 却读“贝克莱”。Gloucester、Leicester 字中的“ce”都不发音。许多人名、地名后面的“ham”“h”都不发音，例如 Maugham、Buckingham、Birminghan。爱丁堡（Edinburgh）应读 Edinbru，不可读“爱丁柏格”。许多教师把莎士比亚（Shakespeare）的“shake”读成“shack”，其实应该读成“握手”的 shake——此误连不少教授都不免。美国南北战争的决战场 Gettysburg，中文一般译成“盖茨堡”，错了。此镇乃德裔 Gettys 所建，实应译成“盖提斯堡”。我在该地的 Gettysburg College 教过一学期，不会误读。

英文有几个普通字，连不少教授都读错，包括 comparable、admirable，此二单词的重音都在第一音节而不在第二音节。还有更普通的单词，如 say 所衍生的 says 和 said，都应该读成 e 的短音而非 abcd 的 a…… 这些错误，注意高明的学者怎么读，或者自己勤查字典，就可以避免。

二〇一一年九月十六日

车上哺乳不雅？

近日报载，台北捷运的车厢里，一位年轻的母亲因怀中婴孩哭泣，当众袒胸哺乳。旁边有中年妇女不以为然，说她此举不雅，劝她不止，转请随车服务员来阻止。服务员说，并无规定车上不可如此。做母亲的解释，因为宝宝饿了，不得不喂他。中年妇女不甘心，下车后更向派出所投诉云云。

那位以礼教为己任的中年妇女，不知为何如此同性相逼。在当时的情况下，最要紧的应该是那婴孩饿了，得立刻授乳，否则他不但要挨饿下去，而且哭声不止，还会闹得许多乘客坐立不安。尽管如此，那中年妇女却认定此举不雅，必阻之才心甘。其实早在所谓男女授受不亲的时代，孟子也认为嫂溺可以援之以手，何况今日已是二十一世纪。

这倒令我想起，在西方文化源头的古希腊，一切雕像，不论是神是人，是男是女，莫不出于天体。后来基督教兴起，宗教画中最盛行的主题便是“圣母抱圣婴”，有时候有施洗约翰在侧，或天使二三飞翔不定，或木匠约瑟夫半隐其后，但最常见的是只有母子二人。我的印象是圣母只抱婴于怀，至于有没有当真哺乳，印象中却很少见。为了落实，我把伦敦国家艺术馆（National Gallery）出版的目录附图全集从头到尾逐页查了一遍，在两千两百幅藏画之中《圣母抱圣婴》之作至少在百帧以上，而真正在喂婴情景的竟有十四幅。也就是说，画题可称《圣母哺圣婴》者也屡见不鲜，其作者更包括名家，例如利比（Filippino Lippi）和提香（Titian），还有达·芬奇的从者和波提切利的学徒。十四幅中，有的是袒胸而哺，也有掩多于袒，但乳头清晰可见，毫不含糊。如此可称“不雅”吗？捷运车上那妇女也许会应我一句：“至少圣母没有在车上当众授乳。”不错，圣母没有如此，但是《圣母哺圣婴》的画作却堂而皇之地高悬许多大教堂的壁上，一任信徒瞻仰而膜拜达千百年之久，但是台北捷运那一幕，最多是一刻钟吧？婴孩挨饿一刻钟，就很久了。

由此观之，赤裸的女体在某些人看来是不雅的，在另一些人看来却可能是美的，所以希腊的神得用洁白的大理石来雕，又可能是圣洁的，所以圣母也不妨袒胸哺乳，但耶稣从十字架扶下来后，他是瘦身赤体的，马利亚却戴巾披袍了。女体要用得其所，就有莫大的威力。常在报上看到反战抗议一类的大场面，有许多惊心动目的裸体晃来晃去，我都想不通，军火商或权威当局会因此蒙受什么羞耻或损失，倒是不相干的第三者反而可以“睇肉”，有所“获益”吧。最矛盾的，是不少女性衣着大胆暴露，半袒半遮，似在半拒半迎，但他人太亲近时却又反控其骚扰——其实露多遮少，对路人的视觉不也是一种骚扰吗？

有一种昂贵的浓巧克力，叫作 Lady Godiva，由来是中世纪有名的传说：柯芬翠郡[1]的伯爵征收无度，其妻葛黛娃劝他减税安民；两人约定，只要伯爵夫人愿意在正午的市集赤身骑马而过，伯爵就愿减税。葛黛娃果然如约，只以长发掩胸。市民也都闭户不出，以示感恩敬重。伯爵也如约减征，传为美谈。据说当时有一小民忍不住从窗缝里偷窥了一眼，事后竟然失明，成为笑话中的 Peeping Tom。如此爱民的贵夫人，此事又发生在中世纪，实在早应封为圣徒了。

希腊神话有一个更早的传说，说是大神朱彼得[2]有意赋他的私生子海丘力士以不朽，乃趁其妻朱诺熟睡，使海丘力士就胸吸乳。朱诺

---

1 柯芬翠郡，通译“考文垂”。

2 朱彼得，通译“朱庇特”。“海丘力士”，Hercules，通译“赫拉克勒斯”。

惊醒，猛然将之推开，致乳汁喷洒满空，成为银河。报上的一则小消息，竟令人遐想到满是神话的星空。

二〇一一年十月二十六日

说起计程车

1

有一天在台北，上了一辆计程车。我报了目的地，司机闷声不应。一路上他横冲直撞，牢骚不绝，忽然迁怒于一辆机车，逼人不留余地。上桥时紧贴着石栏，逼得机车紧急刹车，几乎造成车祸。当时他正火爆，我不敢贸然规劝。终于，目的地到了。一百出头的车资，我付他整两百元，并说："辛苦了，免找了。"他很意外，答我："这么好呀！"我说："这世界上还是有人对你好的。"

当天下午，又上了一辆计程车。这次的司机斯文多了，一路开得很规矩。红灯亮了，他及时停车，从座底抽出一根棍来——原来不是棍，是一支七孔笛。他悠悠吹起来。在市嚣四围之中，车内这一袅笛韵显得分外清扬，直到红灯转绿。他回头对我一笑，说：“等红灯太无聊，不吹白不吹。”我答说：“这么好呀！”

2

有一次吾妻我存从外面回家，对计程车司机说了目的地。“左岸啊，”司机说，“听说余某某就住在那里。”我存说：“我好像也听说过。”

3

一九九二年九月，英国文艺协会策划了一个“中国作家联访团”（Chinese Writers on Tour），受邀人为张戎、汤婷婷、北岛与我。我在香港半夜上机，次晨一早抵达伦敦。出了盖特威克机场，一大堆人在外面接客。接我的是一个计程车司机，手持小牌一面，上书 Mr. Yu Kwang-Chung。我跟着他上了车，一路无话，终于抵达英国文艺协会订好的旅馆。真正的主人第二天才出现。

待客之道台湾和大陆是周到多了。新加坡某国际活动邀我出席，我的飞机抵埠时，也只有计程车司机去接，将我交给旅馆后，就扬长而去了。我在旅馆房间内什么开会手册或留言都没找到。当地的文友，最熟的是王润华，便从厚厚的电话簿查他的宅电，毫无收获。终于悟出他的大名该是粤语拼音的 Wong Yun-Wa（其实仍不正确），才算抓住了一个人。

香港也差不多。十多年前，由贸发局出面办了一个书展。我应邀而去，事后送我搭机回台的，只是一辆计程车，不见一位主人。从此我不再参加香港书展。

4

计程车难以电召或街候的都市，旅客都视为畏途。有一次我们夫妻和幼珊要乘火车送季珊从巴黎去昂热（Angers），在街头的计程车站候车，几历一小时而不见车，我们心焦之余，又念上下火车更多折腾，索性就近向一家租车行租了一辆车，干脆上了西征的长途。

在温哥华也一样，我们三代九人，订好去阿拉斯加看冰川的邮轮，规定下午五点以前必须到码头报到。我们集中了行李，在季珊公寓楼下久等电召的计程车不至，一点办法也没有。

还有一次在莫斯科参加国际笔会，街头根本找不到计程车，大家正要绝望，俄语教授欧茵西说，且跟我来。她只一伸手，就拦下一辆私家车，讲起价来。于是大家都上了车。原来俄国人自己驾车，只要不急于赶路，也愿意停下来赚一点外快。

最不便的是澳门。澳门有许多好处，但搭计程车不在其列。原来澳门地小路窄，车程多为短程，计程车又少，司机满不在乎，在乎的是远来的赌客，据说计程车司机每载一名客人去赌场，都有赏金。所以我们旅澳门一月，"出无车"之苦真是尝够了。钟玲带我们从澳门渡海到香港，一上岸就看见计程车排长龙在等乘客。钟玲说："真是幸福！"

二〇一四年八月十七日

环保分等

住在高雄迄今已整整二十六年,先是在“中山大学”的宿舍,十二年前搬来这河堤公园,定居在一栋红砖大厦,名为左岸。卖屋的广告惯于美化这一带的环境,说什么在堤上散步,会遇见诗人迎面走来—— 真是风雅得很啊。

这一带的景观确也不差,有时还有白鹭闲闲飞过,青翠的丛树衬着洁白的翼影,几可令人忘忧。可惜穿过这一片景观的爱河上游,却是一条十分败兴的臭水沟,令晨练的居民和单车骑士不敢放怀呼吸。河水流得很慢,水面滞留着纸杯饭盒、凌乱杂物,更常见焦黑成块的柏油之类。有时索性停顿下来,成了闻一多笔下“绝望的死水”。朱熹闻到,恐怕也会把他的名句改成“问君哪得污如许,为有源头臭水来”。

近二十多年来,我的作品以环保为主题的,已近百篇。初来高雄,夜间常被后山偷袭过来的废气呛醒,楼上的黄碧端也和我们有鼻同当。我憋住气,写了一首诗,叫《控诉一支烟囱》,发表后据说还引来市议员质询环保局。

第二年垦丁国家公园推出王庆华奇丽的摄影集,不但图片展示公园之美,造化之富,还配上了张晓风、罗青、蒋勋、钟玲、席慕蓉和我的诗,加上林清玄的小品。我的诗配得最多,占了全集四分之一。后来这些诗也印在公园管理处推出的环保袋和运动衫上。

后来我写了更多鼓吹环保的诗,主题包括玉山等其他公园。地球暖化引起国际关怀之后,我也为此翻译了诗文多篇,包括自译英文的《冰姑,雪姨》。我认为:认识生态关切环保,该是当前一切有世界观的作家共同努力的主题。

从环保的角度来看社会,也许可以分出四等人来:第一等人是先知先觉,第二等人是后知后觉,第三等人是不知不觉,第四等人是明知故犯。

第一等人先天下之忧而忧,简直就是先知,特具远见。古代有杞人忧天,担心天会压下来。今日看来,他可以是一个先知,早就担心臭氧层会穿洞,紫外线会决堤,会大下酸雨。美国的前副总统戈尔正是今之杞人，下了政坛，投入环保，对人类的贡献更大。这种先知先觉，在大陆有梁从诫——他是梁启超之孙，梁思成、林徽因之子，近年不幸去世。在台湾则有郝龙斌，为了贯彻环保信念，不惜以局长之去留力争。另有台北县前县长周锡玮，任内建树很多，尤以保护湿地为最，可惜政绩竟未相应加分。我在高雄多年，对于“环保妈妈”不懈的努力，一向激赏。负责人周春娣和她的丈夫李文耕把台湾走透透，到处去观察生态并勇于揭发污染，真是“爱台湾”的最佳奉献。

我虽然也写过不少鼓吹环保的诗文，只能算是后知后觉。希望有更多的后知后觉来支持，追随先知先觉；更希望千千万万的不知不觉能跳出冷漠的懵懂，变成后知后觉。最低的一等该是明知故犯之徒了。这些人知法犯法，不但污染今日之台湾，亦且遗毒明日之台湾，恐非环保之大义所能感化，而要司法来严惩了。

二〇一一年八月十九日